目次

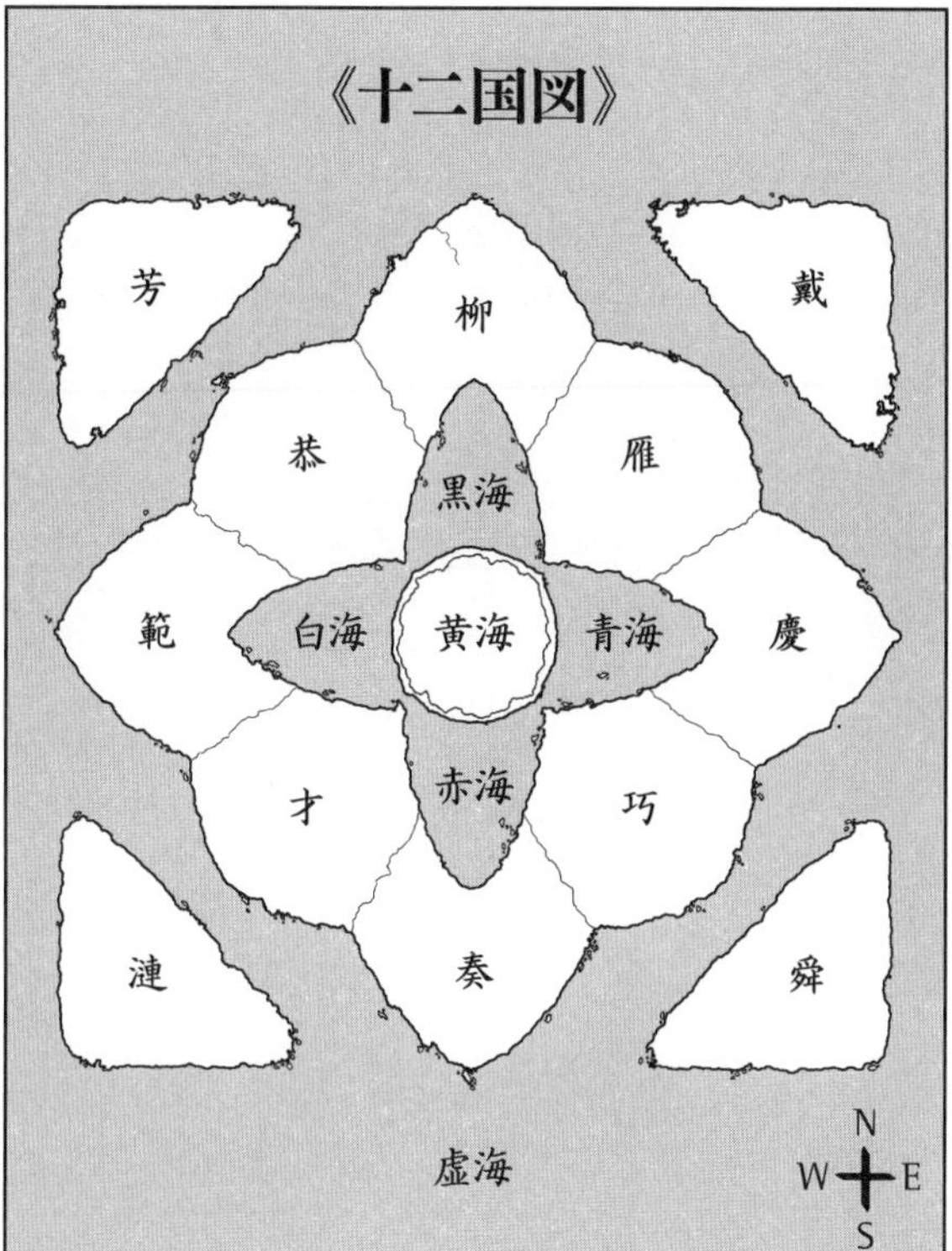
《十二国図》
芳
柳
戴
恭
雁
黒海
範
白海
黄海
青海
慶
赤海
才
巧
漣
奏
舜
虚海
N
W
E
S

丕《ひ》緒《しょ》の鳥

十二国記

イラスト　山田章博

丕緒の鳥

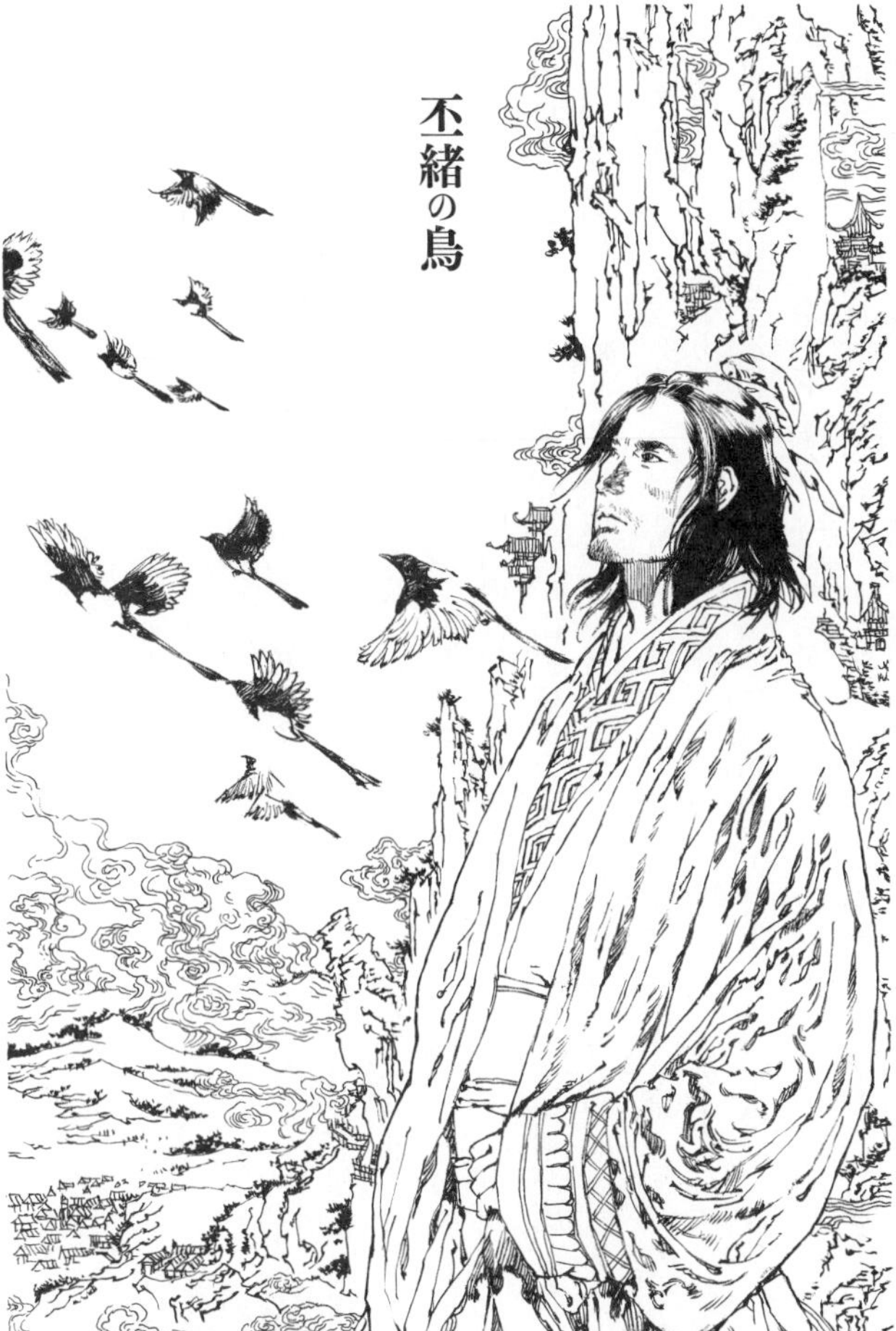

1

その山は天地を貫《つらぬ》く一本の柱だった。限りなく垂直に近い角度で聳《そび》える峰《みね》は、穂先《ほさき》を上にして立てた筆のよう、その筆がぎっしりと束ねられて巨大《きょだい》な山塊《さんかい》を形作る。山頂は実際に雲を貫いていた。雲の下にも尖《とが》った峰が林立し、その穂先は小波《こなみ》を描《えが》きつつ急激に基底部に向かって落ち込《こ》んでいった。麓《ふもと》は広大な斜面《しゃめん》だった。そこには階段状に街が広がっている。——世界東方、慶国《けいこく》の首都となる堯天《ぎょうてん》である。

山はそれ自体が一つの王宮だった。山頂には王と高官のみが住まう燕朝《えんちょう》が広がる。燕朝と堯天の間には、偽《いつわ》りなく天地ほどの落差があった。しかも両者の間は透明《とうめい》な海で完全に隔絶《かくぜつ》されている。地上から見上げてもそこに海があることは分からない。山頂に打ち寄せた波が、纏《まと》わりつく白い雲として見えるのみだった。その雲の下、群がる峰の間には下級官の住まう治朝《じちょう》が広がる。白茶けた岩棚《いわだな》が巨大な山塊にしがみつくようにして連なり、そこに無数の府第《やくしょ》と官邸《かんてい》が建ち並んでいた。

その南西には夏官《かかん》府が広がる。院子《なかにわ》を囲むように四角く並んだ堂屋《むね》が、高さを変えつつ縦横に連結されて広大な府第を形成していた。その一郭《いっかく》に、射鳥氏《せきちょうし》の府署《ぶしょ》はある。丕《ひ》緒《しょ》が新たに任じられた射鳥氏に呼び出され、邸《やしき》からそこへ出向いたのは、慶の国暦《こくれき》で予《よ》青《せい》七年、七月の末のことだった。

取り次ぎに出て来た下官は、丕緒を府署の奥《おく》まった堂屋に通した。堂《ひろま》は中空に張り出した広い露台《ろだい》に面している。石を刻んだ欄干《らんかん》の向こうは千尋《ちひろ》の崖《がけ》、露台の隅《すみ》には柳《やなぎ》の古木が立って蓬髪《ほうはつ》のように垂れた枝を欄干に打ち掛《か》けていた。その下には一羽の鷺《さぎ》に似た鳥が蹲《うずくま》っている。欄干に留まった鳥は、ほっそりと長い首を谷底へと向け、物思うように微動《びどう》だにしない。

——何を見ているのか、と丕緒は思った。

眠《ねむ》っているとも思えない。下界でも眺《なが》めているのだろうか。丕緒が所在なく佇《たたず》んだ場所からは見えないが、鳥の眼下には下界の景色が広がっているはずだ。暑気と閉塞《へいそく》に倦《う》んだ堯天の街と、街をくるみ込む疲弊《ひへい》した山野が。

——荒廃《こうはい》しか見えんだろう。

丕緒は思ったが、なぜだか鳥は、その荒廃こそを見《み》つめているのだ、という気がしてならなかった。その姿が何かを憂《うれ》えているように見えるせいだろうか。

それは、不思議に一人の女を思い起こさせた。およそ鷺に似通ったところなど持ち合わせてはいなかったが、よくああして谷間の景色を眺めていた。ただし、女のほうには何かを憂えている様子など欠片《かけら》ほどもなかったが。そもそも彼女《かのじょ》は下界など、端《はな》から見ようともしなかった。

――荒《あ》れ果てた下界なんか、眺めたって詰まらないでしょ。

女はそう言って笑って、梨《なし》の実を投げた。下界にも荒廃にも興味はない、惨《むご》いものなど見たくないと、あっけらかんと言い放った。

なのになぜ、あの鳥と重なるように思うのだろうか。――思いながら鳥を眺めていると、せかせかとした跫音《あしおと》がした。それに驚《おどろ》いたのか、鳥が飛び立つ。振《ふ》り返れば、堂に貧相《ひんそう》な男が入ってくるところだった。今日まで顔を合わせたことはないが、これが新しい射鳥氏の遂良《すいりょう》だろう。そう察して丕緒は跪《ひざまず》き、取りあえず一礼して男を迎《むか》える。

「待たせたようだな。――よく来てくれた」

男は両手を広げて歓迎《かんげい》の意を示した。歳《とし》のころは五十過ぎ、青黒く痩《や》せた顔には取って付けたような満面の笑《え》みが浮《う》かんでいる。

「そなたが羅氏《らし》の丕緒だな？　いやいや、気にせず立ってくれ。――そこへ」

手先で示しながら、傍《かたわ》らの方卓《つくえ》を示した。自らも椅子《いす》に腰《こし》を降ろしながら、丕緒にも坐《すわ》るよう勧《すす》める。珍《めずら》しいこともあるものだ、と丕緒は心の中で思った。方卓を挟《はさ》んで並べられた二つの椅子は、本来、主と客の席だ。丕緒はもちろん客などではあり得ない。

「遠慮《えんりょ》することはない、坐るがいい。──真っ先に会おうと思っていたのだが、いろいろと雑用が多くてな。やっと時間が取れたので、そなたの許《もと》を訪ねようかとも思ったが、生憎《あいにく》そこまでの暇《ひま》がない。なので呼び立ててしまったのだが、急のことにもかかわらずよく来てくれた。済まないな」

遂良は阿《おもね》るかのように丁重だった。射鳥氏は羅氏を掌《つかさど》る。用があれば呼び出して当たり前なのだし、丕緒には拒《こば》む権利もない。呼び出したからと言って詫《わ》び、来てくれたと言って感謝する必要などないはずだった。

「坐るがいい。──これ」

遂良は背後の下官を振り返った。下官は酒器を捧《ささ》げ持っている。遂良に呼ばれて、それを方卓に並べた。これまた慣例ではあり得ない待遇《たいぐう》だった。

重ねて坐るよう言い、酒杯《しゅはい》を押《お》し出すように勧めながら遂良は身を乗り出した。

「なんでもそなたは、羅氏がたいそう長いとか。悧《り》王の時代から羅氏を務めておると聞いたが、真《まこと》か」

丕緒はこれには、頷《うなず》くだけで答えた。遂良は「そうか」と唸《うな》り、丕緒をしみじみと見た。

「私よりも年若に見えるが、遥《はる》かに年上ということになるのだな。──いや、私が官吏《かんり》になって仙籍《せんせき》に入ったのは一昨年のことでな。仙籍に入れば歳を取ることもないと言うし、それは重々承知しているのだが、どうも慣れない。そなた、実年齢《じつねんれい》はいくつになる？」

「さて──覚えておりません」

これは事実だった。丕緒が官吏として登用され、仙籍に入ったのは悧王の時代、それも悧王が即位《そくい》して十年かそこらのことだったと記憶《きおく》している。すると官吏になってから、すでに百数十年は越《こ》えていることになるだろうか。

「覚えられないほど長いか。大したものだな。なるほど、羅氏中の羅氏と呼ぶわけだ。数々の逸話《いつわ》を残しているとも聞いておる。先王──予《よ》王が即位なされた際には、王から直々にお言葉を賜《たまわ》ったとか」

丕緒は薄《うす》く笑った。人の噂《うわさ》というものは、体《てい》よく歪《ゆが》んでいくものだ。

丕緒の笑みを誤解したのか、遂良は両手を叩《たた》いて摺《す》り合わせ、「そうかそうか」と大いに破顔する。

「その腕《うで》を揮《ふる》ってもらわねばならない」

そう言ってから、遂良は再び顔を寄せ、声を低めた。

「──近々、新王が登極《とうきょく》なさる」

丕緒は遂良の眼《め》を見返した。遂良は頷く。

「ついに偽王《ぎおう》を下されたそうだ」

「……偽王だったのですか、やはり」

不緒は問うた。

不緒の生まれ育ったこの国——慶にはいま、国を統《す》べる王がいない。先の王は在位わずかで斃《たお》れ、のち時をおかずにその妹、舒栄《じょえい》が立ったが、これは王を騙《かた》った偽王らしいという説が王宮では有力だった。

そもそも王は国の宰相《さいしょう》たる宰輔《さいほ》が選ぶものだ。宰輔の本性《ほんせい》は麒麟《きりん》で、天意を聴《き》いて天命ある者を玉座に据《す》える、という。何者であろうと麒麟の選定なしに玉座に就《つ》くことは許されず、天命のない王は偽王と呼ばれる。

舒栄が真実、王なのか、それとも偽王にすぎないのか——これを確実に知る者は宰輔しかいない。にもかかわらず、肝心《かんじん》の宰輔はこのとき国にいなかった。予王崩御《ほうぎょ》の前に体調を崩《くず》し、王が身罷《みまか》ってからは麒麟の生国とも言える蓬山《ほうざん》に戻《もど》っていたのだ。宰輔が戻ってくることがないまま舒栄が立ち、王宮に入れよと求めたが、新王かどうかを確認《かくにん》する術《すべ》がない。衆議の末、国官たちはこれを拒んだ。

実際には、丕緒はそれらの事情について正確なところを知るわけではない。王宮に住まう国官の端《はし》くれだが、丕緒の地位は国の大事に関与《かんよ》できるほど高くないのだ。そもそも羅氏は国政とはほとんど関係のない官だった。所属こそは軍事を掌る夏官だが、軍にも戦《いくさ》にもまったく関係のない射儀《しゃぎ》を掌る。祝い事や賓客《ひんきゃく》があったときなどの祭礼に際し、弓を射る儀式がそれだが、その射儀で的にする陶鵲《とうしゃく》を射鳥氏の指示を受けて誂《あつら》えることが職務だった。身分から言っても職務から言っても、国の重大事など耳に入るはずもない。それらは全《すべ》て王宮の上のほう――文字通り雲の上での話で、なので漏《も》れ聞こえてくる噂話として経緯《けいい》を承知しているにすぎなかった。

正しく天命を得て麒麟が選んだ王が立てば、王宮の深部で数々の奇瑞《きずい》が起こるものだ、という。にもかかわらず、その奇瑞がない――ゆえにどうやら偽王らしい、これが雲の上の人々の判断だったようだ。王宮に入れよと求める舒栄に対し、これを拒んで王宮を閉《と》ざした。怒《いか》った舒栄は慶国北方に陣営《じんえい》を構え、官吏が王宮を私物化して王たる自分を宮城に入れない、と糾弾《きゅうだん》の声を上げたと聞く。

「しかし、宰輔が御前《ごぜん》におられるという噂も聞きましたが」

どうやら宰輔が舒栄の陣営にいるらしい――そういう噂が流れて、王宮は一時、恐慌《きょうこう》に陥《おちい》った。舒栄が真実、新しい王なら、正当な王を王宮から閉め出した官吏は責任を問われる。正式に新王が王宮に入ったとき、厳罰《げんばつ》に処せられることは必至だ。浮き足立った官吏が王宮を逃《に》げ出して舒栄の陣営に参じた。遂良の前の射鳥氏も、そうやって消えた官吏の一人だった。

「あったな。それを聞いて各州が雪崩《なだれ》を打って舒栄の許に下ったが、やはり偽王だったという話だから、おそらくは何かの間違《まちが》いだったのだろう。天を信じて踏《ふ》みとどまった我らの労が報《むく》われるときが来た、ということだ」

遂良は感慨《かんがい》深げに言ったが、果たしてそれほどの覚悟《かくご》があったかどうか。偽王らしいという噂はあった。正当な王が立ってこれと戦っている、とも聞いたが、王宮から閉め出した以上、舒栄が新王であってもらっては困る——これが王宮に残った高官たちの本音だろう。

「——もっとも、女王だそうだがな」

遂良は口許を歪めた。

「女王……なのですか。また？」

だそうだ、と遂良の返答は苦々しげだった。無理もない。この国は女王と折り合いが悪いのだ。少なくともここ三代、無能な女王の時代が続いている。

「まあ、女王であろうと、天に認められた正当な王には違いない。——新王はじきに宰輔と共に王宮にお入りになるだろう。そうすればすぐに即位の礼だ。大至急、大射《たいしゃ》の準備をしてもらいたい」

大射とは国家の重大な祭祀《さいし》吉礼《きつれい》に際して催《もよお》される射儀を特に言う。射儀はそもそも鳥に見立てた陶製の的を投げ上げ、これを射る儀式だった。この的が陶鵲で、宴席《えんせき》で催される燕射《えんしゃ》は、単純に矢が当たった陶鵲の数を競《きそ》って喜ぶという他愛《たわい》ないものだが、大射ともなれば規模も違えば目的も違う。大射では、射損じることは不吉とされ、矢は必ず当たらねばならなかった。射手に技量が要求されることはもちろんだが、陶鵲のほうも当てやすいように作る。それればかりでなく、それ自体が鑑賞《かんしょう》に堪《た》え、さらには美しく複雑に飛び、射抜《いぬ》かれれば美しい音を立てて華《はな》やかに砕《くだ》けるよう技巧《ぎこう》の限りを尽《つ》くした。果ては砕ける音を使って楽を奏《かな》でることまでがなされる。――楽を奏でる陶鵲というのは、丕緒も過去に作ったことがある。正確に陶鵲を投げ上げるため小山のような投鵲機を作り、射手には名うての名人ばかりを取り揃《そろ》えた。打ち出された陶鵲を順次射ていくと、砕けて立てる音が連なって楽になる。大編成の楽団が奏じる雅楽《ががく》なみの音を鳴らすため、三百人の射手を居並ばせたものだ。御前の廷《にわ》を色とりどりの陶鵲が舞《ま》う。舞ったそれを射ていくと、大輪の花が開くように砕け、磬《けい》――石や玉で作った楽器――のような音色がして、豊かな楽曲が流れる。音程を揃えようとするとどうしても芳香《ほうこう》を持たせることができず、足りない香《かお》りを補うため、周囲には六千鉢《はち》の枳殻《からたち》を用意させた。――昔の話だ。

「また逸話になって残るような射儀を――のう？」

遂良は言って丕緒の顔を舐《な》めるように見上げた。

「お前も腕が鳴るであろう？」

「さて……どうでしょう」

「私に向かってまで謙遜《けんそん》することはない。――なにしろ新王が登極なされて初めての射儀だ。見事な射儀をお目にかければ、どんなにかお喜びになるに違いない。主上《しゅじょう》がお喜びになれば、夏官も大いに面目が立つ。お誉《ほ》めの言葉だけではなく、なにがしかの褒美《ほうび》もあるやも知れん。そうなれば夏官が総じてそなたに感謝し、そなたを誇《ほこ》りに思うことだろう」

そういうことか、と丕緒は心中で失笑《しっしょう》した。もしも予王の例のように、新王から直々に誉め言葉を賜るようなことがあれば、射儀に携《たずさ》わった全ての官の未来が拓《ひら》けるだろう――そう期待してのこのもてなしなのだと理解した。

「それで、そのお誉めをいただくための腹案はおありでしょうか」

丕緒が問うと、遂良がぴたりと口を噤《つぐ》んだ。怪訝《けげん》そうに眉《まゆ》を寄せ、丕緒の顔を窺《うかが》い見る。

「――腹案？」

「どのような陶鵲をお作りすれば良いのか、指示をいただきませんことには。もっとも、実際に陶鵲を作るのは冬官《とうかん》でございますが」

本来、射儀を企図《きと》するのは射鳥氏の役割だ。どのような射儀にするのか思案し、羅氏に命じて陶鵲を用意させる。羅氏は冬官府の冬匠《とうしょう》――特に陶鵲を作る専任の工匠である羅人《らじん》を指揮して実際にそれを作らせる。

「そなたは企図から何もかもやってのけると聞いたぞ」

「とんでものうございます」

「そんなはずはない。前の射鳥氏は、大射と燕射の区別すらつかなかったという話だ」

それは事実だ。前の射鳥氏だけではない。丕緒が最初に仕えた射鳥氏を除き、歴代の射鳥氏全てがそうだった。「羅氏中の羅氏」が勝手に何もかもやるから、位に坐っているだけでいい。旨味《うまみ》はないが楽な役目だ──遂良もまた、そう言われてやって来たのだろう。

官吏には、下から業績を積み上げて位を昇《のぼ》っていく者と、高官の強い引きを得て上から降りてくる者がいる。遂良は確実に後者だった。

「射鳥氏があまりに無能でいらっしゃれば、私がお助けするしかありません。そういうこともなかったとは申しませんが」

あからさまな皮肉に、遂良は一瞬《いっしゅん》、不快そうな表情を浮かべたが、すぐに貼《は》り付けたような笑顔を取り戻した。

「なにぶん私は射鳥氏に任じられたばかりだからな。もちろん、役目は分かっているし、至急覚えるつもりでいるが、今回の大射には間に合うまい。無理をして不調法があっても申し訳ない。今回はそなたに任せたほうが良かろう」

「お助けしたい気持ちは山々ですが、なにぶん長いあいだ羅氏を務めて参りましたので、あいにく思案が涸《か》れました。実を言えば、そろそろ役目を変えていただくか、お暇をいただきたいと思っていたところです」

「いや、そんな……」

遂良は狼狽《うろた》えたように呟《つぶや》き、すぐに膝《ひざ》を打って身を乗り出した。

「予王にお誉めをいただいたという件《くだん》の陶鵲はどうだ？　それに手を加えてさらに華やかにすればよかろう」

「まさか」

丕緒は苦笑した。遂良はよほど「件の陶鵲」が気に入っているようだが、あいにく、予王の例のように新王から言葉を賜れば、遂良は得たばかりの官位を失うことになりかねない。真実を知らないということは幸せなことだ。

「なぜだ？　数を増やすなり色を変えるなりして――」

丕緒は素っ気なく首を横に振《ふ》った。

「陶鵲は冬匠が作るものです。件の陶鵲を作った冬匠がもうおりません」

「同じものを作らせればいい。書き付けか図会《ずえ》が残っておろうが」

「さあ、どうでしょう。残っておりましても、現在の冬匠で作ることができますかどうか。何より時間がございません」

蓬山で天勅《てんちょく》を受け、正式に即位してから大射まで、過去の例からすれば一月というところか。

「それを指導して、なんとかするのが羅氏の役目だ」

遂良はついに不快を露《あら》わにした。

「登極したばかりの王の前で、無様な射儀は許されぬ。必ず新王にお喜びいただけるような陶鵲を用意せよ」

2

怒って堂《ひろま》を出て行った射鳥氏《せきちょうし》の、遠ざかる跫音《あしおと》が消えてから丕緒《ひしょ》はその場を辞した。困惑《こんわく》したような下官の視線を受けながら堂屋《むね》を出ると、夏の陽《ひ》は大きく傾《かたむ》いていた。自身の府署《ぶしょ》には立ち寄らず、治朝《じちょう》を東西に貫《つらぬ》く大緯《おおどおり》を辿《たど》って西へと向かった。

治朝はほぼ南面する。その中央の最も奥《おく》には、山の斜面《しゃめん》を抉《えぐ》るようにして巨大《きょだい》な門が聳《そび》えていた。これが路門《ろもん》、雲の上——天上に広がる燕朝《えんちょう》に続く唯一《ゆいいつ》の門戸だった。路門を通って天上に足を踏み入れることのできる者は限られる。それは王宮に仕える国官といえども例外ではなかった。治朝と堯天《ぎょうてん》の間にも天地に匹敵《ひってき》する距離《きょり》があったが、天上の世界から閉め出されている点では、どちらも変わりがなかった。

丕緒は路門を一瞥《いちべつ》し、さらに大緯を西へ、冬官《とうかん》府へと向かった。冬官府は中心となる府第《やくしょ》を核に、大小の工舎《こうしゃ》が無数に周囲を取り囲む。丕緒は複雑に入り組んだ工舎の間を抜《ぬ》けていった。通い慣れた道だが、このところ足が遠のいていた。周囲の高い墻壁《へいご》越しに漏れてくる物音や匂《にお》いが懐《なつ》かしい。槌《つち》の音、灼《や》けた鉄の匂い、一つ一つ確認しながら突《つ》き当たりの門を潜《くぐ》った。

工舎は正確には冬官府に属する府署であり、府署の中心となる匠舎《しょうしゃ》は基本的に院子《なかにわ》を囲んだ四つの堂屋からなる。それに隣接《りんせつ》する形で規模は様々に工舎を擁《よう》す。ほとんどの場合、匠舎よりも工舎のほうが格段に大きい。ゆえに冬官府の府署を一般《いっぱん》に工舎と呼ぶのだが、丕緒が訪《おとず》れたこの匠舎には、そのうえさらに西の堂屋がなかった。院子の西は断ち切られたように断崖《だんがい》をなし、その先は二つの巨大な峰《みね》に挟《はさ》まれた峡谷《きょうこく》だった。

白茶けた峰が左右の視界を遮《さえぎ》り、壁《かべ》のように立ち塞《ふさ》がっている。峰の間の上方には夕《ゆう》映《ば》えの空が覗《のぞ》き、その下は遥《はる》か遠くに霞《かす》む山々、薄藍《うすあい》に連なる山の稜線《りょうせん》に向けて陽は落ちようとしていた。さらに下には、かつて堯天の街が見えていた。いまはそれが、こんもりとした緑の森に遮られている。院子の足許《あしもと》から続く斜面は一面、梨《なし》の木で覆《おお》われていた。

蕭蘭《しょうらん》の植えた梨木《やまなし》だ。下界など見たくないと言って、蕭蘭は倦《あ》かずにこの院子から梨の実を投げた。運良く根付いた梨木が大樹に育ってさらに実を落とし、そうして増えた梨木が谷底の斜面を覆っている。春にはそれが真っ白な花を付けた。純白の梨雲《りうん》が谷間に懸《か》かり、それは見事な光景だった。

眼《め》を細めてそれを見ている蕭蘭の姿が思い出される。やはりそれは、不思議にどこか射鳥氏の露台《ろだい》で見た、あの鳥の姿を彷彿《ほうふつ》とさせた。相通じるものなど何もないのに。考え込《こ》んでいると、背後から驚《おどろ》いたような声がした。

「丕緒さま——」

北の堂屋から姿を現した若者が、くしゃりと笑って駆《か》け寄ってくる。

「丕緒さま、お久しぶりです」

「無沙汰《ぶさた》をしたな。元気だったか」

はい、と頷《うなず》いた彼《かれ》がこの匠舎の主《あるじ》だった。陶鵲《とうしゃく》を作る専門の工匠、羅人《らじん》の長だ。羅人はその下に所属する工舎に数十人の工手《しょくにん》を抱《かか》える。工手の長を師匠《ししょう》と言い、羅人府の師匠が羅人だった。いかにも繊細《せんさい》な細工に向いた柔《やわ》な物腰《ものごし》の若者で、その名を青江《せいこう》という。

「どうぞ——どうぞ、お入りください」

青江は丕緒の手を引かんばかりだった。いまにも泣き出しそうにさえ見える。実のところ、丕緒はもう一年近く、この羅人府を訪れていなかった。かつては、ほとんどここに住んでいるようなものだったのに。羅人府を訪れないばかりでなく、そもそも丕緒は官邸《かんてい》を出ることとすらしていなかった。王が玉座にいなければ射儀《しゃぎ》は行なわれることがない。それをいいことに羅氏《らし》の府署にも立ち寄らず、ひたすら自身の邸《やしき》に引き籠《こ》もって過ごした。この春には青江から、梨雲が懸かったので見に来てほしいと使いがあったが、それすらも断った。一向に姿を見せない丕緒の身を案じ、梨の花に事寄せて使いをくれたことは了解《りょうかい》していた。丕緒の拒絶《きょぜつ》に青江が傷つくだろうことも分かっていたが、どうしてもその気になれなかった。

久々に足を踏み入れた堂屋の中は、以前と少しも変わっていなかった。所狭《ところせま》しと並べられた卓《つくえ》と棚《たな》、雑多な道具と山のような書き付けと図会。一年前もこうだったし、それ以前――蕭蘭が羅人だったころもこうだった。丕緒が羅氏として初めて足を踏み入れたときから、聊《いささ》かも変わらない。

感慨《かんがい》深く見廻《みまわ》していると、青江が顔を赤らめた。

「相変わらず取り散らかしたままで……」

「こんなものだろう。ここがきちんと片付いているところなど、見た記憶《きおく》がない」

「済みません、と呟いて青江が慌《あわ》てて掻《か》き集めているのは、古い書き付けや図会だった。卓の上に散らばっているのは青江の作だろうか。どれも古い陶鵲に見える。丕緒の視線に気づいたのか、青江は恥《は》じ入ったように俯《うつむ》いた。

「あの……勉強になるかと思って、古い陶鵲を再現していたんです」

そうか、と丕緒は呟いた。丕緒が指示を与《あた》えないから、青江はすべきことがない。

「熱心で結構なことだが、しばらくそれは諦《あきら》めてもらわねばな」

青江は、ぱっと顔を上げて喜色を浮《う》かべた。

「では、陶鵲をお作りするのですね？」

「作らねばならん。近々大射《たいしゃ》があるそうだ」

驚いたようにする青江に、丕緒は射鳥氏から呼ばれた件を伝えた。話を聞くにつれ、青江は明らかに萎《しお》れていった。

「――時間がない。急《せ》かせて悪いが、なにやら適当に見繕《みつくろ》ってくれ」

「適当というわけには……」

「構わん。要は無様でない程度に飛んで、見苦しくないように割れればいいのだ。工夫をしたところで始まらん。儀礼が恙《つつが》なく終わればそれでいい」

「しかし……新たに登極《とうきょく》なさる王の初めての大射なのですから」

丕緒は薄《うす》く笑った。

「じきにまた変わる」

丕緒さま、と青江は咎《とが》める声を上げた。

「また女王だそうだからな」

女王の治世など想像がつく。何年か玉座の上で夢を見て、そのうち夢にも飽《あ》いて身を滅《ほろ》ぼす。予《よ》王の治世はわずかに六年、その前は比《ひ》王で、これの治世も二十三年にしかならなかった。その前の薄《はく》王が十六年。女王が三代続いたその間、王が玉座にいた時間より、そうでない時間のほうが長い。

「工夫しても詮方《せんかた》ない。適当に見栄《みば》えがして、めでたそうならそれでいい」

青江は悲しそうに眼を伏《ふ》せたまま足許に零《こぼ》した。

「……そんなことを仰《おっしゃ》らず、もう一度、かつてのような見事な射儀を見せてください」

「何も思い浮かばない。とにかく時間もないことだし、過去の陶鵲を使い廻すしかなかろう。小手先でいい、多少あやをつけて目先を変えるのだな」

青江は傷ついたように項垂《うなだ》れた。

「……とにかく図会を持って参ります。しばしお待ちください」

堂を出て行く青江の背が寂《さび》しげだった。青江は蕭蘭の徒弟《でし》だった。蕭蘭が姿を消して工手から羅人に取り立てられたが、期を同じくして丕緒は陶鵲の思案をやめた。陶鵲は射儀にのみ使用するものだが、常日頃から工夫をしていなければ急の儀式に間に合わない。にもかかわらず、青江が羅人になってからというもの、丕緒はただの一つも陶鵲を作っていなかった。青江がそれを己《おのれ》のせいだと思っていることは理解していた。青江の腕《うで》に不足があるから、丕緒は陶鵲を作る気になれないのだ、と。

丕緒は青江の席に坐《すわ》った。卓の上には古い図会や試《ため》しに作った細工の類《たぐい》が並んでいる。揃《そろ》えて積み上げた書き付けの上には青い陶鵲が載《の》っていた。文鎮《ぶんちん》代わりに使っているのだろう、羅人府に伝わる古いものだ。細かい意匠で埋《う》めつくされた四角い陶板の中央には、尾《お》の長い鳥の絵が染め付けられている。鵲《かささぎ》の絵だ。そもそもはこんな他愛《たわい》もないものだったのだ——と思い、陶鵲に罅《ひび》が入っているのに気づいた。よくよく見れば鵲の尾を分断する形にごく細い亀裂《きれつ》がいくつも走っている。割れていたものをそこで接《つ》いであるのだ。

「……いい細工だ」

青江が行なったのだろう。蕭蘭が目をかけて育てただけのことはある。これだけの技量に不満のあろうはずがない。

丕緒は陶鵲を手に取ってみた。それなりに厚みがあり、ずしりと重い。軽い陶鵲はよく飛ぶが、それだけ速いので射損じることがある。ある程度の重みは必要で、わずかに底面を窪《くぼ》ませてある。そのほうが空に留《とど》まる時間が長い。——陶鵲の最も初期の形だ。

ここから羅氏たちは創意工夫を重ねてきた。最初は正確に射抜くため、できるだけゆっくりと飛び、長く宙に留まるよう形状や重さに工夫がなされた。そのうち、見た目にも拘《こだわ》るようになった。丸や方形の陶板でしかなかったものが、様々な形を取るようになった。凝《こ》った図柄《ずがら》を染め付けるばかりでなく、金や宝玉で象嵌《ぞうがん》したものもある。やがては飛び方までが工夫され、素材や加工を吟味《ぎんみ》することで砕《くだ》け方をも工夫するようになった。いまでは陶鵲は、必ずしも陶製であるとは限らない。にもかかわらず陶鵲と呼ばれるのは、古い時代の名残《なごり》だろう。

ただ——さらに古くは実際に鳥を射たらしい。鵲をはじめとする様々な鳥を放し、射る。だが、王の宰相《さいしょう》となる宰輔《さいほ》は殺生《せっしょう》を忌《い》む。それで将来にかかわる吉礼《きつれい》であるにもかかわらず、射儀に宰輔は臨席しないのが通例だった。それでは吉礼にならない――そう思ったのかどうか、どこの国のいつの時代とは知れず、鳥の代わりに陶板を使うようになった。射落とした陶鵲の数だけ鳥を王宮の庭に放すようになったのだと聞く。

なぜ鵲なのかは誰《だれ》も知らない。おそらく鵲の鳴き声は喜びの前兆だとされることと関係しているのだろう。射落とすことが目的ではなく、射落とした数だけ鵲を放すことのほうに主眼があったのかもしれない。陶鵲が射落とされれば射落とされるだけ、喜びの前兆とされる声が王宮に満ちる、というわけだ。

確実に射抜かれ割れるよう――そこから歴代の射鳥氏と羅氏が思案と工夫を重ねるうちに、射儀は陶鵲を射て砕くことそのものが目的になっていった。楽を奏《かな》でる陶鵲は、丕緒が作った中の最高傑作《けっさく》だ。

思えば、あれが丕緒にとって最も賑々《にぎにぎ》しい射儀だった。当時の射鳥氏は祖賢《そけん》、悧《り》王の治世も末期に入ろうとしていた。――もちろん、当時は末期などと知る由《よし》もなかったが。

丕緒が手先の器用なのを見込まれて羅氏になったとき、すでに祖賢は射鳥氏として経験豊富な老爺《ろうや》だった。丕緒は祖賢から必要な知識の何もかもを与えられた。温厚《おんこう》で――しかも、いつまでもどこか無邪気《むじゃき》なところを残した祖賢と共に、射儀の工夫をするのは楽しかった。ひとつ工夫が成功すれば、新たな望みが生まれる。祖賢と共に羅人府に通い詰《つ》め、すでに羅人であった蕭蘭を含《ふく》め、三者で寝食《しんしょく》を共にしながら試行錯誤《さくご》を重ねた。祖賢は射鳥氏中の射鳥氏と呼ばれ、じきに丕緒は羅氏の中の羅氏と呼ばれるようになった。楽を奏でる陶鵲は悧王を大いに喜ばせ、丕緒らはわざわざ雲の下に降りてきて射鳥氏府を訪《おとな》った王の手から直々に褒美《ほうび》を授《さず》かった。治朝に住まう者にとって、これ以上の誉《ほま》れはなかった。そのままでいられれば、どんなにか良かっただろう。

――だが、王は変節した。次にはどんな楽を鳴らそうか、今度こそ鵲に芳香《ほうこう》をつけ、砕ければ馥郁《ふくいく》たる匂いが流れるようにしよう――そう思案している間に、悧王の治世は翳《かげ》り始めた。次に大射があったのは、三年後だったか。王の在位六十年を祝う席だったが、このときすでに悧王は暴君へと姿を変えようとしていた。

悧王に何があったのかは知らない。一説には太子《たいし》を何者かに暗殺されたことが王と側近の間に深い亀裂を作ったのだと言われている。太子を暗殺した何者かは明らかにならなかった。それで悧王は疑心暗鬼《あんき》に捕《と》らわれたのかもしれない。官吏《かんり》に対して辛《つら》く当たることが増えた、と言われた。それが雲の上から下ってきて丕緒の身辺に及《およ》ぶまで、いくらもかからなかった。王は事あるごとに官吏を試すようになった。不可能とも思える難題を突きつけ、ときには過度な忠誠の証《あかし》を求めた。射鳥氏に対しても例外ではなかった。六十年の在位を祝うに際して、前回以上の射儀を見せよ、と直々の言葉があった。言外に、前回以上でなければ許さないという含みが漂《ただよ》っていた。

当時のことを思い出すと、丕緒はいまでも息苦しい気分になる。丕緒らの工夫は楽しみではなく課せられた義務になった。特に射鳥氏の上官にあたる司士《しし》が、功を焦《あせ》ってこうせよああせよと無理な横槍《よこやり》を入れた。前回以上でなければならぬ、という義務感と、司士の現場を考慮《こうりょ》せぬ横槍に手枷《てかせ》足枷を塡《は》められた状態で射儀に漕《こ》ぎ着けるのはたいそうな苦労だった。

それでも射儀自体は成功したのだ、と思う。前回以上だと悧王は喜んだ。だが、祖賢も丕緒もそれで満たされることはなかった。陶鵲は見事に砕けたが、吉兆《きっちょう》だとは思えなかった。射儀のころには、丕緒の周囲でも見慣れた官吏がぼろぼろと欠けるようになっていた。信を失った王の前で射落とされる陶鵲は寒々しく、どんなに見事な花を咲《さ》かせても、見事な楽を芳香と共に奏でてもただ虚《むな》しいだけだった。

それでも——それだからこそ、祖賢は新しい趣向を凝らすことに前向きだった。

「今度は王のお心が晴れるようなものにしよう」

どうだ、と院子《なかにわ》の椅子《いす》に跨《また》がって丕緒に問い掛けた祖賢は、幼童《こども》が悪戯《いたずら》を企《たくら》むような顔をしていた。

「それは結構ですが、どうやってお心を晴らします」

丕緒が訊《き》くと、さてなあ、と祖賢は天を仰《あお》いだ。

「賑々しく華《はな》やかなだけではいかん。もっと心が浮き立つようなものでないと。それも気持ちが高揚《こうよう》するのではないぞ。なんとなく心が温《ぬく》もって、自然に笑《え》みが零れる、そういうふうに浮き立つのでないとな。笑みが浮かんで、周囲を見渡《みわた》すと、高官たちの顔にも同様の笑みが浮かんでいる。互《たが》いの笑顔を確認《かくにん》して、親しみを感じ、和《なご》む。──そういうのはどうだ」

丕緒は苦笑《くしょう》した。

「またそういう、分かったような分からないようなことを仰る」

「分からんか？　ほら、微笑《ほほえ》ましい景色を見たときに、そういうことがあるだろう。笑っている互いの顔を見て、何かが通じた気がすると申すか──」

「感じならば、充分《じゅうぶん》に分かっておりますよ。問題は、それをどう形にするかでしょうに」

形かあ、と祖賢は顔を傾《かたむ》けた。形なあ、と呟《つぶや》いて逆へ傾ける。

「取りあえず、雅楽《ががく》は違《ちが》うと思うのだがなあ」

雅楽は雅声《がせい》とも言い、「雅正《がせい》の楽」を略した呼び名だ。国の威厳《いげん》ある祭祀《さいし》や礼典に用いる古典音楽で、用いられる楽器も古楽器に限られ、歌がつく場合は歌謡《かよう》ではなく祝詞《のりと》に近い。楽曲そのものも曲想より理論のもので、音楽と言うより呪力《じゅりょく》を持たせた音の配列と言ったほうが正しかった。重厚で荘厳《そうごん》だが、楽曲としての楽しみには欠ける。

「では、俗曲《ぞっきょく》を使いますか」

それだ、と祖賢は跳《と》び上がった。

「俗曲がいい。それも酒宴《しゅえん》で使う艶《えん》な曲ではないぞ。もっと軽《かろ》やかな——」

「童歌のような？」

「童歌。悪くない。働くときの歌でもいい。ほら、川で洗濯《せんたく》をするかみさんたちが、よく声を揃えて歌っているだろう。ああいう曲をこちらから一《ひと》くさり流して、別の曲をあちらから一くさり流す。それでどうだ」

眼《め》を輝《かがや》かせた祖賢を苦笑まじりに見やり、丕緒は視線を蕭蘭に向けた。院子の端《はし》の石に坐って、梨《なし》の実を投げながら祖賢と丕緒のやりとりを聞いていた蕭蘭の顔には、仕様のない幼童を見守るような種類の笑みが浮かんでいる。

「やってみても構いませんけど」

蕭蘭は言って、最後の実を投げた。辛抱《しんぼう》強く投げた実のおかげで、谷底にはささやかな梨木の森が生まれつつあった。

「でも、俗曲は雅楽に比べて大変ですよ。雅楽なら音も調子も理屈《りくつ》で機械的に決まってますけど、俗曲はそうはいかないんですから」

「蕭蘭ならできるだろう？」

老爺はねだるように女の手を引いた。蕭蘭は苦笑して丕緒を見る。丕緒は笑いを怺《こら》えて溜息《ためいき》をついてみせた。

「音は実際に砕いてみて、一つ一つ整えていくしかないだろうな。調子を合わせるのも耳が頼《たよ》りだ。耳で合わせた調子に従って陶鵲を飛ばす。また投鵲機が要《い》るだろう」

「あっちから一くさり、こっちから一くさりだ」

祖賢は得意げに断言する。丕緒は頷《うなず》いた。

「つまり、投鵲機は複数要る、ということだ。曲ごとに投鵲機を作って、射手が矢を陶鵲に当てる地点も複数の目印を立てて正確に決める」

「あらまあ、大変だこと。また冬官を総動員だわ」

蕭蘭も溜息をついたが、その眼はやはり笑っていた。素材の工夫、投鵲機の工夫、陶鵲そのものの製作——結局はいつも、ほかの冬匠《とうしょう》の手を借りて、結果として冬官府を挙げての騒動《そうどう》になる。だが、不思議に冬匠が嫌《いや》な顔をすることはなかった。蕭蘭もそうだが、冬匠は概《おおむ》ね、無理難題を言われると奮起するのだ。祖賢や丕緒が持ち込《こ》む話はいつも必ず前例のない無理で、だから口先では四の五の言うが、そのわりに楽しげに手を貸してくれる。

ほかならぬ丕緒もそうだ。前回以上であれ、と他者から目標を強制された陶鵲作りは苦しかった。だが、これを作ろう、と前向きに示された無理難題は楽しい。前回が苦しかっただけに嬉《うれ》しかった。

ちょうど青江が羅人府に工手として入ってきたのはこのころだったか。まだまだ工手としては拙《つたな》いながらも、青江でさえ楽しげに手作業に没頭《ぼっとう》していた。

――だが、祖賢はある日突然《とつぜん》、乱入してきた兵卒に連れて行かれた。

丕緒にはいまも、何があったのか分からない。謀反《むほん》の罪であったことは知っているが、断じて祖賢には王に対する反意などなかった。おそらくは誤解か――あるいは虚言《きょげん》によって謀反の罪に連座することになったのだろうが、その経緯《けいい》はあまりにも複雑で丕緒には辿《たど》りようがない。謀反などあり得ないという丕緒の叫《さけ》びはどこにも届かなかった。そもそも、どこに向かって叫べばいいのかすら分からなかった。射鳥氏の上官にあたる司士は連座を恐《おそ》れて丕緒を避《さ》け、その上の太衛《たいえい》も大司馬《だいしば》も雲の上、訴《うった》えようにも面会する術《すべ》さえ存在しない。訴状《そじょう》を書いてみたが返答はなく、高官たちの手に渡ったのかどうかすら分からなかった。

所詮《しょせん》、世は天上でのみ動くのだ――そう言って慰《なぐさ》めてくれたのは誰だったか。丕緒や蕭蘭の周囲にいた者たちは、せめても彼《かれ》らが連座せずに済んだことを喜ぶべきだ、と言った。おそらくは祖賢が身を挺《てい》して庇《かば》ってくれたのだろう、ついに丕緒や蕭蘭が共謀《きょうぼう》を疑われ、取り調べを受けることはなかった。それがいっそう苦しく辛い。やっと司士が面会に応じてくれたと思えば、それは最悪の事態を告げるためだった。祖賢には身寄りがないから、丕緒に遺骸《いがい》を引き取るように、と。

憤慨《ふんがい》する気力も、涙《なみだ》も涸《か》れていた。言われるまま刑場《けいじょう》から祖賢の首を引き取り、抱《だ》いて帰る道すがら、丕緒は一つの確信に辿り着いた。

――鵲《かささぎ》は喜びの前兆を鳴く。その鵲を射落とすことが、吉兆であるはずがない。

陶鵲が射抜《いぬ》かれ、砕けて落ちることで見る者を喜ばせるのは間違っている。本来、陶鵲は射てはならないのだ。当ててはならず、砕いてはいけない。だが、射儀とは陶鵲を射る行事だ。陶鵲が射落とされるのはあってはならないことだが、王の権勢が儀礼という形でそれを強要する。吉兆ではない。凶兆《きょうちょう》だ。王が権の使い方を誤れば、凶事しかもたらさない。それを確認する行事が射儀なのだと、そう思った。

「匂《にお》いを取ってしまおう」

祖賢の弔《とむら》いを済ませたあとのある日、丕緒は工舎に行って、蕭蘭にそう告げた。まあ、と蕭蘭は眼を丸くし、困ったように手許《てもと》を見た。

「構わないけど――でも、せっかくここまで漕ぎ着けたのに」

小皿の中に銀色の小さな玉がいくつも転がっていた。中には祖賢が目指した香油《こうゆ》が入っている。祖賢は匂いにも拘った。単に良い香《かお》りではなく、心が浮《う》き立つような香りであってほしい。浮き立ち――同時に、満ち足りる、そんな匂いがいいのだと主張した。冬官木人《ぼくじん》に諮《はか》り、工舎に通い詰めて香油を調合した。品良く香るよう香油を封《ふう》じる玉の大きさも工夫して、祖賢亡《な》きいまになって、やっと完成したところだった。

「ないほうがいいんだ。陶鵲の砕ける音も変えよう。もっと陰《いん》に籠《こ》もった音のほうがいい。奏でるのも賑やかな楽曲は違う。いっそ大葬《たいそう》のときに使う雅楽でいいぐらいだ」

蕭蘭は控《ひか》えめに苦笑しながら溜息をついた。

「全部やり直せってことね」

蕭蘭は小皿に改めて目をやる。惜《お》しむような——あるいは、哀《かな》しむような色がその眼に浮かんでいた。

「でも、いくらなんでも大葬の雅楽というわけにはいかないでしょ。それじゃあ吉礼にならないもの」

「では、俗曲でいい。ただし、明るい曲は違う。音も減らそう。もっと寂《さび》しい楽でいい」

そう、と感情の窺《うかが》えない声で蕭蘭は呟いただけで、特に異論は唱えなかった。匂いを取って、いかにも寂しい俗曲を奏でるよう工夫したが、それを悧王に披露《ひろう》する機会はなかった。在位六十八年で悧王は斃《たお》れた。

それからの空位の時代、その間も丕緒は陶鵲を作り続けた。いつしか陶鵲に民《たみ》を重ねて見るようになったのは、青江の一言があったからだった。

「なぜ鵲なんでしょうね」

青江は手先も図抜けて器用で、しかも頭も良かった。祖賢が失われてから、蕭蘭はまるでその穴を埋《う》めようと意図したかのように、青江を手許に置いて熱心に仕込むようになった。

「鵲の声は喜びの前兆だと言うからな」

丕緒が説明すると、青江は首をかしげた。

「縁起《えんぎ》の良い鳥ならほかにもいるでしょう？　もっと綺麗《きれい》な鳥とか、珍《めずら》しい鳥でないのはなぜなんでしょう。不思議です」

確かにそうね、と蕭蘭は細工をする手を止めて、興味深そうに眼を輝かせた。

「言われてみればその通りだわ。鳳凰《ほうおう》だって鸞鳥《らんちょう》だっていいのにねえ」

まさか鳳凰や鸞鳥を射落とすわけにはいかないだろう。——丕緒はそう苦笑したが、改めて考えると確かに不思議だった。

鵲は大して珍しい鳥ではない。むしろ廬《むら》や耕地で普通《ふつう》に見掛《みか》ける凡庸《ぼんよう》な鳥だ。烏《からす》のような黒い頭と黒い翼《つばさ》を持っていて、翼の付け根と腹だけが白い。そして長い尾《お》。体長ほどもある長い尾も烏色だ。すんなりした翼と長い尾は優美だが、格別美しい色彩《しきさい》でもなく目を引く模様があるわけでもない。特に鳴き声が美しいわけでもなかった。雀《すずめ》や烏のようなありふれた鳥で、春先には地面を啄《ついば》み、秋になれば木の実を啄む。飛んでいる姿より、地を歩いたり飛び跳《は》ねる姿を見ることのほうが圧倒《あっとう》的に多い。

——民のようだと、ふと思った。

どこにでもいるごく普通の人々。質素な衣服に身を包み、その一生のほとんどを地を耕すことで終える。取り立てて才があるわけでもなく、耳目を引くほど見栄《みば》えが良いわけでもない。地道にこつこつ技を磨《みが》き、あるいは勉学に勤《いそ》しんだところで、せいぜいが丕緒らのような下級官止まり、雲の上へと駆《か》け昇《のぼ》ることなどあり得ない。それを恨《うら》むでなく、無心に日常を積み重ねていく——ただ、それだけ。

間違いなく鵲は民だ。満ち足りて笑み崩《くず》れ、喜んで歌えば、確かにそれは王にとっての吉兆だろう。民の喜びは王の治世が正しいことの証左《しょうさ》、民が歌い囀《さえず》るならばその王の治世はそのぶんだけ長く続く。

陶鵲を射て喜ぶのは違う、という勘《かん》は誤っていないのだと思った。王の持つ権が民を射る。射られて民は砕《くだ》け散る。射落として喜ぶのは間違っている。あえて過《あやま》つことで、権の恐《おそ》ろしさを確認する——させなければならない。

射抜いた射手が罪悪感に駆られるような陶鵲を作りたかった。見る者が胸を痛めるようなものを。

だが——。

「——取りあえずあるだけ掘《ほ》り返してきました」

唐突《とうとつ》な声で思考から醒《さ》めた。丕緒が振《ふ》り返ると、青江が大部の書き付けを抱《かか》えて戻《もど》ってきたところだった。

「幸い、丕緒さまの作は全《すべ》て図会《ずえ》が残っていました」

そうか、と丕緒は息を吐《は》く。

「では、その中から間に合いそうなものを選んでくれ」

青江は項垂《うなだ》れる。

「……それほど私の腕《うで》を見限《みかぎ》っておいでですか」

「そうじゃないと言っている」

青江は黙《だま》ったまま首を振った。そうじゃない、と丕緒は改めて口の中で呟く。ずしりとした重みを掌《てのひら》に思い出して目をやれば、まだあの陶鵲を握《にぎ》っている。


図会の中から適当なものを選んで製作にかかろうとしたが、これは丕緒自身が予想していた以上の難問だった。たとえ図会が残っていても実際に陶鵲を作ったのは蕭蘭で、工程の多くは蕭蘭をはじめとする冬匠の微妙《びみょう》な手加減に負っていた。材質にしても細工にしても、細部は担当した冬匠が試行錯誤《さくご》の末に辿り着いたものだ。それは冬匠自身の眼と手を通さなければ加減が分からない。実際に作るのは工手だったが、師匠が作業の現場で、口伝え、手伝えでその加減を指示してきた。つまりは、実際にその作業に関《かか》わった冬匠がいなければ、もう一度最初からやり直さねばならない、ということだった。

しかも——悪いことに、慶《けい》は悧王の時代の末から、常に波乱を抱えてきた。蕭蘭がすでにいないように、冬匠の多くも姿を消し、加減を覚えている者の数が限られる。過去の陶鵲をすぐさま作ることは不可能だった。工程の多くは一から試行錯誤をせねばならない——とすれば、新たに作っても労力は変わらない。むしろ過去の記録に縛《しば》られる必要がないだけ、話が早いと言えた。

そうは思ったが、身体《からだ》が動かなかった。往生際《おうじようぎわ》悪く過去の図会を漁《あさ》っている間に、正式に新王が登極した。過去の儀礼に則《のっと》り、新王が王宮に入った際には、位を持つ官吏《かんり》の全てが雲の上にまで出向いてこれを迎《むか》えたが、丕緒のいる場所からは新王の姿を見ることなど、とてもできなかった。顔も分からず、為人《ひととなり》も分からない。異境から来た娘《むすめ》だ、ということだけが確かなこととして雲の上から流れてきた。物慣れず常識に疎《うと》い、おどおどとした小娘だ、と。

またか、と思うと、いっそう陶鵲を作る気が萎《な》えた。

薄王は権を顧《かえり》みず、ただ奢侈《しやし》に溺《おぼ》れた。極《きわ》みない地位に昇り詰《つ》め、そこで得られる最上級の贅沢《ぜいたく》に舞《ま》い上がり、そのまま一度も地上に降りてこなかった。比王は逆に権にしか興味を持たなかった。自らの指先ひとつで百官と人民が右に左に意のままに動くのを見て悦《よろこ》んだ。そして予王はその双方《そうほう》に興味を持たなかった。王宮の深部に引き籠もり、まったく表に出てこない。権はおろか国も民も拒《こば》んで、ようやく朝廷《ちようてい》に現れたときにはすでに常軌《じょうき》を逸《いっ》した暴君だった。

その予王のあとを継《つ》ぐ新王が王宮に入って間もなく、丕緒は再び射鳥氏に呼ばれた。以前と同じく、丕緒の機嫌《きげん》を取り結ぼうとするかのように、遂良《すいりょう》は丁重で親しげだった。

「どうだ？　良い思案は浮かんだか？」

いえ、と丕緒が短く答えると、遂良は困ったように眉《まゆ》を寄せる。次いですぐに、取りなすような笑《え》みを浮かべた。

「幸か不幸か、思っていたよりも射儀が遅《おく》れそうだ。即位《そくい》礼《れい》では大射を見送るらしい」

「見送る――？」

丕緒が怪訝《けげん》に思って問い返すと、遂良は顔を蹙《しか》めた。

「頼《たの》むから理由は訊《き》かないでくれ。私にもさっぱり分からない。新王の意向か――さもなければお偉《えら》い方々の意向だろうが、我々にいちいち理由を説明してはくれないからな」

さもあろう、と丕緒は頷いた。

「どうやら初の大射は郊祀《こうし》になりそうだ。せっかくの大射を即位に際してお見せできないのは無念だが、これで時間には余裕《よゆう》ができた」

天に国の加護を願う郊祀の儀式は必ず冬至《とうじ》に行なわれる。特に即位して初の郊祀は王にとっても国にとっても重大な儀式だ。初の郊祀なら大射がついて当然――どうあってもこれは動かないだろう。冬至までは二月と少し、一から創案を練っても、ぎりぎりで間に合う。

「夏官《かかん》全ての将来がかかっておる。何もかもそなたに任せるゆえ、ぜひとも夏官の面目が立つだけのものを作ってくれ」

3

どうあっても陶鵲《とうしゃく》を作らねばならない。余計なことを考えている余裕はなかった。

諦《あきら》めて卓《つくえ》の前に坐《すわ》った。丕緒《ひしょ》は羅人府《らじんふ》の堂屋《むね》の一つに自分の房間《へや》を持っていた。大して広くもない房間に卓が二つ、榻《ながいす》が二つ。かつて祖賢《そけん》と居着いていた場所だ。卓の一つ、榻の一つはとっくに物置になっていた。丕緒の使っていたほうは、さすがに片付いていたが、何しろ長いこと寄りつきもしなかったので至る所に埃《ほこり》が降り積もっている。取りあえず卓の埃を払《はら》い、嫌々《いやいや》ながら紙を広げ、墨《すみ》を摺《す》って筆を手に取った。――そして、そこで動きが止まった。丕緒の中には何もなかった。

何かを思い描《えが》こうとしても空白しかない。

思案が涸れた、と丕緒は常々言ってきた。だが、それは作る気が失《う》せただけのことだと自分でも思っていた。あれをやりたい、これを試《ため》してみたいという欲は確かに涸れていた。だが、何も思い浮《う》かばない、などということは思ってもみなかった。

あまりに長く職を放り出していたせいか。——丕緒は思い、かつて自分がどうやって思案を練っていたのか思い出そうとしてみたが、それすら朧《おぼろ》で出てこない。

次をどうしようか、詰まったことは多々あった。だが、そういう場合にも丕緒の頭の中には、あれこれの断片《だんぺん》が無数に漂《ただよ》っていたものだ。その中から何かを選ぼうにも気が乗らない。なんとなく気を引かれて取り出してみても続かない。——思案に詰まるというのはそういうことで、肝心《かんじん》の頭の中に何もない——断片すらなく、綿のような空白しか存在しないという経験は初めてだった。

我ながら愕然《がくぜん》とした。次いで、焦《あせ》った。大射《たいしゃ》ともなれば陶鵲はそれなりの数が要《い》る。数を揃《そろ》えるだけでも工手《しょくにん》が不眠不休《ふみん》で働いて半月以上がかかるものだ。数を揃える前に試行錯誤を終え、試射を済ませて調整を施《ほどこ》し、陶鵲自体は完成させておかねばならない。本当に一からやるのであれば、即座にかからねば間に合わない。何かを引き出さねばならないが、何もない。

——そうか、と思った。自分は既《すで》に終わっていたのだ。

終わったのがいつかは分からない。蕭蘭《しょうらん》が消えたときか——それとも、予《よ》王から言葉を賜《たまわ》ったときか。あるいは、それ以前なのかもしれない。祖賢を失い、陶鵲は民だと思い定めて以来、丕緒は取り憑《つ》かれたように陶鵲を作ることに邁進《まいしん》してきたが、ひょっとしたらその熱気は最初から「作りたい」という思いとは違《ちが》う種類のものだったのかもしれない。

そう、確かに丕緒はその間、陶鵲を作ることで喜びを感じたことはなかった。

――もっと綺麗なものにすればいいのに。

指示を与《あた》えるたび、蕭蘭はそう苦笑《くしよう》した。そのたびに丕緒は繰《く》り返した。陶鵲が砕けるのを見て喜ぶのは間違っている、と。

「陶鵲が射抜《いぬ》かれて落ちるのは惨《むご》いことだ」

現実を見ろ、と丕緒は漏窓《まど》から見える谷間を示した。巨大《きよだい》な峰《みね》に挟《はさ》まれた峡谷《きようこく》、生《お》い茂《しげ》る梨《なし》の木が覆《おお》い隠《かく》してはいても、その底には王に顧みられず権に踏《ふ》み躙《にじ》られた下界が横たわっている。

「無能な王の粗雑《そざつ》な施政《しせい》が国を荒《あ》らす。民を顧みない政《まつりごと》に翻弄《ほんろう》されて、誰《だれ》もが飢《う》え、困窮《こんきゆう》している。王は指先一本で、それを救いもすれば、さらなる困窮に突《つ》き落としもする。命を奪《うば》うこともある。それを王に分かってもらわねばならない」

蕭蘭は呆《あき》れたように溜息《ためいき》をついた。

「分かってもらえるものかしら。陶鵲を見て分かる人なら、見るまでもなく心得てるような気もするけど」

「そうかもしれん」

蕭蘭の言には一理があった。だが、ならばほかにどうすればいいのだ。

「ありがたくもない王のためにただ陶鵲を作るのか。その場でだけ王や側近を喜ばせて、それが何になるというんだ」

「でも、それが仕事なんだから」

当然のように言って、平然と細工を続ける蕭蘭の姿が苛立《いらだ》たしかった。楽しそうに見え、満ち足りたように見えるからいっそう腹が立った。

「確かに我々は国官とは言っても、取るに足らない下級官だ。国の大事に関与《かんよ》することはないし、職分から言っても国政に意向を反映させることもできない。だが、国に官位を賜っていることに変わりはないだろう。我々の肩《かた》には民の暮らしが乗っているんだ。せめて自分の職分を通して、少しでも民のためになることをする——そうでなくてどうする」

蕭蘭は顔も上げずに、くすりと笑った。

「民のため——ねえ」

「では逆に訊く。お前は羅氏《らし》や羅人がどうあるべきだと思っているのか」

「どうあるも」

呆れたように言って、蕭蘭は笑った。

「人間はみんな同じでしょ。与えられた仕事をこつこつこなすの。だから、気難しい羅氏が難題をふっかけてきても、ちゃんとやっているでしょう」

「そうやって目を逸《そ》らしたら、何一つ変わらない」

「目を逸らしたって嫌でも目に入るけど。──王だって同じじゃないかしらね。見たくもないものを無理に突きつけても、眼《め》を閉じるだけじゃないかしら」

「──お前が下界から目を逸らし、梨で覆い隠すように？」

皮肉を含《ふく》ませて言うと、蕭蘭は肩を竦《すく》めた。

「だって荒れ果てた下界を見ても仕方ないもの。それより綺麗なものを見ていたほうがいいじゃない？　嫌なことをわざわざ数えて不愉快な思いをするなんて莫迦《ばか》げてる」

「それで？　工舎《こうしゃ》の中に閉じ籠《こ》もって、日がな一日、卓に向かって俯《うつむ》いているわけか。そんな閉じた場所にしか、楽しいこともないのだろう」

もちろんよ、と蕭蘭は声を上げて笑った。

「ただし、そこにしかないんじゃなくて、そこだけにあるの。細工をするのは楽しいもの。上手《うま》くいったりいかなかったり──どちらでも楽しい」

言ってから、蕭蘭は鑢《やすり》を手に取った。銀の細工を磨《みが》き始める。

「余計なことを考えず細工にだけ集中してるのは、とても楽しい……」

独りごちるように言ってから、蕭蘭はくすくすと笑った。

「意外に民《たみ》もそうかもしれないわよ？　あなたが哀《あわ》れんでいるおかみさんは、王がどうとかより、今日の料理は上手くいったとか、天気が良くて洗濯物《せんたくもの》がよく乾いたとか、そういうことを喜んで日々を過ごしているのかも」

そう言ってから、丕緒の不快を嗅《か》ぎ取ったのだろう、慌《あわ》てたように居住まいを正して真顔を作った。

「はい。もちろん羅氏の仰《おつしや》る通りにしますとも。喜んで」

蕭蘭には現実を見る気がなかったのだ、と丕緒は思う。民にも国にもさして興味がなかった。そこにある悲惨《ひさん》より、自身のまわりに卑近《ひきん》な喜びを探そうとした。祖賢が処刑《しよけい》されたときには声を嗄《か》らして泣いていたが、それとて親しかった者が死んだというだけのことでしかなかったのだろう。事実、丕緒がずっとそれを引きずっているのに比べ、蕭蘭はすぐにそこから立ち直った。残念だけど済んだことだ、と言って。

蕭蘭がそんなふうだったから、羅人府の工手たちも総じてそういうふうだった。気乗りはしないが、羅氏である丕緒が命じるから生真面目《きまじめ》にこなしている。誰の理解も得られず、丕緒は孤立《こりつ》した。祖賢に代わって任に就《つ》いた射鳥氏《せきちようし》たちは、丕緒に任せておけばそれで足りると思っているふうで、丕緒が何を作っても大して興味はなさそうだった。そして丕緒彼《かれ》らが興味を持つのは、その結果だ。雲の上の人々がそれを喜ぶかどうか。そして丕緒は、概《おおむ》ね歴代の射鳥氏を満足させてきた。

丕緒の作る陶鵲は、総じて喜ばれた。ときには「晴れやかさがない」と言われることもあったが、むしろ荘厳《そうごん》で美しいと誉《ほ》められることのほうが多かった。必ずしも本音とは限らない。名高い「羅氏中の羅氏」が作ったのだから、誉めるべきだという思い込《こ》みもあったに違いない。だが、そうと分かっていても、にこやかに「見事だ」と言われることほど、丕緒を打ちのめすことはなかった。思いを込めたが、通じない。一兵卒にすぎない射手が、儀《ぎ》礼《れい》のあとで丕緒を訪ね、いかにも辛《つら》く悲しくて胸を打ったと言ってくれるのも皮肉だった。その身分が低ければ通じる――高ければまったく通じない。届かねばならない場所に、丕緒の意図は聊《いささ》かも届いていなかった。

丕緒は陶鵲を作ることに没頭《ぼっとう》した。二人の女王が現れ、そして消えていった。多くの場合、玉座には王の姿がなく、したがって大射が行なわれることもなかったが、丕緒は工夫をやめなかった。やがて――ようやく丕緒の意図が王に通じる日が来た。

それは予王の即位礼だった。

その陶鵲は長く優美な翼《つばさ》と尾《お》を持ち、投鵲機から投げ上げられるというよりも押《お》し出されるようにして飛び立ち、滑《すべ》るように宙を舞《ま》った。空の高所から舞い降りる鳥を見ているようだった。射手が射ると、か細い音を立て、五色の飛沫《ひまつ》を散らして二枚の翼と尾に割れた。それはもがくように舞い落ちる。割れたときに立てた音は、その間、悲鳴のように頼《たよ》りない尾を引いた。苦しげに落ちる翼は地に叩《たた》き付けられ、痛ましいほどに澄《す》んだ音を立てて砕けた。砕けると同時に赤い玻璃《はり》の欠片《かけら》となって散る。射儀《しやぎ》が終わると御前《ごぜん》の廷《にわ》は輝《かがや》く玻璃の欠片で紅《くれない》に染まっていた。

王や高官が居並ぶ承天殿《しようてんでん》、その前に広がる廷からは声が絶えた。しんとした重い沈黙《ちんもく》を聞いて、丕緒はようやく己《おのれ》の意が通じたことを悟《さと》った。射儀のあとには王に呼ばれ、御簾《みす》越《ご》しとはいえ、直々に言葉を賜った。

そして彼女《かのじよ》は開口一番、「恐《おそ》ろしい」と言ったのだった。

「なぜあんな不吉《ふきつ》なものを。私はあのような惨いものを見たくはありませんでした」

丕緒は言葉を失った。惨いからこそ見てほしかったのだ。民が失われるのは惨いことだ。射儀を通じて、王の両手に乗ったものを確認《かくにん》してほしかった。

「主上《しゆじよう》はとても傷ついておられる」

そう、宰輔《さいほ》からも声をかけられた。だが、もちろん傷ついてほしかったのだ。その痛みから民の痛みを察してほしかった。深い傷になれば忘れられないだろう。惨いことだと、深い痛みでもって胸に刻みつけてもらいたかった。

惨いことから目を逸らしたら、惨いことはなくならない。惨さを自覚することができなくなる。

胸を剔《えぐ》ったのに届かなかった——丕緒は途方《とほう》に暮れた。ほかにどうすれば良かったのか。丕緒は急速に陶鵲を作る意欲を失った。即位後の郊祀では大射そのものが行なわれなかった。理由は射鳥氏も知らなかったが、たぶん王が見たくないと言ったのだろうと、丕緒自身は思っている。それでも陶鵲を作ることをやめたわけではなかった。このときは——まだ。

以来、丕緒は頻繁《ひんぱん》に市井《しせい》に降りるようになった。民の暮らしを間近に眺《なが》め、ときには戦場や刑場にまで足を運んだ。悲惨を目《ま》の当《あ》たりにすることで、何か思案を得られないか。萎《な》えそうになる自分を掻《か》き立てる何かを探していたようにも思う。

そこから拾ったなにがしかを羅人府に持ち帰るたび、蕭蘭は苦笑を浮かべてこれを受け取った。誰に差し出すあてもない陶鵲——丕緒自身も何を作ればいいのか分からず、ただ作っては放り出すことを何年も繰り返した。そしてある日、丕緒が工舎に戻《もど》ると、そこには蕭蘭の姿がなかった。

その日は重く雲が垂れ籠めていた。その前夜、下界ではまだ稲穂《いなほ》が熟してもいないのに霜《しも》が降りた。どうしたことか、と不安そうに天上を見上げる民の声を聞きながら、丕緒は短い旅を終え、堯天《ぎょうてん》へと戻って治朝《じちょう》に昇《のぼ》った。そのとき、どこでどんな創案を拾ってきたのか、丕緒はいまや思い出せない。確実に何かを拾い、意気込んで冬官《とうかん》府へと向かい——そして、立ち並ぶ工舎が妙《みょう》に静まり返っているのに気づいた。

まるで何か目に見えない巨大なものが、一帯に伸《の》しかかっているようだった。不穏《ふおん》な気配とでも言うべきものを感じつつ、羅人府に入ると蕭蘭の姿がない。蕭蘭の堂《ひろま》は、いつも通りだった。ごたごたと物を積み上げた卓《つくえ》、その間に放り出された工具、まるで少しのあいだ、席を外しているとしか思えなかった。なのになぜ、堂に入った刹那《せつな》、丕緒はそこに凍《こお》りつくような空洞《くうどう》を感じたのだろう。何一つ欠けてないのにその部屋は空っぽだった。呆然《ぼうぜん》と欠けたものを探していると、青江《せいこう》が駆《か》け込んできた。

「丕緒さま──いらっしゃるお姿が見えたので」

青江の顔には血の気がなかった。

「蕭蘭は」

「おいでになりません。朝からお姿が見えないのです。あちこちをお探ししましたが、どこにもお姿がありません。私にもどういうことなのか──でも」

青江は目に見えて震《ふる》えていた。

「師匠《ししょう》だけではありません。あちこちの工舎から工匠が消えています。それも──女ばかり」

丕緒は竦んだ。

「……女ばかり？」

「はい。櫛人《しつじん》の師匠は夜明け前に兵卒がやって来て連れて行ってしまったのだそうです。

将作《しょうさく》の工手も女ばかりが同様に引き出されてしまったとか——不緒さま、これは」

青江の震えが丕緒に伝染《でんせん》した。膝《ひざ》が笑う。——とても立っていられない。

「……だから、逃《に》げろと言ったのに！」

予王が何を思ってそれを命じたのかは知らない。王宮の奥《おく》に引き籠もっていた女王は、三月ほど前、唐突《とうとつ》に朝廷《ちょうてい》に現れ、王宮の女官《にょかん》の全《すべ》てに王宮を出て国外に退去するよう命じた。命に従わねば厳罰《げんばつ》に処する、と暗に最悪の刑罰を匂《にお》わせていたが、当初、これを真面目に受け取る者はいなかった。

このころ、なべて玉座のほうから降ってくる法令はそんなものだったからだ。麗々《れいれい》しく定めが発布されるが、目的は明らかでなく、あるいは具体性を欠いていた。触《ふ》れだけは出ても、官自体がそれを施行《しこう》することに何の熱意も持っておらず、ほとんどが単なる報《しら》せで終わっていた。これについても同様で、全ての女官を王宮のみならず国からも追放するなど、およそ現実性を欠いている。宮中の官吏《かんり》の半数近くが女だ。膨大《ぼうだい》な数の女を王宮から退去させるにはどれほどの時間がかかるか分からないし、何より全員を追放すれば国政が成り立たない。

最初はそう軽く受け止められていたが、やがて雲の上のほうから本当に女官の姿が消え始めた。そのほとんどは身のまわりのものだけを携《たずさ》えて王宮を逃げ出してのことだったようだが、明らかに逃げたとは思えないのに姿が消える者も少なくなかった。

逃げたほうがいい、と丕緒は蕭蘭に告げた。

「とても信じられないが、どうやら主上は本気であらせられる。これはこれまでのような形だけの布令《ふれ》ではない」

まさか、といつも通りに卓に向かったまま蕭蘭は笑った。

「こんな莫迦莫迦しいお布令なんか聞いたことがないわ」

「だが、実際に上のほうで女官の姿が消えているんだ」

丕緒が訴《うった》えると、蕭蘭は首をかしげた。

「女官と喧嘩《けんか》でもなさったのかしら。だとしても私は心配ない。だって主上は私のことなど御存じないんだもの。きっと治朝にも下級官がいて、その中には女もいるなんてこと、想像してごらんになったこともないと思うわ。いることを知らない者を罰したりはできないでしょ？」

蕭蘭はそう言って笑ったが、丕緒には蕭蘭の認識が甘《あま》すぎるように思えてならなかった。事実、彼女の姿はその日を限りに消え失《う》せた。ほかの女冬匠《とうしょう》と同じく、どこでどうなったのか、それすら知ることはできなかった。一切《いっさい》が雲の上で進められたことらしく、雲の下には何が起こったのかを説明できる者がいなかったのだ。ただ、消えた誰《だれ》もが二度と戻ってはこなかった。予王が崩《ほう》じ、新王が立ったいまになっても音信の一つすらない。それだけは動かしようもなく確定している。

――だから現実から目を逸《そ》らすな、と言ったのだ。

丕緒はずっとそういう気がしている。蕭蘭は惨《むご》い一切のことを見ようともしなかったから。王に対する認識が甘く、権に対する用心が足りなかった。目を逸らしていれば、悲惨は届かないと思ったか。祖賢が罪もなく殺されたことを忘れたのか。

腹立たしいと同時に悲しかった。蕭蘭が消えて以来、丕緒の中から陶鵲を作ろうという気は完全に失せた。

丕緒はあまりに無力だ。祖賢も蕭蘭も失われてしまった。何が起こったのか、誰を責めればいいのかを知ることさえできなかった。そこには何の罪も存在しなかったことだけは確かで、にもかかわらず守ることもできず、防ぐこともできなかった。王宮の中――王の膝許《ひざもと》にいながら。

間違《まちが》っている、やめてくれと叫《さけ》びたかった。だが、その声を王に届ける方法が丕緒にはなかった。それどころか、王の側《そば》近くに侍《はべ》る宰輔や高官たちに届ける術さえ持たなかった。雲に向かってどんなに叫んだところで届くまい。天上の人々にとって、丕緒は最初からいないも同然の存在だった。誰一人耳を傾《かたむ》けるつもりもなく、その必要すら感じていない。唯一《ゆいいつ》、丕緒が王に何かを伝える術があるとすれば、射儀がそれだった。だからこそ、その射儀を通じて丕緒は懸命《けんめい》に思いを伝えようとしたが、届かなかった。――いや、もっと悪い。届いたのに受け入れてはもらえなかったのだ。

予王が「恐ろしい」と言った射儀から、権の惨さを理解していてくれれば。だが、予王は理解することを拒《こば》んだ。惨いことから目を逸らし、ゆえに自身の惨さにも気づかなかった。

——この国は駄目《だめ》だ。

声を上げることにも、上げるべき声を探すことにも倦《う》んだ。どうせ丕緒は王の眼中にない。生きるためには喰《く》わねばならないから、羅氏でいたが、陶鵲を作る気もなければ陶鵲のことを考えることも嫌《いや》だった。国も官も見たくなかった。何を思ったところで、どうせ丕緒にはそれを伝える術がなく、相手ももとより聞く気などない。

全てが無意味に思われた。何をするのも億劫《おっくう》で、官邸《かんてい》に引き籠《こ》もって過ごした。そこで何をするわけでもない。何を考えるわけでもなかった。無為《むい》に時を数えるだけ、その空虚《くうきょ》な日々の積み重ねが丕緒を空洞にしたのだろう。

自分の中にはもう何もない——丕緒は思い、諦《あきら》めて筆を置いた。

何もないなら、かつて作ったどれかを使うしかなかった。どれなら間に合うか、青江に相談しなければ。

思いながら堂を出た。院子《なかにわ》を囲む走廊《かいろう》には、秋の訪《おとず》れを告げる寂《さび》しい夜風が吹《ふ》いていた。

予王の陶鵲なら間違いはない。作ったのは蕭蘭だが、実際に工手を束ねて作業の指揮を執《と》ったのは青江だ。青江が詳細《しようさい》を覚えているだろう。だが、あれをもう一度作ったところでまた拒絶《きよぜつ》に遭《あ》うだけだろう、という気がした。たとえ拒絶されないにしても、丕緒自身、もう一度あれを作りたいとは思えなかった。酷《ひど》い、と叫ぶだけの陶鵲など、あえて作りたくはない。ならば多分、悧《り》王の陶鵲を作るのが正しいのだろう。だが、それも気が向かなかった。

あんなふうに華々《はなばな》しく砕けてほしくなかった。もはや陶鵲に何を託《たく》そうという気もなかったが、射られた陶鵲が砕けて華麗《かれい》な花を咲《さ》かせ、見る者が歓声《かんせい》を上げるようなものを作ることだけは、どうしても気が進まない。予王の陶鵲のように射られて壊《こわ》れるのも辛《つら》い。砕けなければ意味がないが、できることなら壊れずにいてほしかった。

「……そういうわけにもいかないか」

丕緒は独りごちて笑う。陶鵲なのだから、射落とされなければ意味がない。壊さないわけにはいかないが、砕けて楽が流れるというのも気に入らなかった。重厚《じゆうこう》な雅楽《ががく》も寂しげな俗曲《ぞつきよく》も違う。そもそも音律など奏《かな》でてほしくない。もっと静かな、単なる音のほうがいい。ただし、歓声も拍手《はくしゆ》も止めて思わず聞き入るような音。澄ました耳に沁《し》みるような音色が欲《ほ》しい。

思いながら隣《となり》の堂屋《むね》に入り、頼りない灯火を点《とも》して卓に向かった青江にそう言うと、青江は椅子《いす》の上から振《ふ》り返って少し首をかしげた。

「例えば——雪の音？」

青江の脇《わき》に積み上げてある箱に坐《すわ》りながら、丕緒は苦笑《くしょう》した。

「雪は音がせんだろう」

しませんね、と青江は顔を赤くする。

「では、水音でしょうか。風音とか？」

水音——ではない、と丕緒は思う。水の零《こぼ》れる音、流れる音、せせらぎ、さざなみ、どれも違う気がする。かと言ってどんな風の音でもない。水音も風音も、何かを語りすぎる気がする。

「もっと静かな……そう——そうだな、確かに雪の音なのかもしれない」

何も語らないが、耳を傾けずにいられないような——。

「雪には音がないが、感じとしては雪の音だ。よく分かったな」

丕緒が言うと、青江は困ったように微笑《ほほえ》んだ。

「師匠が似たようなことを言っておられたので。……ああ、同じことを仰《おつしや》っている、という気がしたんです」

丕緒は驚《おどろ》いて問い返した。

「蕭蘭が？」

「はい。雪のようなしんしんとした音がいい、と。自分ならそうすると仰ってました」

丕緒は言葉を失った。

――そういえば、丕緒は一度も蕭蘭の作りたいようにさせてやったことがなかった。それどころか、丕緒はただの一度も、蕭蘭にどんな陶鵲を作りたいかと、訊《き》いてやることすらしなかった。蕭蘭自身も望みを言ったりはしなかった。丕緒が頑《かたく》なに惨い陶鵲を作っている間、もっと綺麗《きれい》なものにすればいいのに、とは言ったものの、具体的な望みなど言ったこともなかったし、そもそも望みがあることさえ窺《うかが》わせなかった。

そうだったのか、と思った。蕭蘭もそれを望んでいたのか。

「……ほかには？」

「はい？」

「ほかには何か言っていなかったか？　どう砕くか、は」

丕緒の問いに、青江は俯《うつむ》き、考え込《こ》んだ。

「予王の鳥は辛《つら》い、と仰っていました。痛ましい感じがする、と。かと言って、あまり華やかに砕けるのも晴れ晴れとし過ぎて面白《おもしろ》くない、と仰っていたような気がします」

言ってから、はたと思い出したように青江は顔を上げた。

「そう言えば、鳥がいいと仰っていた記憶《きおく》があります。鳥が射られて落ちてしまうのは辛いから、割れてまた鳥になればいいのに、と」

「鳥になる……」

青江は懐《なつ》かしそうに頷《うなず》いた。

「鳥なんだから、と常々仰っていましたよ。飛ばせてやりたい、って。飛んだままでは射儀《しゃぎ》にならないのだけど、矢が当たったとき、せめて惜《お》しい感じがしてほしいと。当たってしまった、残念だなあと思っていると、そこから鳥が生まれるんです」

「そして、それが飛んで行く……？」

丕緒はなんとなく呟《つぶや》いたが、青江は意を得たように笑った。

「そう──そう仰ってましたよ。陶鵲が割れて本当の鵲《かささぎ》が生まれればいいのに、って。そうして飛び去ってしまうんです」

「それは悪くないな」

陶鵲が投げ上げられる。射られて割れると、そこから本当の鵲が生まれ、居並んだ人々の目の前から飛び去ってしまう。王も、玉座の威光《いこう》も、百官の権威も思惑《おもわく》も何もかもを置き去りにして──。

「せっかく生まれた鳥が、廷《にわ》に落ちて残るのも、砕けるのも嫌だと言っておられました。消えてしまったほうが気分に合うって」

「気分に合う……か」

丕緒は頷いた。蕭蘭は何も言わなかったが、同じ気分でいたのだと思った。いや、丕緒が聞こうとしなかっただけだ。頑なに自分の望みだけを追い、望みを失ったいまごろになって同じところに辿《たど》り着いた——。

丕緒は西の漏窓《まど》を振り返った。そこには闇《やみ》しか見えなかったが、昼間ならば谷間の風景が見えたはずだ。岩肌《いわはだ》には薄《うす》く雲が纏《まと》わりつき、眼下に街が見えるべき場所を梨木《やまなし》の群が遮《さえぎ》っている。

「蕭蘭はよくあの景色を見ていたろう」

青江は丕緒の視線を辿り、きょとんと眼《め》を瞠《みは》った。

「……谷間の？　はい、ええ」

「本当は何を見ていたのだろうな」

いまになって不思議に思う。——蕭蘭は何を思って谷間を眺《なが》めていたのだろう。

「下界なんか見たくない、と言っていた。本人がそう言うから、そうなのだと思っていたが。しかし、よく考えてみれば、下界を見たくないのなら、そもそも谷など見なければいい。よく院子の際《きわ》にある石に坐って、谷のほうを眺めていたが、そちらには下界しか見えんだろう」

青江もまた、意外なことを言われたように小首をかしげた。

「そう言われてみれば……そうですね」

いつか見た鳥の姿が目に浮《う》かんだ。あの鳥は荒廃《こうはい》こそを見ている、という気がした。それと同様に、ひょっとしたら蕭蘭は「見たくない」と言いつつ、荒廃を見てはいなかったろうか。

「そんなわけはないか……」

丕緒が苦笑すると、青江は問い返す。

「何がです？」

「いや。……下界しか見えないのに、その下界を見たくないと言って、辛抱《しんぼう》強く梨《なし》を植えた。なんとも気の長い話だが、本当にそうやって下界の悲惨《ひさん》を覆《おお》い隠《かく》してしまったな」

「覆い隠した……のでしょうか」

「違うのか？」

どうでしょう、と青江はさらに首をかしげた。

「確かに師匠《ししょう》は、下界なんか見たくないと仰っていました。そのくせいつも下界を見てらした。――そう、確かに師匠は下界を見ていたんだと思います。視線が向いていたのは、堯天のほうでしたから」

「正確には梨の森だろう。特に花が咲くと、眼を細めて見入っていた」

「でも、真冬にもやっぱり同じ場所を見ていました。冬になれば梨の葉は落ちてしまいます。そこには下界の景色しかありません」

「確かにそうだな……」

青江は立って漏窓に向かった。秋めいた風が寂しげな匂《にお》いを含《ふく》んで吹き込んでいた。

「下界なんか見たくないと仰っていたのは、そこに悲惨があることを重々御存《ごぞん》じだったからではないでしょうか。実際、辛い報《しら》せは聞きたくない、とも仰っていましたが、私がお耳に入れるまでもなく、よく御存じでした」

「蕭蘭が？」

「ええ。——聞きたくない音ほど気になって耳をそばだてずにいられない、ということだった気がします。それと同じで、分かっているから見たくない、けれども見ずにいられない、ということだったのでは。梨を植えられたのも、それで覆い隠してしまおうというわけではなくて……」

青江は言葉を探すように闇の中に下界を透《す》かし見た。

「花が咲くと、それは喜んでおられました。なんて綺麗な景色だろう、と仰って。それは見苦しい下界を花が覆って消し去ってくれたという意味ではなかったのだと思います。きっと師匠は、下界に花を重ねておられたのではないでしょうか。花を見るとき、いつか叶《かな》うかもしれない美しい堯天を見ておられたのだという気がします」

かもしれない、と丕緒は思った。

「私は、蕭蘭は常に現実に背を向けているような気がしていた……」

青江は振り返って微笑んだ。

「それは確かだと思いますよ。決して現実に正面から向き合う方ではありませんでした。背を向けて、自分の両手とだけ向き合ってこられた方です。ただ、だからと言って現実を拒んでおられたわけではないと思います」

丕緒は頷いた。……なんとなく分かる気がする。現実を拒む、とは丕緒のような閉塞《へいそく》の仕方を言うのだろう。官邸に籠もって無為に時を数えるような。世界に背を向け閉じ籠もっていたのは蕭蘭も同じだったが、蕭蘭は陶鵲を作ること、両手を動かしてそこに喜びを見出《みいだ》すことをやめなかった。いまになってそれこそが蕭蘭なりの、世界と対峙《たいじ》する、ということだったのかもしれない、と思う。

いつも下界を見ていた。荒廃なんか見たくない、と言いながら、いつか下界が花で覆われる日を待ち望んでいた——。

「蕭蘭の望む陶鵲を作ってみよう」

丕緒が言うと、青江は切なそうに——けれども確実に嬉《うれ》しそうに頷いた。

「できるだけ思い出してくれ。蕭蘭が何を望んでいたか」

4

最初の一羽は水のように青く透けた鳥だった。

王と高官たちが御簾《みすご》越しに居並ぶ承天殿《しょうてんでん》、その西の高楼《こうろう》から飛び立った鳥は、長い翼《つばさ》を持ち、長い尾《お》を持っている。薄青い冬空が凝《こご》ったようにも見えるその鳥は、楼閣に囲まれた広大な廷《にわ》を緩《ゆる》やかに一周すると、ついと方向を変え、玻璃《はり》のように輝《かがや》きながら空の高所に駆《か》け上がっていった。

殿下に居並んだ射手の一人から矢が放たれた。矢は蒼穹《そうきゅう》に鳥を追い、これを射抜《いぬ》く。同時に鳥は澄《す》んだ音を立てて割れ、そこから鮮《あざ》やかに青い小鳥が弾《はじ》けて生まれた。琺瑯《ほうろう》のように艶《つや》やかな小鳥は十程度、くっきりとした紺青《こんじょう》をして羽搏《はばた》くように煌《きら》めきながら右に左に舞《ま》い降りていく。それは徐々《じょじょ》に色を薄くしていった。羽搏くように舞うほどに色が抜け、抜けた端《はし》から透明《とうめい》な欠片《かけら》となって壊《こわ》れていく。青く透ける切片《せつぺん》は花弁のように宙を舞い落ちる。地に接すると、あるかなきかの微《かす》かな音を立てて砕けた。ちりちりと音を立て、透明な切片が廷に撒《ま》かれる。

次は二羽——今度は陽射《ひざし》のように金色に透けた鳥だった。二羽の大きな鳥は絡《から》み合うように廷を巡《めぐ》ると、共に天上を目指し、交錯《こうさく》するように昇《のぼ》っていく。二人の射手が矢を放った。矢は鳥を射抜き、射抜かれた鳥は黄金色《こがねいろ》の小鳥の群れに変じる。小鳥たちは鮮やかな羽根を輝かせて高所から舞い降り、同時に端から透けて砕《くだ》けていった。澄んだ金に花弁が舞う。ちらちらと舞う黄金色の花弁の間を、薄紫《うすむらさき》の鳥が飛び立った。今度は三羽。それが射抜かれて鮮やかな紫紺《しこん》の鳥に変じるころには、四羽の鳥が薄紅に駆け上がっていく。上空で生まれた赤い小鳥の群れは、舞いながら砕け、透ける薄紅の花弁を廷一面に降らせた。

色さまざまに鳥が舞い上がっていった。それらは射られて鮮やかな小鳥に姿を変え、小鳥は群をなして舞い降りながら脆《もろ》い花弁となって砕け散っていく。花弁が割れる密《ひそ》やかな音が縒《よ》り合わされ、さらさらと霙《みぞれ》のような音が場内に満ちた。

最後は銀の鳥が三十だった。射られて割れると純白の翼を持った小鳥の群に変じる。真っ白な小鳥の群は艶やかに陽光を照り返しつつ舞い降り、羽搏く端から砕けて乳白色に透けた花弁に変じた。無数の脆い花弁が白く降る。一面の梨花《りか》が一斉《いっせい》に散るように。

丕緒《ひしょ》は最後の一片が、押《お》し殺した溜息《ためいき》のような音を立てて砕けるのを見守った。

承天殿の前に広がる廷にはしんと物音が絶えている。一呼吸あって、人々が漏《も》らした吐息《といき》がさざなみのように広がるのを聞いた。やがてそれが賛嘆《さんたん》の声となって高まる前に、丕緒はその場をひっそりと退出した。

――終わった。

射儀《しゃぎ》を見守っていた高楼を離《はな》れ、儀式の場となっていた西園《さいえん》を出る。自分でも不思議なほど、丕緒は満ち足りていた。ただ美しいだけの景色だったが、丕緒の気分に良く合っていた。あれが作りたかったのだし、実際にやってのけた。これ以上のことはない。

一人、路門《ろもん》を下って雲の下に戻《もど》り、真《ま》っ直《す》ぐ羅人《らじん》府に向かった。射儀の成り行きを案じ、青い顔で院子《なかにわ》を歩き廻《まわ》っていた青江《せいこう》に、「見事だったぞ」と声をかけた。

「では——無事に」

青江はくしゃりと泣きそうな顔で駆け寄ってくる。

なにしろ時間が充分《じゅうぶん》にあるとは言えなかった。期限までに数を揃《そろ》えるので精一杯《せいいっぱい》、とても大射《たいしゃ》の通りに試射をしてみる余裕《よゆう》がなかった。陶鵲《とうしゃく》を射てみるだけの試射なら何度もやったが、問題は昇っていく陶鵲が舞い降りる小鳥の小片とぶつかりはしないかということだった。小片は単純に小鳥を象《かたど》っただけのもの、その形状から羽搏くように翻《ひるがえ》りながら舞い落ちるだけで、飛んでいく軌跡《きせき》を操作することができない。昇ってくる陶鵲に当たれば、肝心《かんじん》の陶鵲の軌道が変わる。射手が射損じるおそれがあった。

「小片の高さと位置が、狙《ねら》い通りに収まった。おかげで一羽も射損じずに済んだ」

良かった、と青江は力が抜けたようにしゃがみ込《こ》む。

「……もしも射損じたり、それどころか、射られる前に陶鵲が落ちてしまったらどうしようかと」

「最初は、はらはらしたが、すぐにこれは大丈夫《だいじょうぶ》だと分かったな。安心して見ていられたぞ。とても綺麗《きれい》で——お前にも見せてやりたかった」

はい、と青江は泣き笑いに頷いた。

せっかくの景色だから、見せてやりたかった。だが、羅人の位ではたとえ監督《かんとく》のためといえども天上の儀式に参加することは許されない。

「最後はお前の言う通り、白にして良かった」

丕緒は院子の外を見やった。巨大《きょだい》な峡谷《きょうこく》に冬の陽が落ちて行こうとしている。一年で最も命短い太陽が滑《すべ》り落ちていく先には、新王を迎《むか》えたばかりの堯天《ぎょうてん》の街が垣間見《かいまみ》えた。蕭蘭《しょうらん》が植えた梨は葉を落とし、新しい春を待って眠《ねむ》りについている。

「……のようでしたか？」

青江の声はごく小さく、呟《つぶや》くようで、だから聞き取れはしなかったのだが、丕緒には青江が何を言ったのか分かった。蕭蘭が待ち望んでいた春のあの景色だ。真っ白な梨雲《りうん》が谷間に懸《か》かり、風が吹《ふ》けば一斉に花弁が舞う。記憶《きおく》にあるそれを見ているかのように、青江の目は谷底に向けられていた。

ああ、と丕緒は頷いた。


その夜だった。丕緒が青江や工手《しょくにん》たちと祝杯《しゅくはい》を挙げているところに、射鳥氏《せきちょうし》が飛び込んできた。興奮したように顔を赤らめた遂良《すいりょう》が、王がお召《め》しだ、と言う。

実を言えば、丕緒は何も聞きたくなかった。丕緒は自らの作った景色に満足していた。他者の評価は邪魔《じゃま》だとしか思えなかったが、拒《こば》むことなど許されるはずもなく、舞い上がった遂良に引きずられるようにして再度雲の上に向かった。路門を越《こ》えたところで天《てん》官《かん》に引き渡《わた》され、王が待つという外殿《がいでん》へ向かう。道行きは気が重かった。外殿へ向かうのは、これで二度目だ。前回の失望が、意味を持たなくなったいまも胸に蘇《よみがえ》って苦い。

外殿は朝議に用いる巨大な宮殿で、中央には玉台《ぎょくだい》が聳《そび》え、周囲を御簾に遮《さえぎ》られている。丕緒は天官に促《うなが》されるまま御前に進み、その場に叩頭《こうとう》した。御簾の中から顔を上げるよう声があったが、男の声なので王の言葉ではあるまい。言われるままに頭を上げると、同じ声が天官に下がるよう言い、そして丕緒に、立って間近まで来るように言う。

丕緒は戸惑《とまど》いながら身を起こした。広大な宮殿の中には、いまや丕緒一人しかいない。灯火も玉座の周辺にしかなく、丕緒のいる場所からは建物の端が見えなかった。あまりに巨大な空洞《くうどう》の中で、自分の存在はいかにも頼《たよ》りない。恐る恐る御前に進み、言われるまま跪《ひざまず》いて一礼する。

「……あなたが羅氏《らし》か？」

今度は若い女声がした。声の持ち主は近かったが、御簾のせいでその姿は一切《いっさい》、窺《うかが》い知れなかった。

「左様でございます」

「射儀はあなたが直々に采配《さいはい》をするのだと聞いた。不世出の羅氏だとか」

「評価については存じませんが、私が羅人と共に陶鵲を作らせていただきました」

そうか、と若い王は呟く。少し言葉を探すように声が途絶《とだ》えた。

「……申し訳ない。わざわざ来てもらったが、実を言うと、何をどう言えばいいのか分からない。ただ……」

固唾《かたず》を呑《の》んだ丕緒に向かい、王は言う。

「……胸が痛むほど美しかった」

どきりとした。思わず澄ました丕緒の耳に、ごく微かな溜息が届いた。

「忘れ難《がた》いものを見せてもらった。……礼を言う」

真摯《しんし》な声を聞いた瞬間《しゅんかん》、どうしてだか丕緒は、通じたのだ、という気がした。陶鵲でもって何を語ろうとしたわけでもなかったが、多分、王はあれを作った丕緒の――蕭蘭の、青江の気分を理解してくれた。

「身に余るお言葉でございます」

一礼しながら、これでもういい、という気がしていた。本当に職を辞そう。丕緒がやるべきことはこれで終わったと思う。あとは青江に任せればいい――そう思ったときに、さらに声がした。

「次の機会を楽しみにしている」

いいえ、と答える間もなく、新王は言葉を継《つ》いだ。

「……できれば一人で見てみたかったな。鬱陶《うっとう》しい御簾など上げて。もっと小規模でいいから、私と――あなただけで」

王の声は飾《かざ》り気もなく率直《そっちょく》だった。それを聞いたとたん、丕緒の脳裏《のうり》に浮《う》かんだのは夜の廷だった。月か篝火《かがりび》か——明るく照らされた廷には、誰《だれ》の姿もない。射手も物陰《ものかげ》に潜《ひそ》み、その場に佇《たたず》むのは自分だけ、見守るのは王だけ、言葉もなく歓声《かんせい》もないただ静かなだけの廷に、美しく陶鵲が砕けていく。

丕緒は陶鵲をもって語る。王はそれに耳を傾《かたむ》ける。語り合いたい、と王の言葉は言っているように思われた。

鳥は白だ、と丕緒は思った。夜目に明るく、砕ければその破片が篝火を受けて輝く。夜の海が月光を照り返すように舞い降りていく。ならば音は潮騒《しおさい》のような音だ。眠りに誘《さそ》うような静かな微かな潮騒の音——。

丕緒はその場に深く叩頭しながら、脳裏に一羽の白い鳥を見ていた。潮騒の中を飛ぶ最後の一羽。その一羽は射手の矢を避《よ》けて、真っ直ぐ王の膝許《ひざもと》に飛んでいく。この王なら、それを不吉《ふきつ》だと言って拒んだりはすまい。

「……お望みとあれば、いつなりと」

丕緒は答えていた。

——慶《けい》に新しい王朝が始まる。

落照の獄

1

「──父さまは人殺しになるの？」

　唐突《とうとつ》に背後から訊《き》かれ、瑛庚《えいこう》はぎくりと足を止めた。刃物《はもの》を突《つ》きつけられた思いで振《ふ》り返ると、彼《かれ》のすぐ後ろに小さな娘《むすめ》が佇《たたず》んで、稚《いとけな》い眼《め》を向けてきていた。

　園林《にわ》から戻《もど》ってきたのだろう、走廊《かいろう》を横切る途中《とちゅう》で立ち止まったふうの娘は、小さな両手で玻璃《はり》の水盤《すいばん》を捧《ささ》げ持っている。透明《とうめい》な水盤の中には清い水が湛《たた》えられ、真っ白な睡蓮《すいれん》の花が一輪、浮《う》かんでいた。夏の終わり、強い陽射《ひざし》を軒《のき》に切り取られ、走廊には濃《こ》い影《かげ》が落ちている。娘の胸許《むなもと》に浮かんだ白い花が、ぽうっと光を灯《とも》したようだった。

「どうした」

　ぎこちなく笑《え》みを作って、瑛庚は娘に向かって身を屈《かが》めた。

「私は人を殺したりせんよ」

　頭を撫《な》でると、李理《りり》は澄《す》んだ眼で瑛庚を見る。物言いたげな様子でしばし瑛庚を見上げてから、こくんと一つ頷《うなず》いた。水盤の中の蓮《はす》が揺《ゆ》れる。

「母さまに持っていくのかね？」

瑛庚が水盤を目線で示すと、ぱっと李理は笑みを浮かべた。屈託《くったく》のない幼い笑顔だった。

「蒲月《ほげつ》兄さまに。今日、茅《ぼう》州からお戻りになるって」

そうか、と瑛庚は微笑《ほほえ》んだ。

「気をつけて行きなさい」

瑛庚の言に、娘は頷いて真剣な面《おも》持ちで歩みを始めた。水盤の水を零《こぼ》さぬよう注意しながら、大事業に臨《のぞ》むような貌《かお》で歩いていく。

なんとなくその後ろ姿を見守っていると、娘は走廊の階《きざはし》を院子《なかにわ》へと降りていく。白い切石を敷《し》き詰《つ》めた院子を三歩ほど進み、深い軒が作る影を出た。真っ白な陽射の中に歩み出たとたん、すっと娘の姿が光に溶《と》けた。

輪郭《りんかく》が白く霞《かす》み、小さな後ろ姿は半ば透《す》けている。それが消え失《う》せるように遠ざかっていく。

思わず呼び止めようとして、瑛庚はかろうじて思いとどまった。

ほんの一呼吸の間に光に眼が慣れた。四方を建物に囲まれた小さな院子には、陽光がいっぱいに注がれている。その中を色鮮《いろあざ》やかな襦裙《きもの》を纏《まと》った幼い娘が、依然《いぜん》として生真《きま》面目《じめ》そうな面持ちで、そろそろと水盤を運んでいた。

ほっと息をついた瑛庚だったが、胸の中に痛みを感じた。ほんの一瞬《いっしゅん》、光に幻惑《げんわく》されて娘を見失った刹那《せつな》の喪失感《そうしつかん》が、重く硬《かた》く、痼《しこ》りとなって残っていた。

李理は八歳《さい》になった。そして、芝草《しそう》に住むあの子供も八歳だった。子供の名は駿良《しゅんりょう》、おそらくはいま、芝草で最も有名な子供だ。

――狩獺《しゅだつ》という人非人《にんぴにん》に殺されたことによって。

世界北方にある柳《りゅう》国の首都を芝草という。芝草は国の首都であると同時に、朔《さく》州の州都、さらには深玄《しんげん》郡と袁衣《えんい》郷、蓊《おう》県の、三つの行政府が置かれている。このうち袁衣郷士師《しし》によって狩獺が捕《と》らえられたのは、この夏の初めのことだった。

狩獺は芝草に程近《ほどちか》い峠道《とうげみち》で母子を襲《おそ》った。二人を殺害し、荷物から金品を抜《ぬ》こうとしたところで、悲鳴を聞いて駆《か》けつけた人々によって取り押《お》さえられ、犯罪者を取り締《し》まる士師に逮捕《たいほ》されたのだが、狩獺はこのほかにも芝草近辺で起こった四件の殺傷事件について、犯人だと目されていた。推定される罪が重大であったため、狩獺の身柄《みがら》は深玄郡の郡庁に送られた。罪を裁き訴訟《そしょう》を裁く獄訟《ほうてい》は県以上の行政府に置かれているものの、五刑《ごけい》と呼ばれる重罪を裁くことのできる刑獄《けいごく》は郡以上の行政府にしかない。したがって狩獺は袁衣郷を管轄《かんかつ》する深玄郡秋官府《しゅうかん》に送られることになったのだが、ここで狩獺は犯人と目されていた四件の刑案《うったえ》ばかりでなく、他の十一件の刑案について罪を認めた。

捕らえられる契機《けいき》となった事件を含《ふく》め、実に十六件。その全《すべ》てが殺罪を含み、犠牲者《ぎせいしゃ》は総計で二十三人を数える。二十三人のうちの一人が駿良だった。

駿良は八歳、芝草で小店を営む夫婦の間に生まれた。ごく普通《ふつう》の明るく元気な子供——それが駿良に対する周囲の評価だ。そんな当たり前の子供は約一年前、家に程近い小路の物陰《ものかげ》で屍体《したい》となって発見された。

駿良はその少し前、桃《もも》を買いに店舗《てんぽ》を兼《か》ねた家を出たばかりだった。付近にいた露天《ろてん》商《しょう》は駿良を小路に引き込《こ》む男の姿を見ていた。男は何気ない仕草で駿良を引き寄せて小路に入り、すぐに一人で出てきた。様子に不審《ふしん》なところはなかったが、幼いころから駿良をよく知る露天商は、男の顔に見覚えがなかったために誰《だれ》だろうかと怪訝《けげん》に思った。そして、それからいくらも時をおかず、通り掛《か》かった付近の住人が駿良の屍体を発見したのだった。哀《あわ》れな子供は喉《のど》が潰《つぶ》れるほどの力で扼殺《やくさつ》されていた。

駿良を物陰に引き込んだ男が何者なのかは分からなかった。引き込むや否《いな》や相当の決意をもって殺害しているところから、殺すために小路に引き込んだことは確実だった。しかしながら、八歳の子供に殺される理由があったとは思えない。ただ、家を出るとき掌《てのひら》に握《にぎ》っていた小銭《こぜに》が周囲のどこからも見つからなかった。その額、わずか十二銭。

まさか十二銭のために殺されたわけではあるまい。だとしたら、なぜ駿良は殺されたのか。単に殺すために殺したとしか思えなかった。しかも殺されたのは家のすぐ近く、小店の並ぶ市井《しせい》の直中《ただなか》、そのうえ白昼のことで、付近には人通りも多かった。あり得ない凶行《きようこう》に芝草の民《たみ》は騒然《そうぜん》とした。

——だが、駿良はその「まさか十二銭のために」殺されたのだった。

狩獺は、駿良が小銭を握って家を出るのをたまたま見ていた。それであとを尾《つ》け、物陰に引き込んでこれを殺し、掌に握りしめていた小銭を奪《うば》った。この十二銭で狩獺は一杯《ぱい》の酒を買って飲んだ。懐《ふところ》には先日老夫婦を殺害して盗《ぬす》み取った十両近くが入っていた。深玄郡秋官の鞫問《とりしらべ》によってこれが明らかになると、芝草の民は愕然《がくぜん》とした。あまりにも無意味な駿良の死に誰もが怒《いか》った。——これは瑛庚も例外ではない。

瑛庚には理解できない。柳国における平均的な市民の一月の収入が約五両だった。それに倍する金銭を懐に持っていた狩獺には、たかだか十二銭を奪う理由などどこにもなかったはずだ。しかも狩獺は成人の男だ。八歳の子供とは体格においても膂力《りょりょく》においても比べるべくもなかろう。物陰に引き込んだのなら、銭を出せと脅《おど》せばよかった。出さないなら、単に奪い取ればよかったのだ。にもかかわらず、狩獺は駿良を無造作に殺した。

しかしながら狩獺にとって、この無造作な犯行は常態に過ぎなかったのだ。駿良の死は二十三のうちの一でしかなかった。

——十六件、二十三人。

瑛庚は書房《しょさい》の卓子《つくえ》に向かい、堆《うずたか》く積まれた書状に目を通していった。そこには狩獺の罪状の全てが詳細《しょうさい》に記されている。

事件の一つは芝草の隣《となり》にある小さな廬《むら》で起きた。夫婦と年老いた母、そして子供が二人殺された。昨年の末のことだった。廬の住人は極寒期には里《まち》に移る。これは廬が基本的に田畑を耕すために存在するからなのだが、彼らは冬のあいだ里で暮らすための家を持っていなかった。子供が大病をした際、国から与《あた》えられたそれを売り払《はら》っていたのだ。廬の中で残っているのはこの一家だけだった。狩獺はその家に押し入り、一家を殺してのうのうとそこで暮らしていた。冬の最中、不便もあろうかと訪ねた隣人《りんじん》は、家の扉《とびら》を叩《たた》き、見慣れない男に会った。男はいたって愛想《あいそ》良く、一家は近くの里まで旅行に出掛けた、自分は留守を預かっている親戚《しんせき》だと名乗った。——だが、隣人はそのときまで一家にそれほど親しくしている親戚がいるという話を聞いたことがなかった。怪訝に思いつつ里に戻り、気になって数日後に訪ねてみると、一家はまだ帰っていない、と言う。不審を感じた隣人は里府《やくしょ》に届け出た。里の役人が訪ねてみると、男の姿はすでになかった。家の中、臥室《しんしつ》の一つには、乱雑に一家の屍体が積まれて凍《こお》っていた。ただし、夫の屍体だけはそこになかった。役人たちは周囲を捜索《そうさく》し、家のすぐ裏手にある沢《さわ》に遺体が放置されているのを見つけ、そして激怒《げきど》した。沢を横切るようにして置かれた遺体には、何度も往復した足跡《あしあと》が残っていた。一家を殺した男は、沢の向こうにある畑に行くため、凍った遺体を文字通りの橋として利用していたのだった。

親戚を名乗った男は、年のころ三十前後。痩《や》せぎすで中背、黒髪《くろかみ》に黒眼の特徴《とくちょう》のない男だったが、右の蟀谷《こめかみ》に「均大日尹」の四文字を図案化した小さな刺青《いれずみ》があった。黥面《げいめん》──すなわち、刑罰《けいばつ》として刺青を施《ほどこ》されている。

殺罪などの重罪を犯《おか》した犯罪者は、髪を剃《そ》られ、頭に刺青を施される。この刺青は十年ほどで次第《しだい》に消えるが、消えないうちにその者が再び重罪を犯したとき、頭に二つ目の刺青が入れられることになる。それがさらに重罪を犯せば、今度は右の蟀谷に墨《すみ》を入れられた。刺青は必ず四文字を図案化したもので、その文字を見れば、どこで裁かれた何者なのかが分かる。「均《きん》」は均州において裁かれたことを示し、「大」は年を、「日」は徒刑《ちょうえき》に服した圜土《かんごく》を示している。「尹《いん》」はこの男に当てられた文字だ。これによって、この男もすぐに素性《すじょう》が知れた。通称を狩獺、姓名は何趣《かしゅ》。柳国北方にある道州《どう》の生まれで、道州、宿州《しゅく》、均州の三州において裁かれていた。罪状はいずれも殺罪。最初の一件は金銭を奪おうと殴《なぐ》った相手が結果として死亡したというものだったし、宿州での一件も、やはり金品を奪おうとして揉《も》み合ううち、相手を死亡させたというものだったが、均州の一件だけは最初から決意をもって殺している。動機はやはり金銭だった。

書卓《つくえ》に広げた記録を読み進めながら、瑛庚は幾度《いくど》も溜息《ためいき》をついた。

徒刑は懲罰《ちょうばつ》であると同時に、犯罪者に罪を自覚させ教化するために存在するが、狩獺に関して言うなら、徒刑が何の意味も持たなかったことは明らかだった。均州で裁かれ、徒刑六年を終えて市井に放たれ、わずか半年で次の凶行に及《およ》んだ。以来、ほぼ二年の間に十六件の罪を重ねた。

これらの罪により、狩獺は深玄郡秋官司法《しほう》によって裁かれた。ただし、狩獺のような重罪人の場合、最低でも一度はさらに上位の行政府によって論断《しんり》が行なわれることになっている。則《のり》に従い、狩獺の身柄は州司法に送られた。狩獺はここで再度決獄《はんけつ》を受けたが、州司法に躊躇《ためら》うところがあって、さらにその身柄を国府へと送られることになった。狩獺は国によって三度《みたび》裁かれることになる。裁くのは司法、その下に置かれた司刑《しけい》、典《てん》刑《けい》、司刺《しし》が合議をもって論断し、最終的に司刑が決を下す。

――つまりは、瑛庚が裁かねばならない。

2

夏の終わりの陽《ひ》は緩《ゆる》やかに傾《かたむ》いていく。憂鬱《ゆううつ》な気分で記録を読んでいると、陽が翳《かげ》ったころ、妻の清花《せいか》が灯火を持ってきた。

「休憩《きゅうけい》なさらなくて大丈夫《だいじょうぶ》ですか」

書房《しょさい》の燭台《しょくだい》に火を移しながらそう問う。うん、と瑛庚《えいこう》が生返事をすると、

「……やはり殺刑《しけい》はないのですね」

　低い声でそう訊《き》いてきた。瑛庚は驚《おどろ》いて顔を上げ、書状を置いて妻の若やいだ顔を見た。茜色《あかねいろ》の灯火に照らされ、清花の白い顔は上気したように朱《しゅ》を帯びている。にもかかわらず、その表情は硬《かた》かった。

「李理《りり》が、貴方《あなた》は狩獺《しゅだつ》を殺さない、と言っていました。それが結論なのですか」

　清花の口調には責める色が滲《にじ》んでいた。瑛庚は無理にも笑《え》みを作る。

「何の話だね？　李理は、私に人殺しになるのか、と訊いたのだ。だから違《ちが》うと」

「分からない振《ふ》りをなさらないで」

　冷ややかに言われ、瑛庚は押し黙《だま》った。もちろん瑛庚自身、李理に問われたとき、それが何を意味する問いなのかは分かっていた。このところ、芝草《しそう》の民の全てが司法府に注目していた。他の官府も例外ではなく、官府官邸《かんてい》で働く奄奚《げなんげじょ》までが司法を注視している。――狩獺が殺刑に処せられるか否かで。

　狩獺は最初、深玄郡《しんげん》司法によって裁かれた。結論は大辟《たいへき》――すなわち殺刑だった。狩獺の身柄は朔《さく》州司法に送られたが、ここでも結論は大辟だった。ただし論断《しんり》は紛糾《ふんきゅう》し、決獄《はんけつ》は出たものの国に判断を仰《あお》ぐべきだとの意見が趨勢《すうせい》を占《し》めた。よって狩獺の先行きは国府司法に――瑛庚らの手に委《ゆだ》ねられることになったのだった。

　ここで瑛庚が殺刑との決獄を出せば、それで刑は確定する。狩獺は殺されることになる。李理は官邸で働く誰かからこれを聞いたのだろう。それで「人殺しになるのか」と訊いたのだとは想像がついていた。李理にはまだ、殺人と殺刑の違いなど分かるまい。

「狩獺のことを言ったわけではないのだ、本当に。だが……確かに、殺刑を命じれば私が殺すようなものだ。李理はさぞ辛《つら》く感じるだろう」

心優《こころやさ》しい聡《さと》い子だ。幼いなりに胸を痛めるのに違いない。──そう思ったとき、清花が強い声を上げた。

「けれども李理のことをお考えになるなら、貴方はあの豺虎《けだもの》を殺刑にするべきです」

瑛庚は驚いて妻の顔を見た。清花は官吏《かんり》ではない。身分のうえでは胥《げかん》の職を得ていたが、これは瑛庚の世話をするという名目で便宜上《べんぎじょう》与えられている身分に過ぎなかった。官吏でない家族を仙籍《せんせき》に入れるための方便であり、清花自身は政《まつりごと》に一切《いっさい》、関《かか》わりを持っていない。これまでは瑛庚の仕事に口を挟《はさ》むこともしたことがなかった。

「どうした、急に」

「あの豺虎は子供を殺しました。犠牲者の中には赤児《あかご》さえおります。李理を可愛《かわい》くお思いになるなら、同じく可愛く思う我が子を殺された者たちの無念もお考えください」

「それは、もちろん──」

言いかけた瑛庚を清花は遮《さえぎ》った。

「いいえ。私には分かります。貴方は迷っておいでです」

事実だったので、瑛庚は黙り込むしかなかった。確かに瑛庚は迷っている。躊躇《ちゅうちょ》している、と言ってもいい。

「なぜ迷う必要があるのですか。何の罪もない人々を無慈悲《むじひ》に殺した犲虎に、果たして情けが必要でしょうか」

清花に言われ、瑛庚は思わず苦笑《くしょう》した。

「これはべつに、情けの問題ではないよ」

「情けの問題ではないと言うなら、なぜ殺刑ではいけないのです？　もしもあの犲虎に殺されたのが駿良《しゅんりょう》ではなく李理だったら――」

「そういう問題でもないのだ」

瑛庚は年若い妻を諭《さと》すように言った。清花は瑛庚にとって二度目の妻だった。外見においては瑛庚よりも二十は年下に見えるが、その実年齢《じつねんれい》において八十近い開きがある。

「では、どういう問題なのです？」

清花は表情を強張《こわば》らせた。このところ頻繁《ひんぱん》に見る顔だ。

「……お前には理解しにくいかもしれないが、法は情では動かないのだ」

「では、あの犲虎に理があると仰《おっしゃ》るのですか」

「そういうことでもない。――犲虎の行為《こうい》は許されるものではないし、情けをかける余地もなかろう。清花の怒《いか》りも民の怒りもよく分かる。犲虎を憎《にく》く思うのは私も同じだ。

だが、殺刑というものは、許せないから殺してしまえという、そんな簡単なことではないのだ」

できる限り穏《おだ》やかに柔《やわ》らかく言ったつもりだったが、清花の表情は険しくなるばかりだった。瑛庚を射るような眼差《まなざ》しで見る。

「貴方はそうやってまた私を、ものの道理の分からない愚《おろ》か者のように扱《あつか》うのね」

凍《い》てついたような低い声だった。

「そんなことは――」

ない、と言いかけた言葉を清花は遮った。

「貴方は、芝草でこのところ、子供が消える事件が続いていることを御存《ごぞん》じですか」

「噂《うわさ》には聞いている。だが、それは狩獺の犯行ではないよ」

分かっています、と清花は声を尖《とが》らせる。

「どこまで莫迦者《ばかもの》のように思っていらっしゃるの？　すでに囹圄《ろうや》に捕《と》らえられているのだから、もちろん狩獺は関係ないわ。私が言っているのは、近頃芝草では、そんな嫌《いや》な事件ばかりが起こる、ということです」

「ああ――」

「春官府《しゅんかんふ》の下官の邸《やしき》で、奄奚が皆殺しに遭《あ》ったことは御存じでしょうか。奄の一人が主人から叱責《しっせき》されたことを怨《うら》んで、その怒りの鉾先《ほこさき》を主人に向けずに一緒《いっしょ》に働く同輩《どうはい》に向けたのですわ。このところの柳《りゅう》はそんな話ばかりです。この国は、一体どうしてしまったのでしょう」

これに対して、瑛庚は黙り込むしかなかった。近頃、理解し難《がた》い事件——しかも凶悪《きょうあく》な事件が頻発していることは事実だった。

「私には世が荒《すさ》んでいるように見えます。ここで狩獺のような豺虎を赦《ゆる》すことは、民に罪を勧《すす》めるようなものでしょう。厳罰が必要なのではありませんか？　人を殺せば自らも殺されるのだと、広く知らしめる必要がありはしないでしょうか」

瑛庚は憂鬱な気分で息を吐《は》いた。

「だが、それで狩獺のような輩《やから》が罪を思いとどまることはないのだよ」

清花は意外そうに瑛庚を見る。

「実は殺刑には、犯罪を防ぐ効果などないのだ。残念ながら、刑罰を厳しくすれば犯罪がやむというものではない」

諭すように言うと、清花は口許《くちもと》を歪《ゆが》めた。

「では貴方は、李理が殺されても犯人を赦しておしまいになるのね」

「そうは言っていない。それとこれとは話が別だと言っている。李理に何かあれば、私は犯人を赦さない。だが、それと司法官として法を運用することは別なのだ」

思わず声を荒《あら》げた。清花は何かを言いかけ、そして蔑《さげす》むように瑛庚を見る。

「話が別だから、もしも李理が殺されたとしても、あなたはその犯人を殺刑にしてはくださらない、ということね」

そうじゃない、と言いかけたが、清花はくるりと背を向け、足早に書房を出ていった。いつの間にかあたりはすっかり暮れ、冷ややかな夜風に乗って虫の声がしていた。

瑛庚は消えてしまった妻の背に向かって呟《つぶや》く。

「……そういうことではない」

法には情の入り込む余地はない。あってはならない。だから、李理が殺されたのであれば、当然、瑛庚はその刑獄《けいごく》からは外される。それが司法というものなのだ、と言いたかった。だが、言ったところで清花は納得《なっとく》すまい。おそらくは、刑案《うったえ》を担当する司刑に殺刑を願うことはないのか、という話になるだけだろう。そうすれば瑛庚は、心で願っても実際に言うことはできない、と答えざるを得ない。

瑛庚は深い溜息を落とし、浮《う》かしかけた腰《こし》を椅子《いす》に降ろした。書卓《つくえ》に肘《ひじ》を突《つ》き、軽く額を押さえる。

愚か者のように扱っているつもりはない。少なくとも、瑛庚は妻を愚かだとは思っていなかった。だが、実際問題として法は情では動かない。法はそういう次元で動かしてはならないものだ。どう説明すればいいのか――考えて、瑛庚は途方《とほう》に暮れる。

清花は決して愚かではないし、実際の生活の場面ではむしろ賢《かしこ》く聡いと思う。だが、彼女《かのじょ》は情を措《お》いて理のみでものを考えることができなかった。清花自身は、自分にも道理が分かると主張するが、彼女の道理は彼女の情が即《すなわ》ち道であることを大前提にした「道」理であることが多い。それは必ずしも道ではない、と言うと、情を欠いた道などあり得ないはずだ、と清花は反駁《はんばく》する。

清花によれば、瑛庚は情を欠き、官吏の弄《ろう》する功利的な理屈《りくつ》を道だと勘違《かんちが》いしている。分かっていないのは瑛庚のほうで、にもかかわらず高官の常で、無位の自分を愚か者扱いする。

清花はこのところ、そう言って怒《おこ》ることが多かった。怒ったあげく、別れたいと言い出す。婚姻《こんいん》を解消し、仙籍を返上し、市井《しせい》の民《たみ》に戻《もど》りたいと言うのだ。

瑛庚には、どう語れば清花の理解を得られるのかが分からない。瑛庚は職責柄、理を措いて情のみで物事を語ることが得手ではない。そのせいだろう、宥《なだ》めようとすればするほど清花を怒らせるのが常だった。だとしたら清花はいずれ去っていく。――最初の妻がそうであったように。恵施《けいし》が最後に残した言葉は、「私は貴方が思うほど愚かじゃない」だった。

二人の妻から同じ言葉を投げつけられる、ということは、実は二人のほうが正しいということの証左なのかもしれない。

鬱々と考える視線の先には、悲惨《ひさん》な犯罪の経過を書き留めた記録があった。

被害者《ひがいしゃ》は駿良、八歳《さい》。そして李理も八歳になった。それを思うと、いたたまれない気分になった。走廊《かいろう》で李理と別れて以来、胸の中には依然《いぜん》として痼《しこ》りが留まっている。それは何度溜息をついても吐き出すことができなかった。

3

その夜半になって、書房《しょさい》を訪《おとな》う者があった。

「まだお休みにならないのですか」

言って書房に顔を出したのは蒲月《ほげつ》だった。清花《せいか》かと緊張《きんちょう》した瑛庚《えいこう》は、少し安堵《あんど》して肩《かた》の力を抜《ぬ》く。そうして李理《りり》が、蒲月が今日戻ってくると言っていたのを思い出した。

「いまごろ戻ってきたのか？　李理はずいぶんと心待ちにしていたようだが」

はい、と蒲月は笑む。両手に茶器を揃《そろ》えた茶盤《ぼん》を捧《ささ》げ持っていた。

「戻ったのはもっと以前です。李理にひとしきり相手をさせられましたよ。司刑《しけい》はお忙《いそが》しいようだったので、声をおかけしませんでした」

そうか、と瑛庚は笑った。李理は「兄さま」と呼ぶが、蒲月は瑛庚の息子《むすこ》ではない。孫だ。

瑛庚は五十を目前に地方府の下官から州官へと抜擢《ばってき》されて昇仙《しょうせん》した。最初の妻である恵施《けいし》との間に二男一女があったが、長男長女はそのころには成人して独立していた。瑛庚が昇仙したとき、共に昇仙することも可能だったが、すでに婚姻して伴侶《はんりょ》を得ていた二人は地上に残ることを選び、そしていつの間にか瑛庚よりも老いて死んでいった。当時まだ成人に達していなかった次男だけは瑛庚の手許に残り、そののち朔《さく》州の少学《しょうがく》を出、官吏になって昇仙した。いまはこの柳《りゅう》国の西にある茅《ぼう》州で州官を務めている。この次男が得た息子が蒲月だった。祖父である瑛庚を頼《たよ》って芝草《しそう》へやって来て、父親と同じく朔州の少学に入った。父親より——そして祖父の瑛庚よりも遥《はる》かに優秀《ゆうしゅう》だった蒲月は、そのまま大学へと進むことが叶《かな》い、昨年卒業して国官になった。ようやく役目にも慣れ、休みを取るゆとりができて、茅州の父親に挨拶《あいさつ》をしに行ってきたところだった。

「少し休憩《きゅうけい》なさってはいかがです？」

蒲月の言葉に、瑛庚は頷《うなず》いた。窓辺に置いた方卓《つくえ》に移る。蒲月がそこに茶器を並べた。

「気を使わせたようで済まないな」

瑛庚が言うと、蒲月は首を振《ふ》る。

「司刑はいま、大変なときなのですから」

国官に登用され、蒲月の瑛庚に対する態度は改まった。蒲月は天官宮卿補《てんかんきゅうけいほ》で、王宮の制令を掌《つかさど》る宮卿の補佐官だ。位にして国官の中では最下位にあたる中士《ちゅうし》だが、瑛庚は秋官《かん》司刑。位は下大夫《かたいふ》、高官の部類に入る。

蒲月は茶器に湯を注ぎながら、

「姉上が機嫌《きげん》を損《そこ》ねていらっしゃいましたよ」

蒲月は清花を姉と呼ぶ。祖父の妻だが、見かけの年貌《よわい》はその頃合いだった。

「司刑は狩獺《しゅだつ》を赦す気だ、と言って」

「そんなことを言ったつもりではないのだが。……難しいな」

蒲月は問うように瑛庚を見る。瑛庚は苦笑した。

「情だけで狩獺を裁くことはできない、と言ったのだ。そもそも狩獺の論断《しんり》は、まだ始まってもいない。確かに、最終的に刑を定めるのは私の職分だが、それまでに典刑《てんけい》、司刺《し》と充分《じゅうぶん》に合議せねばならない。まだ結論を出す段階にないし、たとえ胸の内にあったとしても漏《も》らすはずがなかろう」

「……もっともです」

蒲月は頷いたが、どこか問い掛《か》けるような眼《め》をしていた。瑛庚は首を振り、話を打ち切る。旅から戻ってきたばかりの蒲月に、茅州のこと、父親のことを尋《たず》ねたが、心はその会話の上になかった。重い痼りが胸の中にある。

清花が狩獺を殺刑《しけい》にせよ、と言うのはもっともなのだろう。清花だけではない。民はなべてそう言っているし、それは瑛庚にも聞こえている。瑛庚とて、個人の心情としては異論がない。だが、司法官としては殺刑に躊躇を覚える。同様に躊躇したからこそ、州司法も国へ刑案《うったえ》を送ってきたのだ。

それは狩獺の問題ではなかった。——問題は、現劉王《りゅうおう》が登極《とうきょく》して百二十年余、その間、百年以上に亘《わた》って柳では殺刑が停止されていた、そのことにある。

どんなに凶悪な罪人でも無期の徒刑《ちょうえき》または終生の拘制《きんこ》。殺刑は法の上では存在するが、選択肢《せんたくし》としては存在しない。これまでずっとそうだったのだ。

「主上《しゅじょう》の宣旨《せんじ》はないのですか」

問われて、瑛庚ははたと我に返った。いつの間にか蒲月を前にしたまま考え込《こ》んでいたらしい。蒲月は困ったように微笑《ほほえ》む。

「大辟《たいへき》を用いず、と定められたのは主上でしょう。主上の御意向はいかがなのです？」

それは、と言いかけて、瑛庚は口を噤《つぐ》んだ。すっかり冷めた茶器が掌《てのひら》の中にあった。

「出過ぎたことをお尋ねしているのでしたら、お許しを。ただ、私は何を聞いても決して他言はいたしませんよ」

柔らかく言われ、瑛庚は息を零《こぼ》した。蒲月はいまでこそ宮卿補だが、大学を終えて国官に抜擢された以上、これから高官へと位を進めていく。ならば狩獺の件について了解《りょうかい》しておくことは必要であろうという思いがあり、同時に蒲月ならば分かってくれるだろうという思いがあった。

「……それが判然としないのだ」

「判然としない？」

瑛庚は頷いた。

「殺刑を停止なされたのは主上だ。にもかかわらず、郡司法、州司法の判断は殺刑、――国はこれに倣《なら》うものではないが、考慮《こうりょ》はせざるを得ない。それで司法を通じ、主上に御意向をお尋ねしたのだが、司法に任せると仰《おつしや》ったのだそうだ」

蒲月は怪訝《けげん》そうにする。

「司法に、ですか」

「役職としての司法のことを言っておられるのか、司法官――つまり司法以下、刑獄に関《かか》わる我々のことを言っておられるのかは分からない。あるいは秋官に任せるという意味なのかもしれない。曖昧《あいまい》に過ぎ、しかも主上の『大辟を用いず』というお言葉がある以上、それだけでは我々も身動きができぬ。宣旨をいただきたいと申し上げているところだ」

「大司《だいし》寇《こう》、小司寇《しょうしこう》はいかがなのです？」

瑛庚はかぶりを振った。

「大司寇は断固として殺刑はならぬ、というお立場だ」

「大司寇が是《ぜ》とされないのであれば、殺刑はないのでは」

「とは限らない。もともと論断は余人の意見に拘束《こうそく》されない。さらに主上が我々に任せると仰るのであれば、今回の刑案に関しては、司法の判断が結論になる」

「司法——知音《ちいん》さまの御意見は」

「苦慮しておられる。小司寇も、だ」

刑獄に罪人が引き出されたとき、そこで問題になるのは罪人がどんな罪を犯《おか》したかだ。罪が明らかになれば、刑辟《けいほう》によって刑罰《けいばつ》も自《おの》ずから明らかになる。典刑が罪を明らかにして刑罰を引き当てることを刑察《けいさつ》という。

狩獺が犯したのは主として殺罪。あらかじめ殺さんと謀《はか》って実行した賊殺《ぞくさつ》が大半を占《し》める。しかもその多くは金品を強奪《ごうだつ》しようとしての犯行で、あえて殺す必要のない者まで殺している。狩獺の犠牲者《ぎせいしゃ》は抵抗《ていこう》できない老人や女子供が圧倒的《あっとう》に多い。私利のための賊殺、無意味な賊殺、弱者に対する賊殺、そのどれを取っても法の上では死罪。しかもこれが複数あるのだから、これは殊死《しゅし》——すなわち、死罪の甚《はなは》だしく赦《ゆるし》から除外されて必ず死に処するべき死罪に相当する。

刑察が定まったうえで、罪を割り引く要因があれば刑罰は軽減されるが、狩獺には罪を割り引く要因がなかった。本来ならば大辟、これはあまりにも明らかだ。

だが、柳では劉王自身が「大辟はこれを用いず」と定めている。大辟に相当する罪人はなべて徒刑《ちょうえき》または拘制《きんこ》、そもそもが殊死に相当することを思えば終生の拘制、それが当然の判断というものだった。

にもかかわらず民は殺刑を求める。もともと狩獺のような罪人でも拘制か、と憤慨《ふんがい》する声が高かったところに、郡司法、州司法が殺刑と決獄《はんけつ》を下してしまった。殺刑もあり得ると知った民は、殺刑以外はない、と言う。王の言葉を引いて「大辟は用いず」とすることは可能だが、それをすれば民は司法に対して不満の声を上げるだろう。場合によっては怒《いか》った民が国府に殺到《さっとう》することもあり得た。暴動を危惧《きぐ》せざるを得ないほど、民の殺刑を求める声が大きい。さしもの司法官もこれを無視することは難しかった。

瑛庚がそう言うと、蒲月は困ったように呟《つぶや》く。

「……確かにそれは、難しい問題ですね」

だろう、と瑛庚は息をついた。困り果ててはいるのだが、蒲月に「難しい」と言ってもらえたことで救われた気分がしていた。

「姉上も強調しておられましたが、このところ、芝草の治安は悪化しています。民が殺刑にせよと声高になるのは、それに対する不安もあるのでしょう。厳罰を範《はん》として秩序《ちつじょ》を正さねば、さらに治安が悪化するのではないか、という」

「だろうな……」

確かに近年、芝草では犯罪数が増加している。――いや、芝草だけではない、国の治安が悪化しているのだ。実数の上では些少《さしょう》だが、これまでがよく治まっていただけに民はひどく不安に思っている。それと王の布《し》いた教化主義が結びつくのも無理はない。つまり、これまでの刑制《けいせい》が手緩《てぬる》かったのではないか、ということだ。

だが、瑛庚ら司法官は知っている。数の上では決して柳の犯罪は多くない。現王の登極以来、犯罪自体は明らかに減っていた。王の意向によって殺刑が停止されてからも、犯罪が増えたなどという事実はなかった。特に王が殺刑に代え、他国では得てして廃止《はいし》されがちな黥面《げいめん》を復活させてから、犯罪者の数は著《いちじる》しく減った。

罪人の顔に刑罰として刺青《いれずみ》を入れることは、罪人の更生《こうせい》を妨《さまた》げると言われている。少なくとも奏《そう》で廃止されて以来、他国でも廃止が趨勢《すうせい》だった。王朝によって復活することもあるが、基本的に黥面は仁道《じんどう》に悖《もと》るというのが常識で、ゆえに柳国においてもずいぶんと以前に廃止されている。だが、王はあえてそれを復活させた。ただし、二度は頭に入れる。これは髪《かみ》が伸《の》びれば刺青を隠《かく》すことができるからだった。罪人は罪人としての烙印《らくいん》を隠すことができ、しかもこれは十年ほどで消える。冬官《とうかん》に消えるよう工夫させた墨《すみ》を使うのだ。これを特に沮墨《そぼく》と言う。

沮墨は最初こそ黒々としているが、次第《しだい》に色を薄《うす》めていく。黒から藍《あい》へ、藍から青へと薄まっていき、青から紫《むらさき》、薄赤を経て十年ほどでほぼ見えなくなる——本人の肌《はだ》の色によって多少の前後はあるが。ゆえに罪人が真摯《しんし》に反省し、以後罪を遠ざけていられれば、いずれ罪なき者に戻ることができるわけだ。

だが、罪を繰《く》り返せばそれは三度目から隠しようのない場所に施《ほどこ》される。三度目は右の蟀谷《こめかみ》、四度目は左の蟀谷、以後、右目の下、左目の下と場所が決まっているが、四度以上黥面に処せられる者は滅多《めった》にいない。というよりも、黥面四度に及《およ》べば、これを刑《けい》尽《じん》と言って、全《すべ》ての刺青が消えるまでの徒刑、あるいは拘制に処せられることになる。沮墨は一つだけなら十年ほどで消えるが、まだ消えないうちに次の墨が入れられると、消えるまでの期間が延びていく。黥面四度ともなれば最低でも三十年は消えない。他の刺青の濃《こ》さとの兼《か》ね合いもあるが、全ての刺青が黒々としている状態ならば、ほぼ終生消えることはないと思って間違《まちが》いない。消える前に罪人の寿命《じゆみよう》のほうが尽《つ》きてしまう。

最初こそ黥面によって罪人が民から虐《しいた》げられ、それが更生を妨げるのではないかと危惧されていたが、意外にこれは罪人の更生を助けた。反省した罪人は少しでも色が薄まるよう辛抱《しんぼう》するし、民のほうも薄い刺青は本人の決意と努力の表れだと受け止める。黒い刺青が疎《うと》まれるのは致《いた》し方ないが、その間は国が手厚く援助《えんじよ》するし、それが徐々《じよじよ》に薄まっていけば国も周囲も褒《ほ》めるから本人も前向きになる。実際、黥面三度に至った罪人の再犯率は劇的に下がった。

おかげで治安が悪化したと言われている現在においても、柳の凶悪犯罪は他国に比べ、格段に少ない。殺刑が行なわれている国と比べる必要すらないほどだ。これこそ、殺刑には罪を止める効力のないことの証左だが、民は常に近年の感触《かんしよく》といまのそれを比べる。数年前まではこうではなかった、と言われれば、それはまさしく事実だった。

「単に治安が乱れているだけでなく、狩獺のような豺虎《けだもの》が増えている——そんな気がしませんか」

蒲月に言われ、瑛庚は溜息《ためいき》をついた。

「そのように見えることは認める」

「狩獺はすでに三度、裁かれています。悔《く》い改めることなく新たに十六件もの罪を重ねた。これは、これまでのような刑罰では、狩獺のごとき罪人は正すことができないということなのでは」

「かもしれないが……」

国は罪人の更生のために手を尽くしてはいるが、罪を悔いることのない人間というのはいるものだ。まるで更生を拒《こば》むかのように援助に背を向け、あえて罪を繰り返す。——そういう者もいる、ということを、瑛庚は痛いほどよく知っていた。

「徒刑で駄目《だめ》なら、それ以上の刑罰が必要だということになりませんか」

「私はなにも狩獺を殺刑に処することを躊躇《ためら》っているのではない。問題は殺刑、それ自体にある」

蒲月は怪訝そうに瑛庚を見返してきた。

「ここで殺刑を用いることは、事実上の殺刑復活を意味する」

蒲月は意を摑《つか》みかねるようだった。

「お前の言う通り、国の治安は乱れているのだ。だからこそ、殺刑の復活には不安を覚える」

「なぜです?」

「……分からないか?」

瑛庚が問い返すと、蒲月ははっと息を呑《の》み、怯《ひる》んだように目を逸《そ》らした。

そう、蒲月も分かっているのだ。──なぜだかは知らない。けれども柳はこのところ、明らかに傾《かたむ》き始めている。妖魔《ようま》が跋扈《ばっこ》し、天候も不順で災害が多い。刑罰が軽すぎるのではない。国が傾いているために人心が荒《すさ》んでいるのだ。だから犯罪が増えている。犯罪が増えているだけではない。瑛庚はこのところ国政の場において、齟齬《そご》を感じることが多い。以前なら真《ま》っ直《す》ぐ進んでいたものが歪《ゆが》む。その理由は様々なのだが、総じて言えることは、国もまた荒んでいる、ということだ。こういうときこそ賢治《けんち》で名高い王に正してほしいのだが、このところの王は正す意欲を失っているように見えた。

「……主上はどうなさってしまわれたのでしょうか」

蒲月が呟く。

「それは天官であるお前のほうが詳《くわ》しいのではないのか。天官はどう言っている」

「それが……分からないのです。主上が著しく度を失っておられるとは思えません。道を失しておられるようには見えない、と」

「しかし、明らかに主上は以前と変わられた」

蒲月は頷《うなず》いた。

「これは私の言葉ではございませんが、ある方は、主上は無能になられた——と」

あまりの言葉に瑛庚は蒲月を叱《しか》ろうとしたが、同時にその通りだ、と思った。決して王が無慈悲《むじひ》になったわけでも邪《よこしま》になったわけでもない。民《たみ》を虐げる王などいくらでもいるが、劉王が民を虐げようとしているとは思えなかった。にもかかわらず、国政が歪んでいる。そう——確かに王の施政《しせい》に対する手腕《しゅわん》が衰《おとろ》えているのだ。

瑛庚は溜息を落とした。

「主上がどうされてしまったのかは、我々などでは知りようもない。ただ、信じたくはないが、国が傾き始めていることは確かだと思われる。だとすれば、これ以後、人心はさらに乱れる。おそらくは狩獺のような豺虎が増えるだろう。もしもここで殺刑《しけい》を復活させてしまえば、これ以後、殺刑が濫用《らんよう》されることになりかねない」

瑛庚が真に不安を覚えるのはこれだ。

前例ができれば、以後、殺刑を用いる躊躇《ちゅうちょ》は消える。世が荒み、狩獺のような犯罪者が増えれば、そのたびに殺刑が用いられるようになるだろう。一旦《いったん》箍《たが》が外れれば、以後、些細な罪にも殺刑が用いられるようになり、相対的に殺刑の衝撃力《しょうげきりょく》は薄まる。これで殺刑に処するならば、これより重い罪にはさらに重い刑罰を用いる必要がある。そうなれば芳国《ほう》のように無惨《むざん》な刑罰が蔓延《まんえん》するまでいくらもかからない。そして、そうやって殺刑が濫発され、酷刑《こっけい》が増えれば増えるほど国はさらに傾いていく。

瑛庚がそう言うと、蒲月は頷いた。

「そう——確かにそうなのかもしれません」

「しかもその傾いた国が殺刑を濫用することになるのだ。ここで殺刑を復活させることは、傾いた国に民の生殺与奪《よだつ》の権を与《あた》えることにほかならない。前例があれば、国は自らの都合でいくらでも殺刑を濫発できる」

だからこそ、殺刑は避《さ》けたい。

避けることに問題はない。そもそも王の言葉がある。「大辟《たいへき》を用いず」——これを引いて拘制を宣言すれば済む。慣例によればそれが正道だ。だが、そうすれば民の司法に対する信が揺《ゆ》らぐ。

清花の冷ややかな眼《め》が脳裏《のうり》に蘇《よみがえ》った。もしも瑛庚が殺刑を避ければ、清花は今度こそ瑛庚を見捨てて出て行くのかもしれなかった。——そしてそのように、民も司法を見限ってしまう。それはある意味で、殺刑の濫発に匹敵《ひってき》するほどの危機だ。

「……どうしたものか」

4

翌日、瑛庚《えいこう》が司法《しほう》府に出仕すると、論断《しんり》のための堂室《へや》にはすでに典刑《てんけい》の如翕《じょきゅう》、司刺《しし》の率由《そつゆう》が揃《そろ》っていた。どちらも共に思い悩《なや》み、それに倦《う》んだ気配がある。

三者が揃うと、それぞれが伴《ともな》った府吏《げかん》は廂室《べっしつ》に退去する。刑獄《けいごく》の主催者《しゅさいしゃ》たる司法もこの場にはいない。刑獄は刑案《うったえ》を担当する司刑《しけい》と典刑、司刺のみで運営される。彼《かれ》らの判断に影響《えいきょう》を与《あた》えかねないものは、一切《いっさい》が排除《はいじょ》されることになっている。

最後の府吏が堂室の扉《とびら》を閉めて出ていっても、しばらくは口を開く者がなかった。聞かずともその顔を見れば分かる。如翕も率由も困り果てている。

「……黙《だま》り込《こ》んでいても仕方ない」

やむを得ず、瑛庚が口を開いた。

「取りあえず典刑の意見を聞こう」

如翕は軽く息を吐《は》いた。如翕は年貌《よわい》三十半ば、三者の中で外見上の年齢は最も若い。典刑である如翕は、罪人の罪を明らかにし、刑辟《けいほう》に沿って罰《ばつ》を引き当てる。

「特に申し上げることはありません。郡司法、州司法から上がってきた鞫問《とりしらべ》が全てです。少なくとも州典刑はよく調べている。私から付け加えることはありません」

瑛庚は尋《たず》ねた。

「典刑は狩獺《しゅだつ》に会ったのだろう。狩獺はどんな男だった」

「豺虎《けだもの》です」

如翁の返答は短く、しかも吐き捨てる調子だった。よほど嫌悪《けんお》に触《ふ》れたのだろう、と了解《りょうかい》してそれ以上は触れず、瑛庚はさらに問う。

「州典刑の記録では明瞭《めいりょう》でない箇所《かしょ》がある。例えば——近隣《きんりん》の廬《むら》で一家が殺害されているな」

動機を問われた狩獺は、行くところがなかったから、と答えていた。この直前、狩獺は殺害の現場を目撃されている。それで人目のある街を出て、無人の廬で冬を過ごそうと思った。だが、ここぞと目をつけた廬には、たまたま住人がいた。それで一家を殺したというのだが、釈然《しゃくぜん》としなかった。基本的に、極寒期の廬には人がいない。住人が邪魔《じゃま》ならば無人の廬を探せばよかったのではないか。近辺の廬のほとんどが空だったのだ。

瑛庚がそう言うと、如翁は、

「住人がいなければ食糧《しょくりょう》もないからです。薪《まき》の用意もない可能性がある。もともとは無人の廬に身を隠すつもりだったようですが、人のいる家を見て、そちらのほうが好都合だと思い直した、と」

「——好都合、か」

瑛庚は呟《つぶや》き、

「なるほどな。——狩獺は一家の遺骸《いがい》をそのまま、同じ建物に留《とど》まっているが、せめて家を変えようという気にはならなかったのだろうか」

「季節柄《きせつがら》、臭《にお》うわけではないので、必要を感じなかったそうです」

無言で耳を傾けていた率由が溜息をついて頭を振《ふ》った。その気持ちは瑛庚にも分かる。しかしながら、これが狩獺という男なのだろう。おそろしく歪んではいるが、合理的だ。だが、だとすると余計に分からないことがある。

「駿良《しゅんりょう》の件だ。なぜ十両近い金銭を懐《ふところ》に持っていながら、狩獺は駿良を殺して、たかだか十二銭を奪《うば》ったのだろう」

「答えません。言を左右して明確なことを言わないのです」

「何かを隠しているのだろうか？　ならばそれは明らかにする必要があるが」

「分かりません。殺害そのものについては、騒《さわ》がれると面倒《めんどう》だと思った、と申しております。ただし、そもそもなぜ十二銭を奪おうと思ったのか、これについては本人も、なんとなく、としか言わないのです」

そうか、と瑛庚は呟いた。

「州典刑は駿良の件を賊殺《ぞくさつ》としているが、これはどうか」

「……私としては疑問が残ります。最初から殺すつもりであとを尾《つ》けたのか、それとも最初は小銭を奪うだけのつもりだったのか。最初から殺すつもりがあったのであれば賊殺ですが、単に小銭を奪うためにあとを尾け、騒がれることを恐《おそ》れて殺したのであれば闘殺《とうさつ》でしょう」

「本人はどう言っている」

「小銭を奪うつもりだっただけ、とは申しております」

「しかし、まったく殺すつもりがなく、騒がれることを恐れたのであれば人気《ひとけ》のない場所に着くまで待ったのではないか」

「それはないかと。――狩獺は駿良が近所の小店に桃《もも》を買いに行くのだということを知っていました。家の店先で母親とそう話していたのを聞いていたのです」

子供は家を出ようとしていた。母親は呼び止め、ちゃんと金銭を持っているのか訊《き》いた。これに対して、駿良は掌《てのひら》を開いてみせた。

――桃一つが四銭でしょ、三つで十二銭。ちゃんと持ってるよ。

「駿良の家は裕福《ゆうふく》ではありません。八歳《さい》の駿良に小遣《こづか》いをやるほどの余裕はありませんでした。ですから駿良は、小遣いが欲《ほ》しければ両親の手伝いをして駄賃《だちん》を貰《もら》うしかなかった。父母を手伝って、そのたびに一銭の駄賃を貰っていたようですよ。十日ほどかかって十二銭、貯《た》めたのです。どうしても桃を食べたかったとかで」

如翕は悼《いた》むように言う。

「自分に二つ、妹に一つ、それが駿良の望みだったのです。だから両親を手伝い、貰った駄賃を辛抱《しんぼう》強く貯めていた」

瑛庚は頷いたが、胸の中で再び痼《しこ》りが疼《うず》いた。やっと貯めた十二銭、母親はちゃんと持っているか問い、子供は——多分、自慢《じまん》げにそれを示した。誇《ほこ》らしげな幼い笑顔《えがお》が見えるようだった。愛《いと》しく見つめる母親の貌《かお》も。微笑《ほほえ》ましい会話だ。なのにこれが子供の運命を決した。

「狩獺はこの会話を聞いていました。即座《そくざ》に行動を起こさねば、駿良は人気のない場所を通ることなくすぐに小店に着いてしまいます。ですから、狩獺は駿良のあとを尾け、最初に通り掛《か》かった小路に子供を引き込んだのです」

「しかし、周囲の状況《じょうきょう》は一目瞭然だったろう。人目があることは分かり切っている。騒がれたくなければ、奪うに際して殺すことになるのは最初から分かっていたのではないか」

如翕は頷いた。

「そういうことになります。ですから州典刑は賊殺と見做《みな》したのでしょう。ですが、私には釈然としないものが感じられます。果たして狩獺が、そこまで明確な殺意をもって駿良のあとを尾けたのかどうか。私には狩獺がもっと病《や》んだ者に見えます。欲しいから奪おう、そう思って実行し、巧く奪うために結果として殺してしまう——そんな感じが」

ふむ、と瑛庚は唸《うな》った。如翕が言っていることはあまりにも微妙《びみょう》だ。だが、確かに賊殺とするのに躊躇を覚える気持ちは分かる。いずれ賊殺か否《いな》かを結論づけねばならないし、その際には印象論を持ち出すことはできないが、取りあえず論断初日から拘《こだわ》っても致《いた》し方あるまい。――そう思って、瑛庚は率由を見た。率由は年貌《よわい》六十前後、瑛庚よりも物慣れた様子の老人だが、実年齢《じつねんれい》は三者の中で最も若い。

「司刺はいかがか」

司刺の職分は三赦《さんしゃ》、三宥《さんゆう》、三刺《さんし》の法を掌《つかさど》り、罪人に罪を赦《ゆる》すべき事情があれば、それを申告して罪の減免《げんめん》を申し立てることにある。三赦とは罪を赦すべき三者をいう。七歳以下の幼弱《ようじゃく》、八十歳以上の老耄《ろうもう》、判断能力を欠く庸愚《ようぐ》がそれだ。

「まず――三赦にはあたらぬ、これは論ずるまでもございませんでしょう」

率由は言い、これには瑛庚も如翕も頷いた。

「同時に、どの刑案も三宥にはあたらないと判ずるしか致し方ございません」

三宥とは、不識《ふしき》、過失、遺忘《いぼう》の三をいう。不識とは罪になることを知らなかったこと、あるいは結果として罪に至ることを了解していなかったことを言う。例えば荷物を高所から投げ落とし、下にいる他者に当てて死なせてしまったとき、そこに人がいることを知らなければ不識になる。過失は過《あやま》ちを言う。荷を落とすつもりはなかったのに取り落としてしまった場合、あるいは、人を避けて投げ落とすつもりが手加減を誤って当ててしまった場合がこれにあたる。遺忘は失念していたことをいう。荷を落とせば当たることを承知していながら、そこに人がいることを失念していた場合は遺忘になる。――だが、これらがいずれも狩獺に当てはまらないことは確実だろう。

瑛庚は溜息《ためいき》をついた。

「問題は三刺か……」

率由は頷いた。

三刺とは群臣に問い、群吏《ぐんり》に問い、万民に問うことを言う。罪を赦すべきだという声があれば、これをもって罪の減免を申し立てる。率由は自らの職務に従い、広く六官に助言を求め、官吏の意見を聞き、民《たみ》の声に耳を傾けていた。

「罪を赦すべきという声はございません。皆無《かいむ》でございます。民は総じて殺刑《しけい》にせよと申しております。殺刑しかあり得ないと申すのです。群吏も概《おおむ》ね同様でございますが、殺刑には及《およ》び腰《ごし》になる者もおります。六官はほぼ、慎重《しんちょう》にせよと仰《おっしゃ》る。主上の意向を引く者が大半ですが、ここで軽はずみに殺刑を用いれば、殺刑の濫発《らんぱつ》に繋《つな》がりはすまいかと危惧《きぐ》する声も相当数ございます」

「やはりな。……六官が慎重論を言ってくれるのは、ありがたいが」

「慎重論がある以上、三刺にあたらずとは申せません。ただ、民の怒《いか》りは激烈《げきれつ》でございます。殺刑でなければ許さぬという声も多い。司刑が助けるというのなら狩獺の身柄を自分たちに渡《わた》せとまで申します」

そうか、と瑛庚は呟いた。やはり、殺刑を避けるなら暴動を危惧する必要がありそうだ。暴動そのものは抑《おさ》えることが可能だが、司法に対する怒り、国に対する怒りは抑えようがない。無理に抑えれば司法への信頼《しんらい》は崩壊《ほうかい》し、国への信頼もまた崩《くず》れ去る。

「犠牲者《ぎせいしゃ》の遺族はどうか」

瑛庚は訊いた。ときには犯罪の被害者や関係者が罪人の赦免《しゃめん》を申し立てることもある。罪人が罪を悔《く》いて被害者に詫《わ》び、場合によっては罪を贖《あがな》うことで改悛《かいしゅん》の情を認められた場合に起こることだが、これは三刺において絶大な効力を持っていた。

「赦免の申し出はございません。そもそも狩獺は犠牲者の家族に一切、連絡《れんらく》を取ってはおりませんようです。むしろ遺族からは、狩獺を殺刑にという嘆願《たんがん》が届いております。国府に日参する者もございます」

だろう、と瑛庚は思った。

「……遺族の憤《いきどお》りは想像できる。犯人を殺しても飽《あ》き足らないだろう」

「その通りでございます。実際、単なる斬首《ざんしゅ》ではなく、芳《ほう》のように酷刑《こっけい》を用いよという声もございます。殺罪だけで十六件、犠牲者は二十三人にも及びます。ゆえに凌遅《りょうち》に処して二十三刻みにせよと」

凌遅とは、罪人を寸刻みにする刑罰を言う。とにかく寸刻みにしていって絶命したら首を斬《き》って曝《さら》すこともあれば、絶命寸前に腰斬《ようざん》または斬首にして息の根を止めることもある。国により時代によって様々だが、あらかじめ幾《いく》つ刻むかを定められる例もあり、これを引いて犠牲者の数だけ刻め、という声があるらしいことは瑛庚も聞いていた。このところの芝草《しそう》では、他国の酷刑を調べ上げ、狩獺を殺刑にするに相応《ふさわ》しい刑罰はどれか論《あげつら》うことまでが行なわれている。

如翕が憤慨《ふんがい》したような声を上げた。

「凌遅にせよと言う者は、凌遅がどれだけ惨《むご》い刑罰なのか、分かっているのだろうか。あえて殺さず、小刀で肉を削《そ》いでいくのだ。徒《いたず》らに苦しみ、しかもその苦しみが長く続く。長く続くよう、故意に急所を避ける。他国の王の中には、さらに苦しみを長引かせるために、罪人を仙籍《せんせき》に入れる例もあった。それをせよという声まである」

「しかし凌遅は、ほかならぬ狩獺が行なったことでございます」

率由の声に如翕は押《お》し黙《だま》った。──そう、確かに狩獺はある夫婦を寸刻みにしている。隠した財を出させるため、妻の目の前で夫を寸刻みにしたのだ。その指を一本ずつ切り離《はな》し、耳を削ぎ、鼻を削いだ。肉を削ぎ、腹を刻み、痛みに耐《た》えかねて夫が絶命すると、さらには妻も同じように刻んだ。夫婦は最初から、財などはない、と訴《うった》えていた。事実、なかったのだ。夫婦は所有する土地を手放し売却《ばいきゃく》していたが、これは少学《しょうがく》を目指す息子《むすこ》を私塾《しじゅく》の寮《りょう》に入れるためだった。土地を売った代金はとっくに学費として消えていた。夫婦は無駄《むだ》に苦しみ、無駄に死んだ。

「罪もない民を凌遅にしておいて、凌遅は惨すぎるとどうして申せましょう。狩獺自身には惨いなどと言う資格はございますまいし、我々とて軽々に惨すぎるなどとは申せません。狩獺が凌遅に処せられるのは惨くて、罪もない夫婦が凌遅になることは惨くないのかと、必ず罵《ののし》る者がございましょう」

瑛庚も如翕も黙り込《こ》むしかない。

「私には民を説得する言葉を見つけられませぬ」

だが、と如翕は呟いた。

「狩獺は殺刑を望んでいる……」

瑛庚は怪訝《けげん》に思って如翕を見た。如翕は嘆《なげ》くような眼《め》で瑛庚と率由を見比べた。

「生涯拘禁《しょうがいこうきん》されるぐらいなら、いっそ一思いに殺してほしいそうです。それでは殺刑は罰にならないでしょう。拘制《きんこ》こそが罰になるのではありませんか」

率由は少しばかり狼狽《うろた》えたように、

「そう言っておるだけでないと、なぜ言えるのでございます？　それが狩獺の本心であるにしても、実際に刑場に引き出されれば、命乞《いのちご》いをするやもしれませぬ」

「それは……そうだが」

「最後まで命乞いをせなんだとしても、それは狩獺の虚勢《きょせい》でございましょう。真実、狩獺が殺されることを恐れておらぬとは思えません。自身の死や苦痛に対し、恐怖《きょうふ》を感じない人間はおりますまい。どれほど自暴自棄《じき》になっておりましても、それは絶対に根底にあるものでございます。あるからこそ、自暴自棄になるのではございますまいか」

如翕はしばらく考え込み、そして頭を振った。

「虚勢ではあるかもしれない。けれども、狩獺は自暴自棄になっているわけではないと思う。巧《うま》く言えないが、狩獺は殺刑になることで自分が勝者になろうとしているように見えます」

瑛庚には意味が分からなかったし、それは率由も同様のようだった。唯一《ゆいいつ》、狩獺本人に面会している如翕は言葉を探している。三者がそれぞれ口を噤《つぐ》んだところに、慌《あわ》ただしい跫音《あしおと》と、何かを言い争う声が近づいてきた。

「大司寇《だいしこう》——お待ちを」

扉《とびら》の外でするのは司法の知音《ちいん》の声だろう。

「いまは論断《しんり》の最中でございます。たとえ大司寇といえど——」

知音が言い終えるより先に扉が開かれた。そこには怒《おこ》ったような表情を湛《たた》えた大司寇が立っている。

「決獄《はんけつ》は」

瑛庚は怪訝に思いながら、その場に膝《ひざ》を突《つ》いて深く拱手《きょうしゅ》した。

「論断は始まったばかりでございます」

よし、と大司寇の淵雅《えんが》は言って、瑛庚らを見た。

「あらかじめ言っておく。殺刑はならん。——それだけは含《ふく》みおくように」

瑛庚らは顔を見合わせた。もちろん、司法をはじめとする上位の官が論断に際して意向を言うことはある。第一、司刺は三刺として六官長をはじめとする高官の意見も求める。だが、あくまでも論断は典刑、司刺と司刑の三者が自らの見識をもって行なうものだ。

「大司寇、則《のり》を超《こ》えます」

知音はそれと分かるほど憤慨している。司法の結論を他者が左右することは許されない。これはたとえ大司寇であっても例外ではなかった。大司寇なり冢宰《ちょうさい》なりが上位の権をもって既に出た決獄に異議を唱え、諸官に諮《はか》ったうえで論断を差し戻《もど》すことはできたが、それも一度限り、決獄の内容をあらかじめ指示することはできない。——唯一、例外があるとすれば王の宣旨《せんじ》だ。

思って、瑛庚ははたと知音を見た。

「ひょっとして、主上《しゅじょう》の御意向《ごいこう》でしょうか？」

ならば分かりやすい——そう思ったのだが、知音は首を横に振《ふ》った。

「やはり主上は私に任せると仰《おお》せられた。そなたら三人の論断に任せて良い、と」

「主上はどうかしておられる」

淵雅は知音を押し戻した。

「なぜここに至って及び腰になられるのか。あるいは民の声を慮《おもんぱか》ってのことかもしれないが、それがあえて整えた道を壊《こわ》す理由になろうか」

淵雅は言って、瑛庚らを見渡した。

「——刑は刑なきに期す、と言う。刑の目的は人を罰《ばつ》することになく、刑罰を用いないで済むようにすることにある。また、刑措《けいそ》、とも言う。刑罰を措《お》いて用いないことだが、つまりは天下がよく治まって罪を犯《おか》す不心得の罷《ひ》民《みん》が減り、刑罰を用いる必要がなくなることを言う。これが国家の理想であることは論を俟《ま》たない。これまで柳《りゅう》はこの理想に向かって進んできたし、あえて理想を捨てる理由がない」

「左様でございましょうか」

声を上げたのは、率由だった。

「ならばなぜ狩獺のような豺虎《けだもの》が現れたのでございましょう。我々は刑制を見直すべき時期に来ておるのでは」

「豺虎などという言い方を仮にも司法官がするものではない」

淵雅はぴしゃりと言った。

「罪あるとはいえ、狩獺も民の一人だ。豺虎という言葉は、理解し難《がた》い罪人を人以外のものに貶《おとし》める言葉だ。人以下だと切り捨ててしまえば、罪人を教化することは叶《かな》わない」

一理ある、と瑛庚は恥《は》じ入る気分で思ったが、率由は折れなかった。

「十二銭のために八歳《さい》の子供を殺す男は、人ではございませぬ」

率由、と瑛庚は小声で窘《たしな》めたが、率由は瑛庚のほうを振り返りもしなかった。対するに淵雅は厳しい眼差《まなざ》しを率由に向ける。

「狩獺のような理解し難い罪人が現れたのは、まさしくそのようにして罪人を人以下のものだと判ずる司法のせいではないのか。人以下と決めつけておいて悔い改めよと求めたところでそれに従う者がいるだろうか。そんな心持ちで罪人に当たるから、罪人は罪を繰《く》り返すのだ」

「しかし——」

「そもそも、たかだか十二銭のために本当に殺罪を犯す者などいるだろうか。狩獺自身が州司法の鞫問《とりしらべ》に対してそう答えたようだが、あるいは州司法が人以下の豺虎だと決めつけるから狩獺もあえて申し開きをしなかったのではないか。人を人以下のものだと決めつける行為《こうい》は、そうやってあたら罪人を作る」

率由は黙り込んだ。

「狩獺があの子供を殺したのには、どれほど理解が難しかろうと、狩獺なりの理由があるはずだ。その理由さえ明らかにすることができれば、狩獺のような罷民を救う術《すべ》も分かる。教化し、掬《すく》い上げることができるのではないか」

「お言葉を返すようですが、狩獺は特に理由などない、と」

如翕は言ったが、淵雅は首を振った。

「言っているだけではないのか。自身も巧く言葉にできないのかもしれない、あるいは狩獺自身にも自らを摑《つか》まえられないのかもしれない。そこを諭《さと》し、言葉を尽《つ》くし、狩獺と共に理由を探す。そうして今後、民を治めること、罷民を教化することにそれを役立てることこそが、司法の役割であろう」

如翕は黙り込んだ。

「司法の職責は罪人を罰することにあるのではない。教化し反省を促《うなが》し、立ち直らせることにあるのだ。それを決して忘れぬよう」

淵雅は言って瑛庚らを見る。口を開こうとした瑛庚だったが、淵雅の背後から知音が目線で押しとどめるふうをしたので口を噤んだ。知音が淵雅の前に進み出る。

「大司寇の意向は承《うけたまわ》りました」

淵雅は頷《うなず》く。

「大辟《たいへき》だけはならぬ。——いいな」

強く言って、淵雅は踵《きびす》を返した。知音は何も言わず、その場に深く頭《こうべ》を垂れた。瑛庚らもそれに倣《なら》う。面伏《おもぶ》せたまま跫音を見送った。物音が絶えるのを待って、知音が顔を上げた。いかにも苦々しげな表情だった。

「大司寇はああ言っておられるが、そなたらは従前のように、他者の意見に左右されず、己《おのれ》の職責を果たすように」

「しかし……」

「ほかならぬ主上が司法に任せると言っておられるのだ。大司寇の顔色を窺《うかが》う必要はない」

恐る恐る、というように率由が、

「我々にお任せいただけるということは、主上は御自《おんみずか》らの『大辟を用いず』というお言葉を撤回《てっかい》なされたと理解してよろしいのでございましょうか」

知音は顔を歪《ゆが》めた。

「……分からない」

「分からない、とは」

率由が問うと、知音は首を振った。手振りで瑛庚らに席に着くよう促す。自らも力なく榻《ながいす》に腰《こし》を降ろしたが、それは論断に呼び寄せた証人や犯人が坐《すわ》るための席だ。知音はそれに気づいているのだろうか。

「主上に直接お目に掛《か》かって、『司法に任せる』という宣旨の意味を伺《うかが》ったのだが、明らかなお答えはいただけなかった……」

そもそも王は、面会を求める知音に対して、言うべきことは言ったから会う必要はない、という態度だったらしい。だが、それだけでは知音のみならず瑛庚らも判断に困る。何度も面会を求め、果ては冢宰、宰輔《さいほ》に泣きついてようやく燕見《えつけん》に漕《こ》ぎ着けた。

「だが、主上は『司法に任せる』と繰り返されただけだ。それは『大辟を用いず』という判断を撤回なされるということなのかお訊《き》きしたが、それも司法に任せると仰《おつしや》る。撤回すべきだと司法が判断するのなら、それでいい、と」

「では、殺刑《しけい》もあり得ると考えてよろしいのでございますか」

「それは確認《かくにん》してある。殺刑を含め、そなたらがそう判断したのならそれでいいということだ。異論は言わぬ、と」

瑛庚は複雑な気分がした。これを、司法の判断に信を置いて任された、と考えて良いものだろうか。むしろこれは、丸投げ、と言うのではないだろうか。実を言えば、最初に「司法に任せる」という言葉を聞いたときから、瑛庚は疑いを抱《いだ》いている。この言葉は、迷ったあげくの言葉ではなく、ましてや司法に対する信頼《しんらい》の表明でもなく、興味がない、という婉曲《えんきよく》な表現なのではないのかと。

知らず、溜息《ためいき》になった。如翕、率由も同様だったのだろう、呻《うめ》き声にも似た声が聞こえた。

柳国の王は治世百二十余年を築いた賢治《けんち》の王だが、このところ臣下の首をかしげさせることが多かった。ときおり施政《しせい》に興味を失《な》くしたかのように振《ふ》る舞《ま》う。あれほどの賢君が――ことに法治国家として名高い柳の名声を築いた人が、法の成り立ちなど無視するかのような振る舞いをすることがある。場当たり的に無造作な判断を下す。自ら法を無効化するような法を臣下に求める。そのたびに臣下が諫《いさ》めるのだが、必ず諫言《かんげん》が受け入れられるとは限らない。

知音は深い溜息を落とし、

「ともかくも、主上は司法に任せると仰ったのだ。そなたらは雑音に惑《まど》わされることなく、論断を進めなさい。私はそなたらの決獄を支持する」

「しかし、それでは大司寇が」

瑛庚が言うと、

「大司寇である以上、刑獄《けいごく》に意見を差し挟《はさ》むことは可能だが、お前たちはそれに従う義務を持たない。ましてや主上に任されているのだから、この件に関しては、たとえ大司寇といえど決を拒《こば》むことはできない。――もっとも、私が決獄を報告したあとで、大司寇御自身が主上を説得なさるのかもしれないが」

ありえないことではない。大司寇の淵雅はほかならぬ劉王《りゅうおう》の太子《たいし》だ。公《おおやけ》の場だけでなく、私的にも王を直接説得できる立場にいる。

「説得できましょうか」

率由が低く言う。難しいだろう、と知音は短く答えた。

大司寇の淵雅は劉王以上の劉王と呼ばれる。――無論、これは臣下の間でひっそりと呼び交《か》わされる綽名《あだな》だ。賢君の誉《ほま》れ高い父に対する対抗心《たいこうしん》の表れなのかもしれない。淵雅はことさら、王以上に王たろうとする。殺刑はならぬ、と言うのもその表れだろう。

何事によらず、王が何かを決断すると、淵雅はそれをあたかも自身が最初からそう考えていたかのように力説し始める。もし臣下がその決断に対して疑義を呈《てい》し、王がそれを受け入れて自身の決断を引き下げたとしても、淵雅は一切妥協《いっさいだきょう》しない。決断はすでに淵雅の決断であって、理も正義も自らにあり、王に変節を勧《すす》めた臣下も、臣下の勧めを受け入れた王も間違《まちが》っていると言って憚《はばか》らない。太子の特権で正寝《しし》にまで乗り込《こ》んで王を正そうとした。

――だが、残酷《ざんこく》なことに淵雅は王ほどの傑物《けつぶつ》ではない。そもそも淵雅は、王の決断がなければ何一つ決めることができない。それどころか、自身の意見を持つことすらできないようだった。王が何かを言うまでは、ひたすら言を左右しながら父王の顔色を窺っている。そして王が決断したと見るや、それが最初から自身の主張であったように力説を始めるのだ。父王の思考を追い掛け、それが自らの思考であるかのように主張するばかりでなく、淵雅はさらにその上を行こうとする。論拠《ろんきょ》を付加し、論旨を肥大させるのだが、そこには現実を無視した正論しかなく、しかも結論が先にありきの論には無理も多い。根本をどこか履《は》き違えていることも多かった。司法の理想を語りながら、理想の根幹にある司法の独立を侵《おか》すことを疑問に思わない——そのように。しかも淵雅には他者の意見を聞き入れて自身の意見を振り返る度量がない。そもそも自分の意見などではないから、当たり前のことなのかもしれなかった。

ゆえに淵雅がどんなに父を説得しようと試みても、それが成功した例はない。王は苦《く》笑《しょう》しつつ自身の息子《むすこ》を諭し、淵雅はそれを受け入れられずに荒《あ》れ、さらに父王以上であろうと徒《いたず》らに逸《はや》る。

これまでの例から考えて、淵雅の説得に王が応じるとは思えない。ならば——やはり結論は瑛庚に任されることになる。

如翕は複雑そうな息をついた。

「……これを言うのは不遜《ふそん》なことですが、なぜ主上は太子をあそこまで重用なさるのでしょうか」

一旦《いったん》言い出すと頑《かたく》なで、一切の説得を受け付けない。だが、政《まつりごと》などというものは時流によって変わっていくものだ。変われない淵雅はその下で働く官吏《かんり》にとって大きな障害になることが多かった。にもかかわらず王は、そんな淵雅を重用する。天官長《てんかんちょう》や春官長《しゅんかんちょう》でいてくれれば、と臣下は密《ひそ》かに言い交わしていたが、選《よ》りに選って地官長《ちかんちょう》や秋官長《しゅうかんちょう》などの重要な職を本人が望むままに歴任させた。

さてな、と知音は苦笑した。

「それが親心というものかもしれんな。あれほどの方でも親子の情には勝てない」

いろんな意味で、瑛庚は暗澹《あんたん》たる心地《ここち》がした。いまここで、淵雅の存在は心に重かった。司法の理想は分かるし、それを求めることは瑛庚とて吝《やぶさ》かではない。ただ、狩獺の件に関しては問題はそこにない。そこにないからこそ、瑛庚らは苦慮《くりょ》しているのだ。それを理解しない人物が大司寇の職にあるのは重荷以外の何物でもなかった。なのに王は施政に興味を失くしつつある。政は軋《きし》み、国は傾《かたむ》こうとしている——。

5

淵雅《えんが》の乱入によって、なんとなく全員が意気消沈《しょうちん》してしまい、取りあえずその日は散会になった。翌日から、連日のように司法府《しほう》に詰《つ》めて論断を重ねたが、議論は昏迷《こんめい》を深めるばかりだった。

いつの間にか、司刺《しし》の率由《そつゆう》が殺刑《しけい》を主張し、典刑《てんけい》の如翕《じょきゅう》が拘制《きんこ》を主張するようになっていた。率由は三刺《さんし》のために犠牲者《ぎせいしゃ》の遺族に会っており、最初から彼《かれ》らに同情的ではあった。だが、これは決して率由が堅固《けんご》に殺刑を望んでいるということではない。最初がそうだったから流れとして、率由が殺刑容認《ようにん》を主張する立場に立っているに過ぎなかった。これに対するため、如翕はあえて殺刑を否定する。互《たが》いにそういう役割を演じている。本人たちが実は迷っていることは、瑛庚《えいこう》にもよく分かっていた。

瑛庚自身、不思議に思うのは、なぜ三者が三者ともここまで迷うのか、ということだった。率由と如翕の対論に関する限り、如翕のほうに分がなかった。黙《だま》って二人のやりとりを聞いていて、瑛庚はそう思わざるを得ない。

あるときには、率由は民《たみ》の不安を挙げて殺刑を主張した。

「民は不安なのでございます。国の治安が乱れている。乱れた世を正すため、刑をもって刑を止めることが必要なのではございますまいか」

以刑止刑——すなわち、一人の犯罪者を厳罰《げんばつ》に処して他の犯罪を未然に防ぐことを言う。これに対して如翕は、厳罰には犯罪を抑止する効果のないことを、他国や自国の事例を挙げて訴《うった》えた。

それでも、と率由は主張する。

「殺刑を用いることで治安が悪化するわけではございますまい。確かに殺刑をもって犯罪を未然に防ぐことはできかねますでしょうが、殺刑はむしろ罪なき民のために必要なのでございます。狩獺《しゅだつ》のような罪人は必ず殺刑に処せられる、左様に思えば、民はそれだけ安心することができましょう。人を殺《あや》めれば殺刑――その威嚇力《いかくりょく》が、民の安寧《あんねい》のために必要なのでございます」

「民が安心を求めていることは分かる。乱れた世相に怯《おび》えていることも承知している。だが、そもそも犯罪が増えているのは、国が乱れ、人心が荒《すさ》んでいるからでしょう。つまりは――言いたくはないが国が傾いている。国の傾きは刑罰では止められません。むしろ百害あって一利もない。ここで殺刑を復活させることは、傾いた国に殺刑の濫用《らんよう》を許すことに繋《つな》がります」

「それを防ぐことが、司法の責務でございましょう。民を安んじ、民を守るために司法があるのではございませんか。民を安んじ慰撫《いぶ》するために殺刑を用い、民を守るために濫用を留《とど》める――そうでなくてどうするのです」

如翕はこれで沈黙《ちんもく》せざるを得ない。確かに瑛庚らは一様に、殺刑の復活によって殺刑が濫用されることを恐《おそ》れていたが、それを留めるのが司法の役割でもあるのだ。刑罰を用いることだけが司法の役割なのではない。

如翕はあるときは、誤断の可能性を引いて率由に抵抗を試みた。

「刑罰を失《あやま》つことがある」

如翕は苦々しげに言った。

「我々は決して過《あやま》たないと言えますか。不幸にして罪のない者を、罪あると誤認することもあるでしょう。あとで冤罪《えんざい》だと分かったときに、当の本人が殺されていては取り返しがつきません。常に正すことができるようにしておかねば」

「では——お聞きいたしまするが、拘制ならば誤断であっても許されますのでございますか。徒刑《ちょうえき》ならばいかがです。ありもしない罪のために裁かれ、苦役《くえき》を命じられ、あたら人生の一時期を無駄《むだ》に捨てた民はどうなるのでございます。それは取り返しがつくのでしょうか。民は我々のように無限に生きるわけではございませんのですよ」

如翕は押《お》し黙る。

「民の生はたかだか六十年しかございませんのです。わずかに三年といえど一年といえど、短い生の中の貴重な三年であり一年なのでございます。失った時間は取り戻《もど》しようがありませぬ。本人の苦しみも、罪人を出したと後ろ指をさされる家族の苦しみも償《つぐな》いようがございません。そもそも刑罰を失することは、あってはならないことでございます」

「だが、天ならぬ人が裁く以上、誤断の可能性は根絶できまい。理想を言うことは容易《たやす》いが、努力すればそれが叶《かな》うと考えるのは僭越《せんえつ》でしょう」

ですが、と率由は抵抗する。

「少なくとも狩獺は誤断ではありますまい。本人も犯《おか》した罪を認めておりまするし、五件については、狩獺が手を下しておるところを目撃《もくげき》した、間違いのない証人も複数おり

ます る。誤断のおそれがあるゆえ殺刑はならぬと言うなら、およそ誤断ではありえない狩獺を殺刑にすることは問題ない、ということになるのではございませんでしょうか」

如翕は困ったように眉《まゆ》を寄せた。

「いまは狩獺の問題を論じているのではない。殺刑そのものを――」

「同じことでございます。誤断の可能性があるから殺刑にできぬと言うなら、誤断の可能性なき場合は許されることになりましょう。天綱《てんこう》に殺刑が存在する以上、殺刑の是非《ぜひ》の問題ではなく、個別の刑案《うったえ》の問題になってしまいまする」

瑛庚は両者のやりとりを聞きながら独り頷《うなず》いた。これまた如翕に分がなかった。殺刑は是非の問題だが、誤断は間違いなく非だ。両者を同次元の問題として語るのは、そもそも無理がある。

あるときには、率由は被害者《ひがいしゃ》の家族の心情を挙げて殺刑を主張した。

「財虎《けだもの》によってゆえなく家族を奪《うば》われた者たちの苦しみは、いかばかりでございましょうか」

「その苦しみは承知している。だが、狩獺が殺刑になったところで犠牲者が帰ってくるわけではない。理不尽《りふじん》に家族を奪われた苦しみが癒《い》えるわけではないでしょう」

「もちろんでございます。起こったことは変えられませんのです。たとえ天帝《てんてい》の威光《いこう》をもってしても、事件をなかったことにはできませぬ。だからこそ、彼らにはほんのわずかとはいえ、救いが必要でございます。家族を亡《な》くした苦しみは決して取り除いてやることはできませぬが、狩獺のごとき者が存在することをなぜ天は許し給《たま》うのか、と思わざるを得ない苦しみは取り除いてやることが可能でございます。それが取り除かれたぶんだけ救うことはできますのです、確実に。——逆に申しますなら、狩獺を殺刑にしないということは、遺族のその苦しみを取り除く方法があることを知りながら、あえて苦しみを与《あた》えたままにするということでございます。それで仁道《じんどう》を語れましょうか」

だが、と如翕は主張する。

「刑罰は、遺族に代わって復讐《ふくしゅう》するために存在するのではない」

「では、何のために存在するのでございますか？　罷民《ひみん》を教化するためでしょうか。しかしながら、狩獺はすでに三度、徒刑《ちょうえき》に処されているのでございますよ。二度は闘殺《とうさつ》でございますが、三度目は賊殺《ぞくさつ》でございます。三度目に均《きん》州で裁かれた際、刑辟《けいほう》の通りに狩獺を殺刑に処していれば、二十三人は死なずに済んだのでございます」

実際に狩獺を改心させられなかった以上、刑罰は罷民を教化するためにある、という建前には何の説得力もなかった。如翕は教化の方法に誤りがあったのであって、ここですべきは殺刑の復活ではなく、より効果を期待できる教化の方法を探すことだと抵抗したが、その方法とは何か、どうやって真実改心したことを確認するのか、と問われれば返す言葉がなかった。狩獺が解き放たれたことによって生まれた二十三人の新たなる犠牲者、この存在はあまりにも重い。

あるときには、如翕は終身の拘制を主張して抵抗を試みた。

「再犯が問題だというなら、解き放ちは認めないことにすればいい。いまでも重罪を重ねた者は沮墨《そぼく》が消えるまで事実上、終生の徒刑または拘制に処せられています。それを引き下げ、殺刑に相当する罪人はなべて終生の拘制、それでは」

「狩獺のような極悪人《ごくあくにん》を一生囹圄《ろうご》で喰《く》わせてやると言うのでございますか。それは民の税によって賄《まかな》われるのでございますよ。狩獺のごとき罪人が増えれば、その経費は莫大《ばくだい》になりましょう。それだけの負担を民に背負わせるのなら、生かす理由を民に納得《なっとく》させるだけの理屈《りくつ》が必要でございます」

如翕は詰まり、すぐに答えを見つけ出した。

「それこそ誤断の可能性があろう。誤断の可能性は根絶できないのだから、常に過ちが正される機会を保持しておくべきです。それを民に保障するために負担を求める。それこそが結果として、民自身を守ることになる。誤断である以上、いつ何時、罪なき民にそれが降りかかるか分からないのだから」

「それで？　殺さずにおきさえすれば、常に誤断は正されるのでございますか？　では、お訊《き》きいたしますが、何を契機《けいき》に誤断を正すのでございますか」

「それは——本人の訴えか……」

「ならば、狩獺が誤断だと叫《さけ》んだとき、司法はこれを受け入れて再度の刑獄《けいごく》にかけるのでございますね？　そのとき典刑は、今回とは主張を変えられましょうか」

「もちろん再度、刑獄にかけるときには担当する典刑を代えます」

「代えれば主張が変わるのでございますか。罪人を裁くに、典刑の刑察《けいさつ》が担当する官によって容易く変わるようでよろしいのでございましょうか」

如翕はこれには答えられなかった。──如翕は当然のことながら、確信をもって刑察を行なっている。本人が誤断だと訴えているからといって、容易く判断を変えるとは思えないし、また、容易く変えられるようでは困るだろう。担当を代えれば良かろうというのは一見して正論だが、担当を代えれば典刑の刑察も変わるということは、典刑の刑察に客観性がない、ということを意味する。そもそもそのようなことがあっていいはずがない。

「誤断を正すために殺さずと言えば聞こえはよろしゅうございますが、実際に正されることがないのであれば意味がございません。正すために刑徒《しゅうじん》の声に耳を傾け、そのたびに刑獄をやり直していては司法の負担は莫大で身動きが取れなくなりましょう。かといって負担を軽減するべく刑獄のやり直しに関門を設ければ、誤断を正す機会は必然的に狭《せば》まってしまいます。──いいえ、そもそも誤断はあってはならないのでございます。終生の徒刑または拘制、と誤断を正す機会があるかのように装《よそお》えば、刑獄は緊張感《きんちょうかん》を欠きまする。誤断を恐れるなら殺刑《しけい》を置いて、断固として誤断は許されぬという決意をもって臨《のぞ》むほうがまだしもでございましょう」

如翕は黙した。

瑛庚は一つ頭を振《ふ》った。ここでもまた如翕に分がないようだった。――それが不思議な気がする。

瑛庚は王によって殺刑が停止された世界で生きてきた。殺刑の停止は当然のことで、刑罰は罷民を教化するためのもので当然だったのだ。狩獺が現れ、民が殺刑を言い出したものの、大辟《たいへき》を用いないことは当然であろうと思っていた。問題はその結論に民が納得するかどうかだ、という気が。

にもかかわらず、実際にこうして是非について論じてみれば、殺刑停止には分がない。むしろこれまで殺刑停止を疑問に思わなかったことが不思議なほどだ。では、いっそここで殺刑復活を受け入れるか、と問われると、それも違う気がする。心のどこかで、「それだけは」という声がする。

瑛庚は困り果て、率由に問うた。

「実際のところ――率由はどう思う」

あえて役名でなく名を呼んだ。率由は怯《ひる》んだように瞬《また》き、そして眼《め》を伏《ふ》せた。

「……実を申せば、やはり迷いがございます。狩獺に眼を向けておれば、殺刑も致《いた》し方なしと思うのでございますが、本当にそれでいいのか、という気がしてならないのでございます」

言って、率由は苦笑《くしょう》した。

「正直申して、典刑がそれではならぬ、と断じてくれないかと期待しておりますのですが」

如翕は途方《とほう》に暮れたように溜息《ためいき》をついた。

「なんとか活路を探すのですが、見つかりません。理屈では司刺を組み伏せられませんが、やはり殺刑は違うと思う――としか」

「私は最初、殺刑復活が殺刑濫用に繋がることを危惧《きぐ》しておりましたのですが」

率由はそう言う。

「けれども自分で殺刑を擁護《ようご》しておりまして、何か違う、という気がしてまいりました。とっさに口にいたしましたが、濫用を恐れるなら司法がこれを止めればよい――実はその通りなのではないかと思うのでございます。他の官が恐れるならともかく、ほかならぬ司法官の自分が、殺刑復活がすなわち濫用に繋がるとなぜ思ってしまったのか不思議でございます」

確かにそうだ、と瑛庚は頷いた。

如翕は息を吐《は》いた。

「実際、こうして話せば話すほど、殺人には殺刑をもって報《むく》いる、これは理屈ではないのではないかという気がいたします。犠牲者《ぎせいしゃ》の家族がそのように思うことは当然のことでございますが、関係のない民までがそう言う。これは根本的な正義——と言うより、理屈を超《こ》えた反射なのではないかと」

「……反射、か」

はい、と如翁は頷いた。

「殺刑を求めるのが理屈ではないのに対し、殺刑否定には理屈しかございませぬ。どうしても理を弄《もてあそ》んでおるという感じがしてならないのです。現実に即《そく》した実感を欠きまする。それでも強《し》いて挙げますなら、殺刑は野蛮《やばん》だ、としか言いようがございません。五刑の多くが野蛮だとして忌避《きひ》されて参ったように、殺刑も忌避されるべきだ——としか」

「なるほどな……」

五刑とは本来、黥《げい》、劓《ぎ》、刖《げつ》、宮《きゅう》、大辟を言う。殺罪などの大罪に対して用いられる五つの刑罰だが、この全《すべ》てが未《いま》だに用いられている国はほとんどない。野蛮に過ぎ仁道に悖《もと》るとして忌避されるのが趨勢《すうせい》だった。柳《りゅう》においても、「かつての五刑相当」という意味で「五刑」という言葉が残っているに過ぎない。

率由が頷いた。

「鼻を削《そ》ぎ、足を斬《き》る——これが野蛮だと言うのなら、殺刑は野蛮の最たるものでしょう。少なくともそれは、法治国家のすることではない、という気がします」

確かに、と思う一方で瑛庚は胸の痼《しこ》りを自覚する。

だが、狩獺は罪もない者に対し、その野蛮な暴力を無造作に振るってきたのだ——。

6

——堂々巡《どうどうめぐ》りをしている。

虚脱感《きょだつかん》にも似たものを嚙《か》みしめながら瑛庚《えいこう》は司法府《しほう》を出る。論断を繰《しんりく》り返している間に夏はいよいよ終わり、秋めいた夕陽《ゆうひ》が射《さ》していた。一旦《いったん》、司刑府に立ち寄り、府吏《げかん》と合議を持ってから官邸《かんてい》に戻《もど》った。大門《いりぐち》を入ると、夕陽に染まった門庁《もん》に坐《すわ》って清花《せいか》が待ち構えていた。その背後、門庁の軒《のき》が作る影《かげ》の中に見慣れない男女の姿がある。

「——お待ちしてましたわ」

どうした、と瑛庚は問い、背後の二人を見た。二人は瑛庚が近づいてくるのを見るや、榻《ながいす》を滑《すべ》り降り、その場に身を伏せて叩頭《こうとう》した。

「駿良《しゅんりょう》の父母でございます」

椅子《いす》から立ち上がった清花がそう言って、瑛庚は仰天《ぎょうてん》した。

「──どういう」

「貴方《あなた》は彼《かれ》らの声をお聞きになるべきです」

言い放って、清花は叩頭した二人に顔を上げさせる。

「司刑《しけい》ですよ。訴《うった》えたいことを仰《おっしゃ》い」

「待て」

瑛庚は強い声で留めた。清花を見据《みす》える。

「私はそれを聞くわけにはいかない」

瑛庚は言って、慌《あわ》てて門庁の建物を通り抜《ぬ》けようとした。その手を清花が摑《つか》んだ。

「なぜお逃《に》げになるの？　二人の話を聞いてあげてください」

「放しなさい。それはできない」

「犠牲者の苦しみを聞かずに、貴方は何を裁こうというのですか！」

「僭越《せんえつ》だ」

瑛庚は思わず怒《ど》鳴《な》った。清花がさっと顔を歪《ゆが》める。

「無位の者の意見など聞く価値がないというわけね。そうやって犠牲者の声にも庶民《しょみん》の声にも耳を塞《ふさ》いで、雲の上の論理だけで罪を裁こうとするのだわ」

「そうじゃない」

瑛庚は言って、顔を上げたまま竦《すく》んだように凍《こお》りついている二人の男女を見た。窶《やつ》れ果てた身なりと絶望が穿《うが》ったような眼が胸を剔《えぐ》った。

「そなたらの意見は司刺《しし》が聞いたはずだ。重ねて訴えたいことがあれば司刺に言いなさい。このまま退出するように」

「司刺が聞けば充分《じゅうぶん》なの？　自分の管轄《かんかつ》ではないと仰るのね。官吏《かんり》はいつもそうだわ。自分の職分以上のことは見てみようともしない」

言い募《つの》る清花を瑛庚は怒鳴りつけた。

「私が個人的に話を聞けば、論断の独自性が疑われる」

刑獄《けいごく》はあくまでも典刑《てんけい》、司刺、そして司刑の三者だけで運営されなければならない。三者以外の者が決獄《はんけつ》を左右することがあってはならない。それは国や腐敗《ふはい》した官吏による刑獄への干渉《かんしょう》を防ぐために絶対的に必要なことだ。典刑は鞫問《じんもん》の一環《いっかん》として犠牲者を取り調べることがあり、司刺はその職分によって犠牲者やその家族に意見を求めることもあるが、司刑が単独で犠牲者に面会することは許されない。それをすれば瑛庚の決は信を失う。

ましてや、いまは王からも決を任されている。瑛庚の決断は国家の決断であり、そこに疑義が生じることは断じてあってはならないことだ。それでなくても瑛庚の下す決獄に、民の司法に対する信頼《しんらい》がかかっている。そのうえ、大司寇《だいしこう》の存在がある。淵雅《えんが》は断固として殺刑《しけい》に反対する構えだ。もしも瑛庚が殺刑と決を下し、それで個人的に駿良の父母と面会したことが淵雅に知れれば、その一事をもって淵雅は決獄を全否定するだろう。全否定されても異論は言えなくなってしまう。

「これはそなたらのためでもある。このまま退出しなさい」

あえて背を向けて言った言葉を清花が遮《さえぎ》った。

「いいえ。そんなことは私が許しません。二人の話をお聞きいただくまで、二人は帰しません。このまま何日でも私の客として逗留《とうりゅう》させます」

「莫迦者《ばかもの》」

瑛庚が怒鳴った瞬間《しゅんかん》、清花の顔から血の気が引いた。すぐさま憤怒《ふんぬ》の気配とともに白い顔が紅潮していく。最悪の言葉を口にしたとは分かっていたが、瑛庚は引き下がるわけにいかなかった。

「お前は何も分かっていない。――誰《だれ》ぞ。誰かいないのか」

呼ぶ声に、答える声と物音があったが、その気配は遠かった。おそらくは清花が人払《ひとばら》いをしていたのだろう。埒《らち》が明かないと悟《さと》って、瑛庚は妻の手を振《ふ》り解《ほど》く。そのときだった。

「あの豺虎《けだもの》を殺してください」

痛々しい女の声がした。

「それができないのなら、あたしを殺してください」

瑛庚はとっさに女を振り返った。

「あたしが家を出るあの子に声をかけたんです。ちゃんとお金は持ってるの、間違《まちが》いなく足りるの、って。それをあの豺虎は聞いてた」

——三つで十二銭。間違いなく持ってるよ。

「あの子は桃《もも》をお腹《なか》いっぱい食べたかったんです。普段《ふだん》ならそんな無駄遣《むだづか》いはさせません。でも、駿良は妹にも食べさせてやりたいって言ったんです。娘《むすめ》はまだ喋《しゃべ》れませんけど、以前、桃を一切れ与《あた》えたとき、とても喜んでたって。きっと桃が大好きなんだよって言うんです。妹だから、自分と同じで桃が好きなんだって。だから一つ丸々食べさせてやりたいんだって」

女の眼は深い何かを湛《たた》えていたが、涙《なみだ》は見えなかった。

「そのためによく手伝ってくれました。一つ手伝いをすると一銭硬貨《こうか》を一つ渡《わた》すんです。日がな一日、あたしのそばに纏《まと》わりついて、手伝うことはない、って訊《き》くんです。これを手伝おうか、あれを手伝おうかって。その様子があんまり愛《いと》しくて、いじらしくて……あたし、あの日、特別にね、って二銭渡してしまいました。ずっとお手伝いして偉《えら》いね、貯《た》めて偉いね、って。それで十二銭になるのが分かっていたから、二銭、渡したんです」

瑛庚は視線を逸《そ》らした。女が何を訴えたいのか理解した。非道と言われることを覚悟《かくご》で歩みを進める。その背を男の声が追い掛《か》けてきた。

「息子《むすこ》は死んだ。なのになぜあの男は生きているのですか」

男の声が罅割《ひびわ》れているのは、叫《さけ》びに嗄《か》れているからだろうか、激情に流されようとしているからだろうか。

「すぐ近くだったんだ。なのに私はあの子を助けに行ってやれなかった。きっと私たちを呼んだはずだ。なのにその声を、私は聞きつけることができなかった。どれほど苦しかったでしょう。そのとき息子は何を考え、何を感じていたんでしょう。なぜ息子だったのですか。なぜ死ななければならなかったのですか。私には何一つ分からない。分からないから考えることをやめられない。私に分かっていることは、息子がもう帰ってこないということと、にもかかわらずあの男は生きている、ということだけです」

耳を覆《おお》ってしまいたいが、それができない。

「息子は苦しんだ。私たちも苦しい。なのになぜあの男は苦しんでいないのですか。私たちの苦しみにはなんの意味もないのでしょうか。貴方がたにとって私たち民《たみ》は、どんなに苦しんでいても顧《かえり》みる値打ちもない存在なのですか」

瑛庚は自制して振り返らなかった。

夫婦は駆《か》けつけた家人が芝草《しそう》に帰した。清花は抵抗《ていこう》したが、必ず帰すよう家人に言い含《ふく》め、事件の関係者を邸《やしき》に入れることのないよう強く命じた。同時に府吏を邸に呼び寄せ、門を閉《と》ざして二度と同じことが起きないよう警護させる。その上で、改めて清花を諭《さと》すべく後院《へや》を訪ねたが、清花は頑《がん》として扉《とびら》を開いてくれなかった。

「もう結構です。貴方がどういう方なのか、私をどう思っていらっしゃるのか、よく分かりました」

扉の向こうから叩《たた》き付けるように言って、以後、一切《いっさい》呼びかけに答えない。瑛庚は走廊《ろう》に立ちつくすしかなかった。

恵施《けいし》のように、清花もまた出て行くのかもしれない。——それも致《いた》し方ない、という気がした。

本人が望むなら仕方ない。だが、清花はそこからどうやって暮らしていくつもりなのだろう。瑛庚が生活費を与え、あるいは職を与えることは可能だし、市民に戻ればもう一度給田も受けられる。だが、下界は清花が王宮で過ごした十二年ぶん、進んでいる。この十二年の間に清花の父母は死に、兄弟もそれだけ老いた。知人も十二年ぶんの歳月《さいげつ》を過ごしている。それに慣れることはできるのだろうか。

思って、瑛庚は苦笑《くしょう》した。

兄弟縁者《えんじゃ》が死に絶えるほどの時間が経《た》ったわけではない。近頃《ちかごろ》でこそ連絡《れんらく》することは間遠《まどお》になっていたが、数年前までは頻繁《ひんぱん》に連絡をしていたし、訪ねてもいた。この空隙《くうげき》は決して埋められないものではなかろう。――恵施とは違って。

恵施が出ていったとき、すでに六十年近い年月が経っていた。両親はもちろん、兄弟もすでに鬼籍《きせき》に入り、それどころか子供すら生きてはいなかった。ただの民に戻った恵施は、知り合いの一人もいない市井《しせい》に戻って、そこで何を感じ、考えたのか。

恵施が感じたであろう寄る辺のなさは想像がついた。実際、瑛庚もまた一度、職を辞し、仙籍《せんせき》を離《はな》れて下野したことがある。恵施が去ったあとのことだ。蓄《たくわ》えがあり、国からの保障もあったので生活に困ることはなかったが、どこにも居場所がない、というあの感覚はいまも忘れ難《がた》い。知人の一人もおらず、かつての知り合いは子供も含め、全て失われている。子供の子や縁者ならどこかにいたはずだが、所在は知れなかった。郷里を含め、かつて住んでいた場所はどこも様変わりしていて居場所を見つけることはできなかった。仙籍を離れたのは醜聞《しゅうぶん》の責任を取ってのことだったので、州官だった次男に会うわけにもいかず、親しい同輩《どうはい》を頼《たよ》りにすることもできなかった。会うことも声をかけることも自制せざるを得ず、瑛庚は自宅に引き籠《こ》もっているしかなかった。瑛庚はこの世界で、完全に孤立《こりつ》していた。

いまから振り返ると、その経過は皮肉な図式を描《えが》いていたように思う。瑛庚はそうやって蟄居《ちっきょ》している最中、清花に出会い、二度目の婚姻《こんいん》をした。そして瑛庚が蟄居せざるを得なかったのは、最初の妻である恵施が犯罪に手を染めたからだった。

瑛庚の許《もと》を去った恵施が、単なる人に戻ってどんな生活をしていたのかは分からない。瑛庚は援助《えんじょ》を申し出たが、恵施はそれを拒《こば》んで市井に消えた。再び恵施の噂《うわさ》を聞いたのは五年後、恵施は方々に高官である瑛庚の名を出して便宜《べんぎ》を図ると耳打ちし、膨大《ぼうだい》な金品を騙《だま》し取って逮捕《たいほ》されたのだった。鞫問《とりしらべ》によって瑛庚が無関係であることはすぐに判明したが、さすがにそのまま官吏として留《とど》まることはできなかった。責《せき》を負って辞職し、野に下らざるを得なかった。

——いったい何を考えたのか。

瑛庚は恵施を善良な女だと思っていた。およそ罪に手を染めることなど、想像もつかなかった。おそらくは困窮《こんきゅう》していたのだろう、それによって魔《ま》が差したのだろうと痛ましく思った。恵施も捕《つか》まってからというもの幾度《いくど》となく詫《わ》び状を出してきたし、真摯《しんし》に反省していることを察して、瑛庚は自身の被害《ひがい》については司刺に赦免《しゃめん》を申し出た。かつての夫として被害者に対して罪を贖《あがな》うこともした。恵施は溢《あふ》れるように感謝の言葉を書き連ねた書状を寄越《よこ》したが、半年の徒刑《ちょうえき》を終えるといずこへか消え去った。再び噂を聞いたのはその一年後、恵施は均州《きん》において同様の犯行を繰り返して逮捕された。

振り返ると、いまも口の中が苦い。詫び状と赦免の申し出、同じことが繰り返されたが、以後も恵施は同じ罪を重ねた。重ねるたびに被害の規模こそ小さくなっていったが、瑛庚は改心することのない者もいる、という事実を受け入れざるを得なかった。四度目の詫び状は堪《たま》らず無視した。そのころには清花という新しい妻を得、野に下ること三年を経て、国府に呼び戻《もど》されていた。

国府に戻ってのち、瑛庚は手を尽《つ》くして恵施の件について調べたのだが、恵施の行動は理解を超《こ》えていた。恵施は郡典刑の鞫問に対し、これは自分を愚者扱《ぐしゃあつか》いした瑛庚への復讐《ふくしゅう》だと胸を張ったという。聞くところによれば、直接の動機は金品だった。瑛庚が察した通り、恵施は下界で困窮していた。だが、犯罪に手を染めたことそれ自体が、恵施にとっては瑛庚に対する復讐のつもりだったらしい。恵施は自身が愚《おろ》かでないことを証明するため、豪商《ごうしょう》、地方官を騙した。最初に徒刑に処せられたとき、深く悔《く》いる様子を見せ、官もそれを信じて解き放ったのだが、二度目の逮捕の際の鞫問によれば、最初から恵施は罪を悔いてなどいなかった。――理解し難いが、法を破り、司直の手を逃《のが》れることが、恵施にとっては徹頭徹尾《てっとうてつび》、瑛庚に対する復讐であったらしい。

異常なまでの復讐心と、夫に対する敵愾心《てきがいしん》、と恵施を鞫問した典刑は言っていたようだが、なぜそこまで恵施が自分を憎《にく》んだのかは分からない。いずれにしても恵施は同じ罪を重ね、瑛庚が見限ってからも同じような生活を続けているらしかった。手口がいつも同じなので、やがて恵施に騙される被害者のほうが絶え、風の噂も絶えた。いまどこでどうしているか、瑛庚は知らない。

清花が地上に降りたからといって、恵施と同じ道を辿《たど》るとは思えなかったが、その経過は忘れることができない。

物音の絶えた扉の前で溜息《ためいき》をつき、瑛庚は正堂《おもや》へと戻った。正堂に入る階《きざはし》には、いまにも泣きそうな貌《かお》をした李理《りり》が小さく蹲《うずくま》っていた。

「李理——」

「……父さまは母さまを追い出してしまうの?」

瑛庚を見上げ、膝《ひざ》を抱《だ》いたまま娘が問う。そのそばに屈《かが》み込《こ》みながら、瑛庚は首を振った。

「そんなことはしないよ」

「でも、母さまはそう仰《おっしゃ》るの。母さまもあたしも追い出されてしまうって」

李理はどうなるのだろう、と瑛庚は思った。清花が出て行くのは致し方ないが、そのとき李理をどうするつもりなのだろう。おそらくは市井に連れて降りるのだろうと思ったが、思ったとたん、李理と駿良が重なった。

下界は荒《あ》れている。狩獺《しゅだつ》のような豺虎が跋扈《ばっこ》する世界に幼い娘を無防備に放り出すのか、という気がした。

「追い出したりするはずがない。私はお前たちにずっとそばにいてほしいと思っている。それとも李理は、出て行きたいのかね?」

李理は首を横に振った。

「では、李理こそ約束してくれないか。どこにも行かないと」

　——決して狩獺のような豺虎に捕まったりはしない、と。

　李理は生真面目《きまじめ》な表情で頷《うなず》いた。その顔を見て、瑛庚は思う。

　もしもこの娘に何かあったら。

　如翕《じょきゅう》は、人を殺せば殺刑《しけい》、これは理屈《りくつ》ではない、と言った。一種の反射だと。その通りだと瑛庚は思う。このように幼く、か弱い存在を情け容赦なく殺害する、そんなことが赦《ゆる》されていいはずがない。絶対に赦すことはできないし、あえて罪を犯《おか》した以上、自身が殺される覚悟ぐらいあって当然だろう。

　もしも狩獺が李理を殺したのだったら、瑛庚は狩獺を決して赦さないだろう。司法が赦すと言うなら、瑛庚が自ら剣《けん》を取って狩獺を殺す。それにより、瑛庚自身が罪に問われても構わない。

　——殺刑しかあるまい。

　思ったとたん、ひやりと冷たいもので背筋を撫《な》でられた気がした。踏《ふ》み込んではいけない場所に一歩を踏み出した気がする。

　この躊躇《ちゅうちょ》は何なのだろう。——思いながら、瑛庚は李理の頬《ほお》を撫でた。

「母さまを慰《なぐさ》めてあげてくれないか」

　李理は頷き、ぱっと立ち上がると後院へと駆け出していった。遠ざかる背が小さかった。それが一層小さく離れていく。

瑛庚は幼い姿を見守っていた。

7

夜になって、蒲月《ほげつ》が書房《しょさい》に駆けつけてきた。

「——大変なことがあったと——」

息を乱してそう言う。瑛庚《えいこう》はただ頷いた。

「申し訳ありません。私がいてお止めできれば良かったのですが」

「お前が謝《あやま》るようなことではない。……誰《だれ》から聞いた？」

「奄《げなん》から。——それ以前に、司刑《しけい》の邸で何か騒《さわ》ぎがあったらしいと聞きました。実際に何があったのかは聞けませんでしたが」

瑛庚は苦笑《くしょう》した。

「門《もん》庁でのことだったからな。それとも奄奚《げなんげじょ》に口の軽い者がいたか。——良い、どうせ人の口に戸は立てられない」

瑛庚は言って、窓の外に目をやった。暗い園林《ていえん》から涼《すず》しい夜風が吹《ふ》き込んできていた。

もう——秋が来る。

「もしもこれが司法や小司寇《しょうしこう》の耳に届けばどうなりましょう」

「この刑案《うったえ》を降ろされることは確実だろう」

答えながら、瑛庚はそれでもいいか、という気がしていた。この刑案は瑛庚の手には余る。刑案から降ろされるばかりでなく、下手をすれば司刑の職を失うことになるのかもしれなかったが、それもまた悪くない気がする。

思ってから、瑛庚は蒲月を見やった。

「……お前にも累《るい》が及《およ》ぶかもしれないな」

蒲月は瑛庚のそばに膝を突《つ》いた。瑛庚の手を両手で包む。

「そんなことをお気に病《や》まないでください」

「しかし――」

蒲月はやっと国官になったばかりだ。せっかく手に入れたものを失ってしまう。

「……清花《せいか》を責めないでやってくれ」

清花が何を考えたのかは分からないが、邪《よこしま》な思いから出た行為《こうい》ではないことは分かっている。あとで周囲の者に聞いたところによれば、清花はこのところ、密《ひそ》かに芝草《しそう》に降り、駿良《しゅんりょう》の両親のみならず、遺族を訪ね歩いていたらしい。彼《かれ》らの話を聞いて同情したのだろう。起こした行動はあまりにも短慮《たんりょ》に過ぎるが、その心根は否定できない。

瑛庚がそう言うと、蒲月は頷いた。

「私が言葉を惜《お》しんだせいかもしれないな。もっと言葉を尽くして、自分の職分について話をしておくべきだったのかもしれない。いま何を思い、何を迷っているのか」

そうは言うものの、瑛庚は自身がそれをしたとは思えない。清花には理解するのが難しいことだろうし、理解してほしいとも思えなかった。——これは拒絶《きょぜつ》ではない。むしろ逆だ。清花には単純に義憤《ぎふん》を感じ、率直《そっちょく》に怒《いか》る、そのようであってほしかった。

だが、そういう瑛庚の身勝手な思いが清花を怒らせ、そして恵施《けいし》を怒らせたのかもしれない。少なくとも同じ言葉を投げつけられる以上、全《すべ》ては瑛庚に原因するのだろう。

——思っていると、蒲月が静かに語りかけてきた。

「お祖父《じい》さまのせいではない、と私は思います」

「……そうだろうか？」

「確かです。これはお祖父さまのせいではないし、姉上の落ち度でもありません。全ては狩獺《しゅだつ》のせいです」

瑛庚は切なく失笑した。……ここで狩獺を持ち出すか。

だが、蒲月は小さく首を振《ふ》る。

「姉上は不安なのです。なぜ駿良の両親に会おうと思い立ったのかは分かりませんが、目的は分かるような気がします。狩獺を殺刑にするため——そうすることで自身の不安を取り除くため」

「殺刑には罪を止める効果はないと言ったのだがな……」

瑛庚が言うと、蒲月は首を振った。

「多分そういうことではありません。芝草の治安は乱れ、いつの間にかそれが王宮の中にまで及んでいます。ただでさえ不安なのに、狩獺の存在は、救いようのない罪人がいる、という事実をさらに突きつけるのです。理解し難く共感もできない。自明のはずの正義を踏み躙《にじ》って寸毫《すんごう》も気にしない者がいるという、そのことが、姉上を──姉上のような民《たみ》を堪《たま》らなく不安にする」

言って、蒲月は力なく微笑《ほほえ》んだ。

「狩獺さえ取り除かれれば、不安もまた取り除かれます。姉上も民も、ほどほどに世間を信用していられる。そうやって自分の目に見える世界を整えようとするのです」

「そう──清花が？」

「いいえ。私がそう思うのですよ。私の中の、単なる民に過ぎない部分がそう思うのです」

そうか、と瑛庚は胸の中で呟《つぶや》いた。

「取り除くことで世界を整える……」

ふいに、淵雅《えんが》の言葉が蘇《よみがえ》った。

「豺虎《けだもの》という言葉は、理解し難い罪人を人以外のものに貶《おとし》め、切り捨てる言葉……」

蒲月は怪訝《けげん》そうに首をかしげた。

「大司寇《だいしこう》がそう言っておられたのだ。そのときにも一理ある、と思ったが、確かにその通りなのだろう。我々は自覚している以上に臆病《おくびょう》だな。理解できないものは切り離《はな》してしまわなければ安らかでいられない……」

恵施からの詫《わ》び状を捨てたとき自分の中にあったのもそれだった気がする。これ以上は付き合えない——そう思ったが、それは理解し難い存在を断ち切って見えない場所に追いやってしまいたいという衝動《しょうどう》だったのだろう。

思えば、瑛庚は恵施のために赦免を願い出、罪を贖ったが、実際に恵施に面会することはしなかった。多分、恵施の存在を目に見えないところに切り離してしまいたかったのだ。責任を感じ、義理によって助けはしたが、本当はそこで恵施に面会し、理解し難くとも話し合うべきだったのかもしれない。少なくともそうすれば、恵施は同じ罪を繰《く》り返さずに済んだのかも。

「人とはそういう生き物なのでしょう」

蒲月は言って、瑛庚の手を労《いたわ》るように叩《たた》いた。

「けれども、私はその一方で国官です。そういう私情を措《お》いて考えなくてはならないことがあることを知っています。私は秋官《しゅうかん》ではありませんが、お祖父さまがいま背負っておられるものが何なのか、分かっているつもりです」

瑛庚はただ頷いた。

「姉上のことは私と李理《りり》にお任せください。お祖父さまは司刑としての職責を貫《つらぬ》かれますよう」

瑛庚は無言で孫の手を握《にぎ》り返した。


瑛庚は彼らの声を聞いてしまった。職責に妨《さまた》げのある事態だとは思わなかったが、黙《だま》っているわけにもいかない。翌日には知音《ちいん》に事情を報告しておいた。知音は沙汰《さた》を待つよう言い、その審論《しんり》断を進めておくように言った。そして、知音から呼び出しがあったのは三日後、面会した知音は報告したとき以上に渋《しぶ》い顔をしていた。

「主上は御《ご》理解《かい》くださったようだから問題はない」

瑛庚は知音の顔を見る。

「小司寇と相談のうえ、取りあえず主上に報告を差し上げたのだ。処遇《しょぐう》についてお尋《たず》ねしたが、構わない、との仰《おお》せだ」

知音の声は沈《しず》んでいた。瑛庚もまた気分が落ち込むのを感じる。叱責《しっせき》がなかったことはありがたいが、同時に落胆《らくたん》も感じる。やはり自分が決断せねばならない、という思い。それに何倍して強いのは、やはり王はこの件を投げ出しているのだ、という落胆だった。

「……主上は狩獺の件に、まったく興味をお持ちではないのですね」

そのようだ、と知音の声はさらに低くなる。

「大司寇はいかがなのでしょう」

「まだ何も言ってこないな。耳に入っていないはずはないと思うが」

「大司寇のことを考えれば、私を更迭《こうてつ》していただいたほうが」

「主上のお言葉があるのだから、それには及ばない」

知音は言って、瑛庚を見た。

「お前には荷が重いだろうが、私はお前に裁いてほしいと思っている。お前と如翁《じょきゅう》、率《そつ》由《ゆう》ならばどんな結論が出ようと納得《なっとく》できる――そう思って選んだのだ」

その言葉がありがたく、瑛庚は深く頭を下げた。だが、論断の場に戻《もど》りながら、気分はひたすら落ちていく。心配そうに待つ如翁と率由の顔を見ると、いっそう暗澹《あんたん》たる気分になった。

「……やはり主上は狩獺の件を投げておられる」

先に口を突いて出たのは、自身の処遇ではなく、そのことだった。

国は傾《かたむ》いている――確実に。

それを思うと、思考は最初へと戻ってしまう。国が傾きつつあるこの時期、本当に殺刑《しけい》を復活しても良いのか。この先、著《いちじる》しく国が沈み始めたとき、本当に瑛庚ら司法は殺刑の濫用《らんよう》を止めることができるのだろうか。

瑛庚が言うと、如翕も率由も考え込む。――結局のところ、この期《ご》に及んでまだ迷っている。誰もが。これと自分の意見を決め切れない。狩獺の犯行、遺族のことを思えば殺刑もやむを得ないという気がする。すると、殺刑を恐《おそ》れる怯懦《きょうだ》が首を擡《もた》げる。

瑛庚は、次第《しだい》に理屈《りくつ》ではないのではないか、という気がしていた。殺人には殺刑、これが理屈ではないように、殺刑に対して躊躇《ちゅうちょ》する思いも理屈ではないのではないか。

瑛庚の中で李理の声がした。

――父さまは人殺しになるの？

実は李理のこの言葉こそが、図らずも事の本質を剔《えぐ》っているのかもしれない。瑛庚は殺刑と殺人は当然のように別物だと思ってきたが、心の奥底《おくそこ》から本当にそれを信じているのだろうか。むしろ瑛庚は常に意識していたような気がする。どう言い繕《つくろ》ったところで殺刑は殺人にほかならない。人の手が他者の命を絶つことだ、と。

人を殺せば殺刑、人が当然そう思うように、人殺しを忌《い》まわしく思う、これもまた人の当然なのではないだろうか。民の多くは狩獺を殺刑にせよ、司法が殺刑にしないのなら自分たちに引き渡《わた》せ、と言うが、実際に狩獺と一対一で対峙《たいじ》して、本当に狩獺を殺害できる者がどれだけいるだろう。そこで前に進んで自ら剣《けん》を振り上げることができるのは、おそらくは犠牲者《ぎせいしゃ》の遺族だけだろう。確かに瑛庚自身も、李理を殺されたのであれば躊躇《ためら》わない。心ある者も復讐《ふくしゅう》せんがため、殺人を忌避《きひ》する己《おのれ》を超《こ》える。――逆に言うなら、復讐のためでなければ超えられないのだ、と思う。

殺刑の濫用を恐れるのも、殺刑を野蛮《やばん》だと感じるのも、結局のところこの本能的な怯懦——殺人を忌む反射が根底にあるのかもしれない。

瑛庚がそう言うと、率由がふっと息を零《こぼ》した。

「そうかもしれませぬ。——これは本当に私情なのでございますが、殺刑を主張しておると、常に友人の顔が浮《う》かぶのでございます。地方官をしていたときの同輩《どうはい》でございますが、いまは掌戮《しょうりく》を務めておりますのです」

瑛庚は、はたと率由の顔を見た。掌戮は司隷《しれい》の指揮のもと、実際に刑徒《しゅうじん》に刑罰《けいばつ》を科すことを掌《つかさど》る。もしも狩獺が殺刑になるとすれば、それを実行するのは掌戮になるだろう。掌戮が采配《さいはい》することになる。

「人を殺した者は殺されても仕方ない——狩獺を見ているとそう思えるのでございますが、友もそう思ってくれようか、という気がしてならないのでございます。もちろん、国家による処刑を個人の身勝手な思慮に基《もと》づく殺人と同列に語ることはできませぬ。ですが、実際に殺刑にする以上、現実に誰かが手を下して狩獺の命を奪《うば》うのでございます」

しかし、と如翁が宥《なだ》めるように口を挟《はさ》んだ。

「おそらくは、実際の処刑は夏官《かかん》から兵を借り受けて行なうことになるだろう。こういう言い方はどうかと思うが、兵士は人を殺傷することに慣れている」

「そうでございましょうか？　犯罪者の取り締《し》まり、反乱の鎮圧《ちんあつ》、いずれの場合も、兵士は殺さなければ殺される場に身を置いております。そこにおける殺傷と、抵抗《ていこう》できないよう縛《いまし》められ、刑場に引き出された罪人の命を絶つことを同列に語れましょうか」

「だが……刑吏《けいり》が罪人を処刑するのは殺人ではない。殺すのは正義であって、刑吏ではないのだから。刑吏の手を借りて天帝《てんてい》がそれを行なう。――そう言い含《ふく》め、重々報《むく》いてやれば刑吏も納得するのでは」

「……本当に納得できましょうか？」

如翕は俯《うつむ》き、そして、静かに首を振った。自分でも納得はできまい、という気が瑛庚にもした。

如翕は自嘲《じちょう》するような笑いを漏《も》らす。

「いっそ遺族に引き渡したい気がしますね……。彼らならば喜んで刑吏の代わりをしますでしょう」

率由もまた乾《かわ》いた笑いを零した。

「まったくでございます。――ですが、それでは復讐になってしまいます。復讐のための私刑を防ぎ、復讐の連鎖《れんさ》を止めるために司法はございます」

言って、率由は力なく宙を見上げた。

「だからこそ、刑吏が身を挺《てい》すのでございましょう……」

「二人に訊《き》きたいのだが」

瑛庚は両者の顔を見比べる。

「民は殺刑を求めていたろう。下官も殺刑を肯定《こうてい》していた。だが、国の高官になればなるほど躊躇する声が聞かれた。これはなぜなのだろう？」

「それは……」

如翕は口を開きかけ、そして閉《と》ざした。

「実際に刑獄《けいごく》に関与《かんよ》する我々が躊躇するのは当然のことだが、自分が決に関与するわけでもない高官がこぞって慎重論《しんちょうろん》を言う。考えてみれば不思議ではないか」

率由は頷《うなず》き、

「それは……確かに」

「国は自らだから――なのではないだろうか。私には自分が、国の一部であるという自覚がある。司法に限らず、自身の意思が国の行ないに何らかの形で反映されていると感じている。そのように国政に関与する官には同じく、国の一部であるという思いがあるだろう。己の意思は国の意思であり、国の行ないは己の行ないだ。だからこそ、国が犯《おか》す殺人は己の殺人にほかならない」

――父さまは人殺しになるの？

殺刑は人を殺す行為《こうい》だ。誰《だれ》かが狩獺の生命を絶つ。その誰かは国家によってそれを命じられる。そして、国家にそれを勧《すす》めるのは瑛庚ら司法官であり、瑛庚らを司法官に任じた国官だ。──つまりは、彼《かれ》ら自身が殺人者になる。

「人を殺した者に死をもって報いる、これは多分、理屈ではない。それと同時に、人を殺してはいけない、殺したくないという思いも、やはり理屈ではないのだろう。国による殺刑は自己による殺人、ゆえになんとしてもそれだけは避《さ》けたい、と思う。……これはもちろん、私情に過ぎないのだが」

瑛庚の中には人殺しを忌む本能的な怯懦がある。そして、この怯懦は民の中にも宿っているはずだ。だが、民にとって国は天の一部だ。天が選んだ王と、王が選んだ官僚《かんりょう》たち。あらかじめ民とは隔絶《かくぜつ》され、自らの意思とは切り離されている。だからこそ、殺刑を求めることに躊躇がない。狩獺を殺すのは自身の手ではない。天の手なのだ。

「仮にも司法の官が、私情によって是非《ぜひ》を言うことは許されない。まして私情によって刑罰を歪《ゆが》めることはあってはならない、と思う。だが、人を殺したくないという思いは、正義を知る者にとって、殺人者に殺刑を与《あた》えよという義憤《ぎふん》と同じくらいやむを得ない思いだ。私は人殺しになりたくない。他者に殺人を勧めたくはない……」

如翕が深い息をついた。

「殺罪には殺刑を、これが理屈ではない反射であるのと同様、殺刑は即《すなわ》ち殺人だと忌避する感情も理屈ではない反射なのでしょう。どちらも理ではなく本能に近い主観に過ぎませんが、その重みは多分等しいのではないかと」

「……だろう」

「殺刑復活が殺刑の濫用に繋《つな》がりかねないことは確かですが、濫用を止めることが司法の職分であることもまた確かです。復活するにせよ、停止を貫くにせよ、どちらにも一理あって、これだけでは結論を出すことができません」

「ならば、残るは狩獺自身でございましょう」

率由が言って、瑛庚も如翕も首をかしげた。

「理は完全に均衡《きんこう》しておりまする。ならばあとは狩獺自身の問題に還元《かんげん》されましょう。そもそも主上が大辟《たいへき》を用いずと定められたのは、刑罰の目的は罰することになく、罷民《ひみん》を教化することにあるとしたからでございます。すると問題は、狩獺の教化が可能かどうか——そこにかかっていることになりますまいか」

しかし、と瑛庚は如翕を見る。

「狩獺に更生《こうせい》の可能性があるのだろうか」

如翕は——意外なことに首をかしげた。

「私は狩獺に会いましたが、およそ罪を悔《く》いる者だとは思えませんでした。ですが、大司寇の言葉がどこかに引っかかっているのです。人以下の豺虎だと決めつけておいて、改心せよと言うのか――という」

瑛庚は吐胸《とむね》を衝《つ》かれる心地《ここち》がした。

「狩獺が駿良を殺した理由は知れません。狩獺なりの理由があるはずだ、という大司寇の言葉には否定できないものを感じます。その理由さえ明らかにすることができれば、教化することも可能なのかもしれません」

瑛庚は考え――そして頷いた。

「狩獺に会ってみよう」

8

二日後、瑛庚《えいこう》らは王宮を降り、芝草《しそう》西にある軍営に向かった。

本来ならば、刑獄において罪人の鞫問《じんもん》を行なう際には王宮の下――外朝司法府《がいちようしほう》に罪人を呼び出す。だが、万が一にも狩獺に逃《に》げられては大事《おおごと》になるうえ、民《たみ》に感づかれると途上《とじよう》を襲《おそ》われかねない。それで関係する官と協議のうえ、瑛庚らが囹圄《ろうう》に赴《おもむ》くことになった。

徒刑《ちようえき》に処された罪人は圜土《かんごく》に送られるが、徒刑は公《おおやけ》のため土木工事などの労働に就《つ》くことだから圜土の所在は一定しない。必要な場所に移動するものだった。これに対し、未《いま》だ刑罰《けいばつ》の定まらない罪人は、拘制《きんこ》に処された罪人と共に、軍営内にある囹圄に捕《と》らえられることになっている。

瑛庚らは軍営を深部へと通り抜《ぬ》け、兵によって幾重《いくえ》にも監視された囹圄に入って鞫問のための堂室《へや》に至る。さして広くはない建物で、開口部はほとんどなく、壁《かべ》の高い位置に細く明かり採りだけが切ってある。必然的に薄暗《うすぐら》い堂内は、太い鉄格子《てつごうし》によって二分されていた。一方の壇上《だんじょう》に瑛庚らが坐《すわ》る。しばらくして、格子の向こうに罪人を監督《かんとく》する掌囚《しょうしゅう》と兵士が現れて、一人の男を引き連れてきた。

——これが狩獺か。

瑛庚は不思議な気分で思った。狩獺はこれという特徴《とくちょう》のない男だった。事前に痩身《そうしん》で中背の男だとは知っていたが、ここまで「それだけ」の男だとは夢にも思わなかった。剣呑《けんのん》な感じはしない。眼差《まなざ》しにも力がない。およそ覇《は》気《き》を感じさせず、疲《つか》れたようにも倦《う》んでいるようにも見えたが、病的な感じはしなかった。少なくとも豺虎《けだもの》には見えない。本当にどこにでもいる男だ。

「何趣《かしゅ》でございます」

掌囚は言って、狩獺を床《ゆか》に留め付けた椅子《いす》に坐らせ、手枷《てかせ》の鎖《くさり》を足許《あしもと》の鉄環《てつかん》に繋いだ。一礼して堂室を退出する。あとには警備のため兵士が残ったが、彼らは格子の向こうに黙《もく》して留《とど》まり、以後口を開くことも表情を変えることもない。鞫問の内容は耳に入っても聞いてはならない。聞かなかったことにすることが、彼らには義務付けられている。狩獺は眼《め》を伏《ふ》せ、穏和《おとな》しく鎖に繋がれている。坐った姿がいかにも大儀《たいぎ》そうだったが、ことさら虚勢《きょせい》を張る様子もなければ、反抗的な気配もなかった。

　ひとしきり見つめ、瑛庚は訴状《そじょう》を開いた。

「お前は十六件の刑案《うったえ》について、罪を問われている。これについて申すことはあるか」

　瑛庚の問いに、狩獺は答えなかった。無言のままあらぬほうを見ている。

「どんなことでもいい、現在自分がおかれている立場に対し、言いたいことはないか？」

　瑛庚は問うたが、これに対しても返答はない。瑛庚は困惑《こんわく》し、取りあえず十六件、個々の刑案についてその動機を問い、犯行に至った経緯《けいい》を改めて問うたが、これにもほぼ無言で、必要があれば頷くだけ、ときには口の中で「ああ」「そう」のような声を上げることもあったが、説明らしい説明は一切《いっさい》聞くことができなかった。

　瑛庚がついに鞫問を諦《あきら》めると、率由《そつゆう》がそれに代わった。率由は事前に狩獺の内心が知りたい、と言っていた。率由は狩獺に父母のこと、郷里のこと、どのように育ち、何を思ってきたのかを問い質《ただ》そうとしたが、これにも狩獺は答える気がないようだった。あらぬほうを見たまま、ろくに返答もない。

　狩獺は、徹底《てってい》して瑛庚らを拒《こば》んでいた。引き出されてきたから仕方なくそこにいるものの、およそ会話をする気はなく、命乞《いのちご》いのためにしろ何にしろ、何かを訴《うった》える気もない。無視するように視線を逸《そ》らし、太々《ふてぶて》しいまでに沈黙《ちんもく》を貫《つらぬ》く。

その態度を肚《はら》に据《す》えかねたのか、やがて如翁《じょきゅう》が口を挟んだ。

「お前は、その態度を改める気はないのか」

苛立《いらだ》ったように言ったから、以前会ったときにも同様の態度だったのだろう。狩獺はちらりと如翁を見た。口許を歪めて微《かす》かに笑う——侮蔑《ぶべつ》するように。

「罪を悔いるつもりはないと見える」

堪《たま》りかねたように率由が声を上げた。

「お前が身勝手で殺した犠牲者《ぎせいしゃ》の中には、幼い子供、赤児《あかご》もおるのだ。それについても悔いるところはないのか」

狩獺は率由には目もくれず、口の中で、べつに、と呟《つぶや》く。

「惨《むご》いことをした、という後悔《こうかい》すらないのか」

「……べつに」

「遺族に対し、詫《わ》び状の一つもないようだが、罪を償《つぐな》う気すらないということか」

率由が厳しい声を出すと、狩獺は冷ややかな眼でやっと率由を見返した。

「償う？　どうやって？」

「それは——」

「俺《おれ》が詫びたところで死んだ者が生き返るわけじゃない。生き返りでもしない限り、死んだ奴《やつ》の家族だって俺を許したりはしないだろう。だったら償おうなんて考えるだけ無《む》駄《だ》じゃないか？」

さらに何かを言おうとする率由を、瑛庚は制した。

「──つまりお前は、自分が取り返しのつかないことをしたと了解《りょうかい》しているのだな？ それが犠牲者の家族を苦しめていることも分かっている」

「……まあね」

「それを自覚したのはいつだ？ 最初から分かっていて罪に手を染めたのか、それとも捕らえられて初めて自覚したのか」

「最初から、だな」

「分かっていてなぜ？」

狩獺は頬《ほお》を歪めて笑った。

「俺みたいな屑《くず》だって生きていかなきゃならないんでね。顔に墨《すみ》が入っていちゃ、職にも就けないし住むところだってない。喰《く》って寝《ね》るためには仕方ない」

「……お前は自分を屑だと思うのか」

瑛庚の問いに、狩獺は嗤《わら》った。

「あんたらはそう思っているんだろう？ 俺みたいなのは人間の屑で、憐《あわ》れみの欠片《かけら》もない豺虎だ」

嘲《あざけ》るようにそう言う。

「どうせ俺なんて目障《めざわ》りなだけだろう。あんたらのお綺麗《きれい》な世界には必要ない。それどころか邪魔《じゃま》なだけだ。生きる値打ちもない屑で、だからさっさと死んで片付いてほしいんだろう？」

言ってから、狩獺は詰《つ》まらなそうに明かり採りから射《さ》し込《こ》む光のほうを見た。

「――殺したければ殺せばいいんだ。俺だって拘制になんかなりたくはないからな。一思いに殺されたほうが清々する」

瑛庚の胸に浮《う》かんだのは嫌悪感《けんおかん》だった。この男は狡《ずる》い。自らが犯した罪を承知していながら、瑛庚らを加害者にして被害者《ひがいしゃ》の立場に潜《もぐ》り込もうとしている。

「……駿良《しゆんりよう》を覚えているか？　昨年夏、お前が芝草で殺した子供だ。首を絞《し》めて殺害し、十二銭を奪《うば》った」

狩獺は無言で頷いた。

「……なぜ殺した」

「理由なんか特にない」

「なくはないだろう。なぜ子供を殺さねばならなかったのだ」

強く問うと、根負けしたように狩獺は一つ息を吐《は》く。

「騒《さわ》がれると面倒《めんどう》だ、と思ったんだ」

「相手は子供だ。脅《おど》すだけで充分《じゅうぶん》だったのではないか？　あるいは力ずくで奪えばよかったろう」

「脅して泣かれでもしたら、人が集まるだろう。力ずくで奪おうとして、逃げられたら騒ぎになる」

「だから殺して奪ったのか？　たかだか十二銭を」

狩獺は頷いた。

「なぜだ？　お前は懐《ふところ》に金を持っていたろう。なぜ駿良の十二銭が必要だったのだ」

「べつに必要だったわけじゃないが」

「では、なぜ？」

「なんとなく」

「まさか本当にそれだけではあるまい。何を思って子供を襲ったのか、申し述べてみる気はないか？」

狩獺はうんざりしたように瑛庚を見る。

「聞いてどうするんだ？　どうせあんたらは俺が悔い改めるとは思っちゃいないだろう。殺すだけの人間につべこべ訊《き》いてどうなるんだ」

「聞かせてもらう必要がある」

淵雅《えんが》は、狩獺が子供を殺したのには、狩獺なりの理由があるはずだ、と言った。その理由さえ明らかにすることができれば、狩獺のような罷民《ひみん》を救う術《すべ》も分かる、と。同時に駿良の父親は叫《さけ》んだ。なぜ息子《むすこ》は殺されなければならなかったのか、と。瑛庚はせめて、その答えのどちらかを得なければならない。

狩獺は大儀そうに呟いた。

「……強《し》いて言うなら、酒が飲みたかったから、かな」

「だったら自分の懐にある金で買えば良かったろう」

「そこまで欲《ほ》しかったわけじゃなかった」

意味を取りかねて瑛庚が言葉に詰まると、だから、と狩獺は言う。

「……たまたま通り掛《か》かったとき、あの豎子《こぞう》が十二銭を握《にぎ》ってることを知ったんだ。母親とそう話していたんでね。その前に、酒を売る小店の前を通って、そうしたら一杯十二銭だと書いてあった。一瞬《いっしゅん》、酒を飲みたい気もしたんだが、十二銭払《はら》うほどのことじゃない、と思ったんだよ。それで通り過ぎたら、ちょうど子供が十二銭持ってたんで」

「それで？」

「ちょうどだ、と思ったんだよ。ちょうど十二銭か、って」

瑛庚は愕然《がくぜん》としたし、如翁も率由も啞然《あぜん》としたように眼を瞠《みは》った。

「……それだけ、ではなかろう？」

率由が狼狽《うろた》えたように訊いたが、狩獺はいかにも面倒そうに答えた。

「それだけだ。……まあ、運が悪かったってことだな」

平然とそう言う。まるで他人事《ひとごと》のように。

この男が反省することなどあり得ない、という苦い諦念《ていねん》が浮かんだ。狩獺が自身の罪を自覚することもないし、自覚するために自身の行為《こうい》と向き合うこともないだろう。

「どうせ俺は屑だ」という甲羅《こうら》の中に逃げ込んで、永遠にそこに留まり続ける。いかなる言葉もこの男を諭《さと》すことはできないし、そればかりか、傷つけることすらできない。

瑛庚は暗澹《あんたん》たるものを感じた。瑛庚らがひたすら迷っていたのは、自身の中に殺人を忌《い》む本能的な反射があるからだ。――だが、この男にはそれがない。

狩獺と瑛庚らの間には、目の前にある鉄格子のように堅牢《けんろう》な隔壁《かくへき》があった。瑛庚らはこれを乗り越《こ》えることが難しく、狩獺にも乗り越えるつもりがない。格子の向こうにいる狩獺を瑛庚らが忌むように、狩獺もまた格子の向こうにいる瑛庚らを蔑《さげす》み、憎《にく》んでいる。

――悔い改めることのない者もいる。

瑛庚は忸怩《じくじ》たる思いで改めて確認《かくにん》した。同時に、自分はこの男に何を期待していたのだろう、という気がした。その罪状、これまでの行ないを見れば、狩獺自身に教化されるつもりなどないことは明らかだった。狩獺は怒《いか》り、憎んでいる。恵施《けいし》がそうであったように、教化に抗《あらが》うことが狩獺にとっては何かに対する復讐《ふくしゅう》なのだろう。膨大《ぼうだい》な鞫問の記録を見れば、それはもとより明らか、にもかかわらずなぜ、瑛庚らは狩獺が教化できるか、本人に会って確認しようとしたのだろう。まるでそれが最後の望みの綱《つな》であるかのように。

思っていると、率由が低く言った。

「……三刺《さんし》については件《くだん》のごとし、三宥《さんゆう》、三赦《さんしゃ》にもあたりませぬ」

本来ならば、本人の前で司法が結論を述べることはない。――にもかかわらず。

「司刺《しし》は罪を赦《ゆる》すべき理由を見つけられませぬ」

苦いものを吐き捨てるような口調だった。ひょっとしたら率由は、狩獺本人の前でこれを言うことで、狩獺をせめて傷つけたいのかもしれない。

如翕が頷いた。その顔には率由と同じ種類の苦渋《くじゅう》が滲《にじ》んでいる。

「典刑《てんけい》は罪状によって殊死《しゅし》と判ずる」

「司刺はこれを支持いたしまする」

典刑、司刺の意見は揃《そろ》った。――瑛庚は決断しなければならない。

彼《かれ》らをねめつける狩獺の眼には蔑むような色が浮かんでいた。定まろうとしている自身の運命に怯《ひる》む様子は欠片もなかった。嘲るような笑《え》みが「どうせ殺すんだろう」と言っている。結局のところ俺を許せないと言うのだろう。理解できず共感もできない豺虎《けだもの》など目障りなだけだから死ねと言うのだろう。——やはりそうなんだろう?

瑛庚は深く息をついた。

「狩獺の罪は明らかで、しかも余人には理解し難《がた》い。だが、許せないから殺してしまえ——殺刑《しけい》とはそんな乱暴な用いられ方をして良いものではないだろう。遺族の応報感情、民《たみ》の義憤《ぎふん》、そして理解を超えた罪人の存在に不安を抱《いだ》かざるを得ない気持ちは分かるが、刑罰はそういう次元で運用して良いものではない……」

率由がわずかに怯んだように視線を落とした。

「主上《しゅじょう》は大辟《たいへき》を停止なされたが、これは刑措《けいそ》を国家の理想とするからだ。許せないという私情に流され、ここで軽々に殺刑を用いれば前例となる。事実上の殺刑復活を意味し、これは国情から考えて殺刑濫用《らんよう》に繋《つな》がるおそれがある。それを留めるのもまた司法の職責だが、前例を作ったのが私情であり、濫用を促《うなが》すのが国情であれば、果たして本当に押《お》し留めることができるかは心許《こころもと》ない」

しかしながら、と瑛庚は声を落とした。

「そうやって殺刑を恐れるのは、結局のところ殺人を忌む怯懦《きょうだ》に由来するのだと思う。殺罪には殺刑——これが理屈《りくつ》ではない反射であるのと同様、殺人に怯むのも理屈ではない反射だ」

だからこそ、瑛庚らは狩獺に会いたかったのだ。もしも狩獺に更生《こうせい》の可能性があれば、瑛庚らは殺刑を用いずに済む。

「どちらも理ではなく本能に近い。私情と言えば私情に過ぎないが、この根源的な反射は互《たが》いに表裏《ひょうり》を成しており、これこそが法の根幹にある。殺してはならぬ、民を虐《しいた》げてはならぬと天綱《てんこう》において定められている一方で、刑辟《けいほう》に殺刑が存在するのは、多分それだからなのだろう」

如翕が戸惑《とまど》ったように頷《うなず》いた。

「そもそも刑辟自体が矛盾《むじゅん》をはらんでいる。一方で殺すなと言い、その一方で殺せと言う。典刑が罪を数える一方で、司刺がこれを減免《げんめん》する。刑辟はもとより揺《ゆ》れるものだ。考えてみれば、天の布《し》いた摂理《せつり》そのものがそのようにできている。両者の間で揺れながら、個々の刑案《うったえ》において適正な場所を探《さぐ》るしかないように」

「……天が」

率由は呟く。瑛庚は頷いた。

「我々は殺刑停止と殺刑復活、そのどちらにも一理があって決めかねる、と結論づけた。唯一《ゆいいつ》殺刑にせよという反射も、殺刑を恐れる反射も重みは変わらない、と結論づけた。残るのは狩獺自身に教化の可能性があるかどうかだが——」

——だが、しかし。

瑛庚が言い淀《よど》んだとき、唐突《とうとつ》に狩獺が割って入った。

「俺《おれ》は悔《く》い改めない」

はっと上げた瑛庚の眼《め》に、狩獺の歪《ゆが》んだ顔が飛び込んできた。囚人《しゅうじん》の面《おもて》には揶揄《やゆ》するような、どす黒い笑みが浮かんでいた。

「絶対にそれはない」

……そうか、と瑛庚は頷いた。

「まことに無念だ……」

瑛庚は言って、典刑、司刺を見渡《みわた》した。

「――殺刑もやむなし、と判ずる」

言ったとたん、狩獺が腹を抱《かか》えて笑い出した。まるで勝者の笑いだった。同時に虚《むな》しいほどの敗北感が沁《し》み入ってきた。絶対に相容《あいい》れない存在、これを全否定して抹殺《まっさつ》してしまえば、受け入れ難《がた》い現実を拒《こば》むことができる。狩獺を切り離《はな》すことで、世界を調整しようとしている。

瑛庚らは敗北を喫《きっ》したように項垂《うなだ》れた。その全《すべ》てが朱《しゅ》に染まっていた。いつの間にか堂内には強い西陽《にしび》が射している。明かり採りに入った鉄格子《てつごうし》の影《かげ》が黒々と堂内の全てを切り刻んでいた。

――まるで何かの予兆のように。

瑛庚らは狩獺の存在を拒んだ。狩獺は取り除かれ、世界は一旦《いったん》、相容れぬ存在などないものとして整う。——だが、これはおそらく始まりに過ぎない。国は傾《かたむ》いている。傾いた国に湧《わ》いて出る妖魔《ようま》のように、世界の亀裂《きれつ》は様々に立ち現れてくるだろう。その綻《ほころ》びを自身の眼から覆《おお》い隠《かく》すため、人々はこれから幾多《いくた》のものを自ら断ち切っていく。

そうやって崩《くず》れていく。……国も人も。

項垂れたまま、瑛庚は席を立った。如翕、率由がそれに続く。

彼らは高笑いする罪人を格子の向こうに残し、眼を背《そむ》けるように俯《うつむ》いたまま、重い足を引きずって席を離れた。

青条の蘭

＊

小雪の舞《ま》う夜の中、鈍銀《にぶぎん》の木に凭《もた》れて男は一人、蹲《うずくま》っている。頭から被《かぶ》った褐衣《ぼろ》を顎《あご》先《さき》で掻《か》き合わせ、深く俯《うつむ》いて冷え冷えとした風に耐《た》えていた。男の足許《あしもと》には錆《さ》びて割れた鍋《なべ》が一つ。中には拾い集めた薪《たきぎ》が入れられ、小さく火が焚《た》かれている。それが唯一《ゆいいつ》の灯《あか》りで、同時に暖を取る手段だった。

男の周囲には幹と同じく鈍銀の枝が垂れている。硬《かた》い線を描《えが》いて幾重《いくえ》にも垂れた枝は葉もなく小枝もなく、燻《いぶ》した白銀《しろがね》でできているかのようだった。そのため、男を抱《だ》き込《こ》んだ枝は男を捕《と》らえた檻《おり》のようでもある。

木は四方を建物に取り巻かれていたが、その建物は半壊《はんかい》していた。大方の屋根は落ち、方々の壁《かべ》は倒《たお》れて風雪を遮《さえぎ》るものはない。男の足許にある焚火以外に灯火はなく、同時に人の気配もなかった。建物の外に広がる里《まち》の様子も大差ない。大半の建物は崩《くず》れ落ち、道の至るところに瓦礫《がれき》が山積している。かろうじて残る家々も本来の形を留《とど》めているものはほとんどなく、灯火もなければ人の気配もなかった。里を囲む郭壁《かくへき》も同様で、崩れ去った箇所《かしょ》からは墨色《すみいろ》の夜空を背に、険しい山並みが黒々と覗《のぞ》いている。

里は荒廃《こうはい》の直中《ただなか》に、息も絶え絶えに残されていた。

国境に程近《ほどちか》い小里、険阻《けんそ》な山々が周囲を取り巻く。そもそも耕作には適さない傾斜地《けいしゃち》ばかり、わずかな平面を切り拓《ひら》いて棚《たな》状に作られた農地は放置されて久しい。かつては恵《めぐ》みを落としてくれた山肌《やまはだ》の樹林も、人の手を離《はな》れて荒《すさ》んでいた。里に近い場所では果樹が立ち枯《が》れ、針葉樹は濃《こ》い緑を歪《いびつ》に茂《しげ》らせて蝟集《いしゅう》している。それより高い斜面には葉を落とした落葉樹が屍体《したい》のように立ち並び、一面の森を作っていた。凍《こご》えた風が通るたびに森は揺《ゆ》れて微《かす》かに音を立てたが、生き物の声や気配は、まるでなかった。

山々は人の領域ではない場所になろうとしていた。そこにぽつんと遺跡《いせき》のように残された里もまた、廃墟《はいきょ》になろうとしていた。灯火といえば崩れかけた里祠《りし》に点《とも》された男の足許にある焚火が一つだけ。

死に絶えたような夜の中、男はただ蹲っている。

焚火が小さく爆《は》ぜて、炎が踊《おど》った。その光が一瞬《いっしゅん》、男を捕らえるように伸《の》びた枝の、冷たい質感を浮《う》かび上がらせた。

男は無言でその枝に視線を向けた。本来なら白いはずの枝先は、方々が錆びたように黒く変じていた。――枯れかけているのだ。

それもそのはず、里木《りぼく》に向かって祈《いの》りを捧《ささ》げるべき民《たみ》が、この里にはもうほとんど残っていなかった。残されたのは、わずかに数戸、人口にしてたったの九人。里木は不要な枝を自ら落とそうとしている。

——立ち直るには、遅《おそ》すぎたのかもしれない。

この里は、もはや滅《ほろ》びてしまうだけなのかも。

男は里木のそばを塒《ねぐら》と定め、ただひたすらに待っていた。そんな彼《かれ》を里の人間は不審《ふしん》がるでもなく気にかけるでもない。疲弊《ひへい》した人々は外界に興味を抱《いだ》く余裕《よゆう》もなく、夜ともなれば、飢《う》えと寒さを宥《なだ》めるために身を寄せ合って横たわっていることしかできないでいた。灯火を点すための油は尽《つ》きている。火を焚いて夜を温める意欲も尽きている。緩慢《かんまん》な死を受け入れるかのように、人々は虚《うつ》ろな眼《め》を閉じて眠《ねむ》っている。

だが、そうやって荒廃に沈《しず》もうとしているのは、この里だけではない。荒《あ》れ果てた街《かい》道《どう》に沿って点在する他の里も廬《むら》も、同様に力尽きようとしている。

——このうえの災禍《さいか》は、全《すべ》ての息の根を完全に止めるだろう。

そうならないと信じたい。その証《あかし》を、男は待っていた。

頭から被った褐衣を掻き合わせ、じっと足許の火に目を凝《こ》らす。挽歌《ばんか》のような風音の中、細かな雪片《せっぺん》が舞う。

1

――雪は音もなく舞っている。

夜明け前、冷え込みは厳しかった。季節は極寒期《ごっかんき》に入った。煤《すす》けた宿の狭《せま》い客房《へや》、暗い中に身を起こせば、吐息《といき》が白い。

標仲《ひょうちゅう》は鉛《なまり》のように重い身体《からだ》を寝床《ねどこ》から引き剥《は》がし、真っ先に房間《へや》の隅《すみ》に置いた筐《はこ》へと這《は》い寄った。灯りを点《つ》け、細かく竹を編んで作った蓋《ふた》をそっと開ける。

蓋と同じく目の詰《つ》まった竹製の筐は、外側には漆《うるし》を塗《ぬ》り重ね、内側を綿と絹で覆《おお》ってあった。いかにも高価な作りだが、その中に麗々《れいれい》しく収められているのは一本の丸太だ。その太さは両手で摑《つか》めるほど、長さは両掌《りょうてのひら》を並べたほど。斑《まだら》な樹皮の変哲《へんてつ》もない丸太で、ただしその中程、枝が折れてできた瘤《こぶ》の付け根に青々とした葉が着いている。ただそれだけのものが、大鋸屑《おがくず》の中央に埋《う》もれるようにして据《す》えてあった。

それを確認《かくにん》し、標仲は小さく安堵《あんど》の息を吐《は》いた。改めて丸太を取り出し、丹念《たんねん》に検《あらた》める。丸太は切り口や樹皮こそ乾《かわ》いているものの、軽く叩《たた》いてみた感じでは、まだ充分《じゅうぶん》に水気を保っているようだった。腐《くさ》れが入った様子もない。苔《こけ》や黴《かび》が生える様子もなかった。瘤の付け根に着いた草にも異変はない。すんなりと細い蘭《らん》に似た葉は肉厚で、それが一握《ひとにぎ》りほど密生している。標仲は葉の一枚一枚を子細に観察した。まだ艶《つや》やかな緑を保っている。萎《しお》れた様子も枯れる気配もない。

――これが希望だ。

だからこそ、宿に泊まって目が覚めると、自分が眠っているうちに枯れてしまったのではないかと不安になる。それで起きれば、真っ先に状態を確認せずにはいられない。寝床に入るたび、今夜こそ枯れるのではないかと怖《こわ》くなった。泥《どろ》のように疲《つか》れているのに、怖くてなかなか寝付けない。ようやく眠っても、朝に目覚めて確認したら一夜にして枯れていた――そんな悪夢を何度も見た。魘《うな》されて飛び起き、蓋を開けて確認し、寝直すことも再三あった。

だが、今日はまだ枯れていない。

良かった、と呟《つぶや》いて、標仲は丁寧《ていねい》に大鋸屑を掻いて中に丸太を埋め戻《もど》した。筺に紐《ひも》で固定し、蘭が埋もれないよう慎重《しんちょう》に大鋸屑を均《なら》す。蘭には取り除《の》けておいた覆い籠《かご》を被《かぶ》せ、それを押《お》さえるために綿を入れた小袋《こぶくろ》を並べて詰め込み、さらには布を敷《し》いて油紙に包んだ手紙を添《そ》えた。筺の脇《わき》に吊《つ》るした綬《じゅ》を検め、中に引き入れ、蓋をする。革帯《かわおび》で巻き、丁寧に荷造りをした。

そうしている間にも手が悴《かじか》んでいた。昨夜のうちに水を汲《く》んでおいた桶《おけ》の中、水の縁《ふち》にも薄《うす》く氷が張っている。

　標仲は凍《こお》った縁を避《よ》けて両手で水を掬《すく》い、顔を洗った。指先が凍え、床《ゆか》からの冷気で膝《ひざ》が痛む。暖まろうにも房間の中には火鉢《ひばち》すらなかった。ここ何年も、炭は品薄が続いている。庶民《しょみん》では求めても手に入らない。

　仕方なく、標仲は両手で脚《あし》を摩《さす》った。じきに今年最後の月を迎《むか》える。この時期に炭すら手に入らない。冬至は過ぎたものの、まだまだ寒さは続くだろう。立春は年が改まった先、それを過ぎても寒が緩《ゆる》むまでにはしばらくかかる。毎年、この季節には大量の凍《とう》死者《ししゃ》が出た。

　ひとしきり脚を撫《な》で、標仲は裘《かわごろも》を着込んだ。脱《ぬ》いで干してあった鞜《くつ》を取り、履《は》こうとしたが腫《は》れた足が入らない。仕方なく小刀で支《つか》える部分の革を切り、布で包んで革帯を巻いた。このところの旅で足指には血豆ができている。膝も腰《こし》も疼《うず》いて真《ま》っ直《す》ぐに伸ばすのが難儀《なんぎ》だった。筺を背負い続けた肩《かた》は痛み、両手はあかぎれだらけだ。

　――それでもいい。まだ希望は枯れていない。

　準備を調え、笈筺《おいばこ》と荷物を持って標仲は暗い客房を出た。

　それは一本の変色した山毛欅《ぶな》から始まった。

　少なくとも、標仲がそれに気づいたのは、郷里にある山毛欅林の中の一本が始まりで、もう十年以上も前のことになる。

標仲は北方、継州《けいしゅう》の出身だった。郷里はそのさらに北、州境に近い険しい山の中にある。季候に恵まれない寒村で育ち、苦学の末に継州の少学《しょうがく》に進み、そして運良く三十半ばで国官になった。職分は地官迹人《ちかんせきじん》。位は中士《ちゅうし》、国官の中でも最下層の小役人だった。そんな標仲でも郷里の西隕《せいいん》に帰れば、異例の大出世を遂《と》げた逸材《いつざい》だということになる。標仲はそのころ、仙籍《せんせき》に入ってまだ間がなかったので、郷里には父母も親類縁者《えんじゃ》もいた。幼いころから慣れ親しんだ人々が心待ちにしてくれるから、新年には必ず帰省することにしていた。そんなおり、里に近い山毛欅林の中で奇妙《きみょう》な色をした山毛欅を見掛《みか》けたのだった。

山毛欅は葉を落としていた。冬枯れの山に寒々と梢《こずえ》を伸ばしている。林の中には細い谷川が流れており、小さな滝《たき》があった。滝が注ぎ込む淵《ふち》は幼いころ、よく魚を釣《つ》った場所だ。周囲を低い崖《がけ》と山毛欅の林に囲まれて、いかにも居心地《いごこち》の良い場所だった。その淵に面して立つ一本の枝先が一部、霜《しも》でも降りたように輝《かがや》いて見えたのだ。

「――何だろう」

標仲は頭上遥《はる》かに聳《そび》える木の枝先を見上げ、傍《かたわ》らの旧友に声をかけた。旧友は名を包荒《ほうこう》という。同じく西隕に生まれ、共に少学へと進んだ。標仲よりも一年早く少学を出て、郷里がある節下《せつか》郷の官吏《かんり》になった。

包荒は標仲の視線を追って、山毛欅の枝先を見上げた。

「霜——ではないだろうな。あの枝は南に向いている」

標仲は頷《うなず》いた。日当たりの良い開けた場所に向いた枝だから、光って見えたのだ。ならばそこだけ霜が降りるとは考えられないし、昼過ぎのこんな時間まで霜が残るとも思えない。

「光っているように見えるが」

うん、と頷いた包荒は、身軽に崖を登り、あちらこちらと居場所を変えて枝を見上げた。やがては幹に取りつき、腰に巻いていた革帯一本を使って器用に木を昇《のぼ》っていく。

標仲はその姿を見て苦笑《くしよう》した。

包荒は子供のころから山野に遊ぶことが好きだった。付近の山を縦横無尽《むじん》に駆《か》け廻《まわ》り、その地形にも植生にも精通していた。どこにどんな木が生えているか、どんな草が生え、どんな生き物が住んでいるか、包荒は自身の庭のように熟知していた。一本の木を飽《あ》かず眺《なが》め、鳥や虫を一日中でも見守っていられた。そんな包荒は、少学を出て郷府の山師《さんし》になった。山師は夏官掌固《かかんしようこ》のもと、山野の保全を掌《つかさど》る。包荒にとっては天職だろう。

猿《さる》のように身軽に昇った包荒は、しばらく太い枝に留《とど》まり、色変わりした枝のほうを見つめていたが、やがて身体を伸ばして帯を振《ふ》ると、一枝を叩き落とした。標仲は包荒に手を振って下生えの間にその枝を探し、拾い上げた。

指ほどの長さの細い小枝だった。枯れた下草の間にあってもすぐにそれと分かるほど、その枝は変わった色艶をしていた。まるで硬い石でできているかのように妙な光沢《こうたく》がある。拾い上げれば指先に冷たい。感触《かんしょく》は硬く、やはり石のようだった。折れた枝の付け根も変わっている。繊維《せんい》が裂《さ》けた様子がなく、むしろ結晶《けっしょう》が折れたように見えた。

「——どうだ？」

包荒が声を上げて近づいてきたので、標仲は首をかしげながら枝を差し出した。包荒は枝を受け取り、眼を輝かせた。

「……面白《おもしろ》い。まるで石だな」

「上の枝はどうだった」

「似たようなものだ。石化したように見えた。しかも色が抜《ぬ》けている」

ふうん、と標仲は呟いた。包荒が落とした小枝は灰白色をしているが、これは山毛欅本来の木肌の色だから異常とは言えないだろう。山毛欅はもともと灰白色から暗灰色の木肌をしている。樹皮は滑《なめ》らかで割れ目のようなものはない。そのためか、しばしば苔や藻《も》、黴などが着いて地肌を覆ってしまう。山毛欅の樹皮は剝がれ落ちることがないため、若木のころに着いたこれらが模様となって残り、成長とともに引き延ばされて白から灰色、緑や褐色《かっしょく》の紋《あや》になる。色が抜けるとは、その紋の色が抜けているということか。包荒が落とした枝はおそらく今年ついた枝だろうから、まだ本来の色を残している。

「枯れてるな。——どうしたんだろう。こんなのは初めて見る」

包荒は言いながら小枝を折った。高い硬質《こうしつ》の音を小さく立て、枝は砕《くだ》けて折れた。

「枯れ枝が凍っているのか？」

「とも思えないが」

包荒は言って、枝を懐《ふところ》から出した手巾《てぬぐい》で包み始めた。持ち帰って調べたいのだろう。その横顔はどこか嬉《うれ》しそうに見えた。珍《めずら》しい虫を見つけた子供の眼だ。こいつは本当に変わらないな、と標仲は思う。

山師が管轄《かんかつ》する山は、山と言っても民《たみ》の暮らしとは関係のない深い山々だった。人々が暮らす生活の場としての山は地官の管轄下にある。その外にある山は、人々の生活には直接関係がないのだが、ひとたび火災や雪崩《なだれ》が起これば人々の生活圏にも被害《ひがい》が及《およ》ぶ。それを未然に防ぐため、人の手の届かぬ山や林を管轄し、地勢を把握《はあく》し必要があれば営《えい》繕《ぜん》を行なって災害に備えるのが山師だった。郷官としての山師はその末端《まったん》にあって、郷の山野を掌握《しょうあく》する。国の山師が九州の、州の山師が各郡の、郡の山師が各郷の山師を統《とう》括《かつ》するだけの役職なのに対し、郷の山師は実際に山に分け入り、自ら山を守った。包荒は郷里の山々を熟知していたように郷の山々をも調べ抜いた。いったん山に入ると一月も二月も戻らない。露営《ろえい》しながら人家一つない山から山へとたった一人で駆け巡《めぐ》る。

「お前は本当に山が好きだな」

標仲が言うと、包荒は含羞《はにか》んだようにただ笑った。

　そのときだ。

「あら、二人とも」

　女の声がした。見ると山毛欅の林の中から、踏《ふ》み分け道を辿《たど》って里の女たちが降りて来るところだった。数人の女たちの中には、標仲の母親も包荒の母親もいた。全員が小さな籠を背負っている。

「こんなところにいたのかい」

　うん、と頷く二人に、彼女《かのじょ》らは笑う。

「木の実を拾いに来たさ。御馳走《ごちそう》でなくて申し訳ないんだけどね」

　そう言う女の籠の中を覗《のぞ》いて、山毛欅の実だ、と包荒は笑った。

「だいぶん拾えたな。充分、御馳走だ」

「いやいや。今年も少なくってね」

　女は言い、

「親父《おやじ》さんたちが寂《さび》しがるから、早めに降りておいでよ」

　そう言い残して山を降りていった。

　山毛欅の実は蕎麦《そば》のような三角形をしており、毒も渋《しぶ》みもないので生のままでも食べることができる。滋養《じよう》が豊富で味は良い。普通《ふつう》は煎《い》って食べるが、里では煎った実を砕いて餅《もち》にしたり、粽《ちまき》にしたりした。ろくな作物のない山里では御馳走の部類だが、残念なことに山毛欅の実は滅多《めった》に生《な》らない。まったく生らないわけではないのだが、基本的に不作で、数年から十年に一度豊作になるだけだ。

「今年も不作か。本当に滅多に豊作にならない木だなあ」

標仲が言うと、包荒も笑った。

「腹いっぱい食った覚えがほとんどないな」

普通、木の実は定期的に豊凶《ほうきょう》を繰《く》り返すが、山毛欅にはこの定期的な波がない。次の豊作は一年後かもしれないし十年後かもしれない。しかもなぜか、豊凶は全国的に同調する。豊作の木と凶作の木が混在することがなかった。

「せめて数年に一度、行儀良く豊作になってくれれば食料としてあてになるんだが」

「そうすると、俺《おれ》やお前のような奴《やつ》に食いつくされてしまうから、山毛欅はそうやって自分を守っているんだよ」

そう言って、包荒は笑う。標仲が首をかしげると、

「――なのじゃないかな。そもそも木の実に豊凶の波があるのは、そういうことなんだと思う。木の実が豊作になれば、木の実を食べる鼠《ねずみ》などもたくさん生き延びることになる。すると翌年、たくさんの鼠が木の実を食いつくしてしまうだろう。翌年が凶作なら、鼠は飢《う》えて減ることになる。次に来る豊作の年には、それだけ多くの木の実が生き延びることができる」

「なるほどなあ。でも、なんで山毛欅だけ豊凶の波が不定期なんだろうな。普通はある程度、定期的に豊作の年が来るだろう」

「うん。そのあたり、山毛欅は不思議な木だな。何か理由があるんだろうが。ただ、豊作と凶作の落差が激しいから、山毛欅の林は同じような木が並ぶことになるんだろう」

「同じような木？」

頷いて、包荒は周囲の山毛欅林を示した。

「大きさに大小はあるが、山毛欅林の山毛欅はほぼ同じ年齢《ねんれい》なんだ。この林なら百年ちょっとぐらいか」

へえ、と標仲は周囲を見渡《みわた》した。確かに同じような大きさの木が、整然とした印象を湛《たた》えて立ち並んでいる。

「ということは、百年ちょっと前の当たり年に、一斉《いっせい》に生えたんだな」

「そういうことだろう。しかも山毛欅は、どうやら根からほかの木を枯《か》らす毒素を出すんだ。だから密に生えた苗木《なえぎ》は消えてしまう。それで同じような間隔《かんかく》で同じような大きさの木が並ぶんだな。違《ちが》う種類の木だって育ちにくいから、山毛欅林はほとんどが山毛欅だけが生える純林になる」

それで山毛欅林は明るいのだ、と包荒は言う。明るいから下生えがよく育つし、種類も豊富だ。実こそ少ないが肥えた土には茸《きのこ》が育ち、下生えを求めて多くの獣《けもの》が集まる。

見通しの良い山毛欅林は恰好《かっこう》の狩《か》り場になる。

「豊かで心地良い——山毛欅は好きだな」

そうか、と標仲は林を眺めた。百年と少し前、一斉に芽吹《めぶ》いた山毛欅の林。山毛欅は寿命《じゅみょう》が長い。この先、数百年を生きていく。

「……おばさんも老《ふ》けたな」

標仲は、ぽつりと言った。樹木に比べ、人の命は短い。

「ああ。……お前のところもな」

包荒は頷いた。標仲も包荒も共に有位の官吏だから仙籍に入っている。望めば父母を仙籍に入れることも可能だったが、どちらの両親もそれを望まなかった。普通、親はそれを望まない。慣例として昇仙《しょうせん》を許されているのは父母と妻子まで。兄弟縁者は入れることができない。位が上がれば方法がないではないものの、望むだけ全《すべ》てというわけにはいかなかった。ならば必ずどこかで線引きをしなければならない。そして、人はなべて家族の中にその線を引くことを嫌《いや》がる。実際、標仲には兄と姉妹がいる。標仲の親にとって共に昇仙するということは、兄と姉妹を現世に残すことを意味する。

位を得るということは、現世に別れを告げるということだ。標仲や包荒のような小役人でも、それは変わらない。いずれ父母がこの世を去り、兄弟や幼なじみが年老いていって郷里に戻ることが辛《つら》くなる日が来るのだろう。いや、標仲には包荒がいる。実際、包荒がいなければ、とっくに帰省することなどやめてしまったかもしれなかった。分かっていて役人になることを選んだのだ。家族もまた、分かっていて送り出してくれた。だからできるだけ、役に立ってやりたい。――いや、役に立ってやらねばならなかった。いま、この国には王がいない。

標仲が生まれた年、王は斃《たお》れた。暴虐《ぼうぎゃく》の限りを尽くした王だったが、郷里のような辺境の山村では、かえって災《わざわ》いが及ばずに済んだ。だが、玉座が傾《かたむ》けば国が荒《あ》れる。空位になればさらに荒れる。いまや国は荒れ、どこもかしこも貧しかった。西隕のような寒村ならなおさらだ。痩《や》せた土地を苦労して耕しても得られる収穫《しゅうかく》はわずか、足りないぶんは山野に実りを求めて補っている。それでかつかつ、里の人々は生きていた。彼《かれ》らがこの先も生き延びることができるかどうか、それは標仲や包荒の働きにかかっている。

「……そういえば」と、包荒が低く声を漏《も》らした。「中央で大事があったと噂《うわさ》に聞いたが」

らしい、と標仲は答えた。標仲は国官だが、基本的に地方を転々としているので中央の事情が分からない。ただ、何か大変なことが起こって雲の上の人々が狼狽《ろうばい》しているらしい、という噂は聞いた。

「どうなるのかな……この国は」

包荒の問いに、標仲は答えられなかった。西隕は貧しいが、豊かな山に抱《だ》かれている。

妖魔《ようま》さえ現れなければ、最低限でも暮らしが成り立った。だが、そうでない場所の荒廃《こうはい》は凄《すさ》まじい。耕地は荒れ果て、食うに詰《つ》めた人々はなんとか賃金を得ようと都市に群がる。だが、集まった全ての人々を支えられるだけの仕事や食料があるわけではない。そこでは飢えと疫病《えきびょう》、犯罪が常態化しており、しかもひしめく人々を狙《ねら》うように妖魔が湧《わ》く。

そういうときこそ官府の助けが必要だが、頼《たの》みの官は自身を守ることにのみ忙《いそが》しい。それは国も例外ではない。

標仲は少学を出て官吏を志し、慮外《りょがい》の果報で国官として採用された。本来なら大出世だが、実情は王が自身の意向に逆らう官吏を誅殺《ちゅうさつ》した結果、大量にできた空席に滑《すべ》り込《こ》んだというだけのことだった。国は大きく傾き、実のところ新官を採用するような余裕《よゆう》などなかったはずだ。しかしながら、各府第《やくしょ》は抱《かか》える官僚《かんりょう》の数によって予算の配分を受ける。己《おのれ》の懐を肥やそうとした上官はこぞって空席を埋《う》めようと躍起《やっき》になった。その結果の「慮外の果報」だ。

そうして得た職分は地官迹人《せきじん》、これは地官果丞《かじょう》の配下にある。果丞は各地が産する珍しい物品を管轄する。迹人はその中でも野木《やぼく》に生ずる新しい草木や鳥獣《ちょうじゅう》を集めるのが役目だった。実際に山に分け入るのは地方官の仕事だが、標仲自身もこまめに地方を廻り、つぶさに現状を把握しておかねばならない。――いや、そういう名目で、単に国府を出されているだけなのだろう。

標仲はほとんど国府にいたことがない。常に地方を歩き廻っている。官吏だから所領を得てはいるが、所領を見たことも足を踏み入れたこともない。ほとんど国府に戻《もど》らないのだから、首都州にある所領を運営することなどできるはずがなかった。だから所領は果丞が代わって管理している。果丞が運営し、税収を金銭に換《か》えて支《し》払《はら》ってくれる。

――そういう建前になっている。

だが、国府の小役人はみんな知っている。彼らは国官という地位を得る代わりに、府史《げかん》のように賃金で雇《やと》われているのだ。所領からの収入は丸々果丞の懐に入って消えている。果丞はそこから最低限の賃金を支払う。あるいは、果丞の懐に入ったものも、さらに上に吸い上げられて消えているのかもしれなかった。それが実情だから、標仲は国府にいないほうがいいのだ。それでずっと各地の地官府を転々として煙《けむ》たがられている。各地にある地方府は、そうやって中央から飛ばされてきた行き場のない小役人で溢《あふ》れていた。

それを恨《うら》んでも始まらない。この時代、職を得ているだけでも恵《めぐ》まれている。そもそも標仲は国官を志したときから、薄々《うすうす》そんなことだと了解《りょうかい》していた。それでも官吏を目指したのは、有《あ》り体《てい》に言えば食うためだ。最低限の賃金とはいえ、国官ともなればその額面は大きい。郷里にいる親兄弟の生活を支えることができた。迹人が放浪《ほうろう》するのは辺境ばかりだから荒廃も最小限、中央のいざこざとは無縁《むえん》で、そんなものだと割り切れば貧しいながらも暢気《のんき》でいられた。もともと標仲は山峡《やまかい》にある寒村の育ちだから、辺境の山野にあることが苦痛ではない。むしろ、好きだった。

しかし、それもいつまで続くか。

標仲は山毛欅《ぶな》林の木々を見上げ、そして下を振《ふ》り返った。標仲らがいる淵《ふち》からは、深く切れ込む谷間と谷底の向こうに小さく蹲《うずくま》る里が見えていた。

たとえこの先、何があるにしても。

せめて郷里は守りたい。郷里と、そこに住む懐《なつ》かしい人々だけは。

2

標仲《ひょうちゅう》が宿の狭《せま》い階段を降りると、一階の飯堂《しょくどう》には蠟燭《ろうそく》が何本か、頼《たよ》りない明かりを点《とも》していた。大きな食卓《つくえ》が並べられただけの土間には客の姿が見えない。通りに面した板戸は早々と開けられていたものの、早立ちする旅人はいないのか、朝食を求める人影《ひとかげ》はなかった。閑散《かんさん》と薄暗いところに凍《こお》るような冷気が流れている。

おはよう、と声をかけてきたのは、下働きの少年だった。十かそこらだろうか、まだあどけない子供だった。

「おじさん、早いね」

標仲は頷《うなず》き、少年が拭《ふ》いている卓《つくえ》に着く。茶と朝食を頼んだ。

「親父《おやじ》さんが、荒れそうだって言ってたよ」

温かい湯呑《ゆの》みを運んできて、少年はそう言った。土間から表に目をやると、ちらちらと雪が舞《ま》っている。向かいにある建物の歪《ゆが》んだ屋根《やね》越《ご》し、薄明かりが射《さ》し始めた空に厚く雲が垂れ込めているのが見えた。確かに、荒れ模様になりそうな雲行きだった。

「南に行くの？」

少年に訊《き》かれて標仲は頷いた。

「街道《かいどう》を南に向かうんなら、今日は歩くのは無理だって」

「大丈夫《だいじょうぶ》だ」

言って、標仲は少年に石を渡《わた》す。これを炉《ろ》に入れて焼いてもらうのだ。寒い季節、懐《ふところ》に入れた石が暖を取る唯一《ゆいいつ》の手段になる。

「でも……」

「先を急ぐんだ。それより飯を早く頼む」

湯呑みで指を温めている間にも、舞う雪の量が増えていた。雪は街路の地面に落ち、わずかな風に流されて、方々の轍《わだち》や窪《くぼ》みに吹き寄せられていった。

粥《かゆ》の器《うつわ》を持ってきたのは宿の亭主《ていしゅ》だった。五十がらみの亭主は器を置き、

「聞いたが、出発を急ぐんだって？」

そう、訊いてきた。

標仲は頷き、街の門が開くと同時に出発したいのだ、と答えた。

「だが、今日は少し待ったほうがいい。──讃容《さんよう》に行くのかい」

讃容とは街道を南に下った先にある大きな街だった。

「できるだけ遠くへ」

街道を南に、一つでも遠い街へ。

亭主は呆《あき》れたような顔をした。

「あんた──まさか、誰《だれ》かに追われているのかい？」

標仲は苦笑《くしょう》して首を横に振った。

「できるだけ先へ進みたいだけだ」

亭主が出してくれた粥は舌を火傷《やけど》するほど熱かった。米も入っているが、ほとんどが粟《あわ》だ。米を作るのには手がかかる。庶民《しょみん》が充分《じゅうぶん》に食えるだけの米を作る人手が、この国にはもうなかった。干した茸と青菜を刻んだのを入れただけの粥。それでも身支度をする間に冷え切った身体《からだ》にはありがたかった。旅の疲労《ひろう》で重く怠《だる》い身体も、芯《しん》が温《ぬく》もると少しだけ楽になった気がする。

「そんなに急ぐなら馬車を使っちゃどうだい。歩いて行くのは勧《すす》めない。この先の荒れ地は吹雪《ふぶ》いたら難所だ」

「馬車があるのか？」

標仲が期待を込めて亭主を見返すと、亭主ははっとしたように口を開け、しばらく思案するふうだった。

「ああ……駄目《だめ》だ。多分、馬がいない。この街には、もう馬がほとんどいないんだ。知り合いも馬車をやってたが、つい先日、手放したと言ってたからなあ」

そうか、と標仲は息を吐《は》いた。――よくあることだ。馬は荷を運び、農作業を手伝ってくれる。人々にとっては貴重な財産だ。だが、この財産は餌《えさ》を食う。ただ所有していることはできない。多くは食べさせる余力がなくて、人々は財産を手放してしまう。

標仲は通りの上空に目をやった。

「吹雪いたりはしないだろう。だが、本格的な雪にはなりそうだな」

「雪でも難儀《なんぎ》だ。積もれば道が見えなくなる」

この先には広い平原がある、という。かつては一面の農地だったが、いまや荒れ果てて単なる野原になっている。平坦《へいたん》な野原を平坦な道が貫《つらぬ》く。季候さえ良ければどうということもない道だが、雪が積もれば道が判別できなくなる。もしも吹雪けば方角も見定められない。道を見失えば川沿いの沼地《ぬまち》に迷い込む可能性があった。

「以前、堤《つつみ》が切れて川が溢《あふ》れたんだ。人手がないから補修もされてない」

「水辺に近づかなければ大丈夫だろう」

は、と亭主は笑った。

「この時期、川は凍ってる。雪が積もれば野っ原と一緒《いっしょ》だ。なにしろ、できたきり放置されているような沼地だから、土地勘《とちかん》のある人間にもどこまでが泥濘《ぬかるみ》か分からない。地元の者だって雪が降ると通るのを控《ひか》えるぐらいだ。旅の人には無理だ」

「充分、気をつける」

標仲が答えると、亭主は大きく首を振った。

「やめたほうがいい。本当に少しだけ、天候の様子を見ちゃどうだい？　急ぐ旅だとしても凍《こご》え死んじゃあ意味がないだろう。俺《おれ》だって寝《ね》覚めが悪い」

標仲はこれには答えなかった。様子を見ても同じだ。たとえ吹雪いても標仲は出発する。

「どうしてそんなに急ぐんだい」

標仲はこれにも答えなかった。

先ほどの少年が焼いた石を火桶《ひおけ》に入れて持ってきた。それを厚い布袋《ぬのぶくろ》に入れてもらい、懐に収める。

「ありがとう。──息子《むすこ》さんかい」

標仲が訊くと、少年は首を横に振った。亭主がその肩《かた》に掌《てのひら》を載《の》せた。

「行き倒《だお》れていたのを拾ったんだ。どうやら隣里《となりまち》に住んでいたらしい。里の連中がみんな死んで、たった一人残されたんだ」

「じゃあ、ここの里家《りか》に？」

これにも少年は首を横に振った。

「この街には里家はないんだよ」と、答えたのはまたしても亭主だった。「建物は妖魔に襲《おそ》われて壊《こわ》れたし、閭胥《りょしょ》もいなければ、維持《いじ》する金もない」

「里府《りふ》から予算が出ているだろう」

まさか、と亭主は吐き捨てるように笑った。

「里府なんざ、あってないようなもんさ。税を取り立てるときだけ役人が姿を現すが、常日頃《つねひごろ》には無人だ」

そうか、と標仲は口を噤《つぐ》んだ。よくある話だ。里府を維持する税収がない。税を取り立てても上に吸い上げられて里には実入りが残らない。里府の役人は食い詰めて離散《りさん》し、府第《やくしょ》は機能を停止する。そのくせ納税の時期になると、上のほうから小役人がきちんと派遣《はけん》されてくる。本来ならばそういう里にこそ上から補助が下されるはずだが、下に降りてくる金は流れのどこかで消えてしまう。

「連中は足が速いからな。金が落ちているとすぐさま現れて拾い上げ、懐に入れるや否《いな》や消えていなくなる」

標仲は無言で頷いた。これが民《たみ》の、官吏《かんり》に対する評価だった。だから標仲も身分を示す綬《じゅ》を荷の中に入れて隠《かく》す。

「お前はそうなるんじゃないぞ」と、亭主は少年の肩を叩《たた》いた。

「あなたが引き取ったのか？」

ならば、いまどき奇特《きとく》なことだ。亭主は頷いた。

「俺も、家族をみんな亡《な》くしたからね。身寄りのない者同士だ。――よく働いてくれるので助かる」

亭主が言うと、子供は嬉《うれ》しそうに笑う。それをいたたまれない思いで見ながら、標仲は布を首に巻き、鼻先までを覆《おお》う。そうして背中に笈筐《おいばこ》を背負った。荷物を腹に括《くく》り付ける。

「おい。正気か、なあ」

止めようとする亭主の手に食事代を載せた。

「おじさん、駄目だよ」

少年が標仲の手を取った。心配そうに見上げてくる顔を見降ろし、標仲は切なくなる。標仲の甥《おい》も、生きていればこれくらいだったろう。

「大丈夫だ。いろいろとありがとう」

微笑《ほほえ》んで、標仲は少年のあかぎれだらけの小さな手に小金を握《にぎ》らせた。何か言いたげにするのを背を向けて断ち切る。閑散とした通りに出た。

——最初に色変わりした山毛欅《ぶな》を見た、その二年後の正月、やはり帰省して標仲は包《ほう》荒《こう》に二年ぶりに会った。

先に帰り着いたのは標仲だった。前年は国の反対側に行っていて戻《もど》れなかった。久々に会った里の者と旧交を温めていた翌日、包荒が戻って来て、着くなり山に行こう、と言う。何やら険しい表情で足早に向かったのは、あの山毛欅林にある淵《ふち》だった。

包荒は淵に辿《たど》り着くと、山毛欅を見上げた。そこには枝先が色変わりした山毛欅が立っていた。それを見て、標仲はようやく二年前に見た木だと思い出した。それまで山毛欅のことなど忘れていた。

「あの木か。——相変わらずだな」

「いや。広がっているんだ」

言って、包荒はすぐさま幹に取りついて昇《のぼ》っていった。言われてみれば、木はさらに色変わりしているようだった。枝の半分ほどが色抜《いろぬ》けしてしまっている。石のような光《こう》沢《たく》を見せ、霜《しも》が付いたように煌《きら》めいていた。包荒は高所から枝を見渡《みわた》し、やがて降りてくる。

「これが何か、分かったか？」

標仲が訊くと、包荒は難しい顔をした。

「分からない。昨年にも気になって来てみたが、広がっていたんだ。今年はさらに広がっている。しかも、どうやらここだけではないらしい」

「ほかにも？」

包荒によれば、継州《けい》の北部一帯にある山毛欅林の中に、同じように色抜けした木がぽつぽつと見られるという。色が抜けた部分は石化したように枯《か》れてしまい、放置していると広がっていく。止めるには、枯れた枝を健全な部分から切り落とすしかない、と言う。

「病かな」

「だろう。しかし、誰に訊いても、こんな病は見たことがないと言う」

そうか、と答えた標仲は、まだこれを軽視していた。木だって病に冒《おか》される。いくら包荒が詳《くわ》しいとはいえ、見たことのない症例《しょうれい》だってあるだろう。そんなものだと思っていた。このころ、標仲の父親もまた病を得ていた。二年前には元気よく標仲を迎《むか》えてくれた父は、この年、すっかり足腰《あしこし》が弱ってしまっていた。

翌年の正月、父親はさらに衰《おとろ》えてしまっていた。そして、訃報《ふほう》が入ったのはその秋だった。各地を放浪《ほうろう》していた標仲は、夏に父親が死んだことを十月に入ってやっと聞いた。

西隕は貧しいが、まだしも山の恵《めぐ》みがあり、荒廃《こうはい》も最低限で済んでいる。——そう思ってきたが、事態は標仲の認識《にんしき》以上に悪かった。慢性《まんせい》的に食物が足りず、里の者は皆《みな》、栄養状態が良くない。特に年寄りや子供は、他愛《たわい》のない病で深刻な事態に陥《おちい》ることがあった。報《しら》せを受けて、取るものも取りあえず郷里に戻った。標仲に集められる限りの食《しょく》糧《りょう》を馬に曳《ひ》かせて。

里の人々は喜んでくれたが、その笑顔《えがお》の中には親しい顔が幾人《いくにん》も欠けていた。そして、標仲が着いたその夜には、包荒も駆《か》けつけてきた。戻ることは事情と共に報せてあったから、それで駆けつけてきてくれたのだろうと最初はそう思ったが、包荒がやって来たのはそればかりが理由ではなかった。包荒は標仲を山に誘《さそ》った。淵のそばでは、あの山毛欅が倒れていた。この年の正月、見たときには枝のほとんどが色変わりしていたから、衰え切った父親のように遠からず枯れるのだろうとは思っていたが。

しかし、異変はその一本だけではなかった。倒れた山毛欅の周囲にある木が、色変わりしていた。まだ落葉するような時期ではなかったが、色変わりした枝には葉が一枚も残っていない。

「飛び火している」

包荒は硬い表情で言った。——明らかに疫病《えきびょう》だった。

根元から折れて倒れた木は、木全体が色抜けして石に変じたように枯れていた。樹皮の質感をそのまま残しているだけに異様だった。根元はいつか見た枝と同じく、石を砕《くだ》いたような断面を見せている。包荒は木の根元を掘《ほ》ってみせた。地中には根が残っていなかった。掘っても出てくるのは砂利《じゃり》や砂ばかり。いや、どうやらそれが根の変わり果てた姿のようだった。地中で石化し、砕けている。

このとき標仲が思ったのは、危険だ、ということだった。もしも木が倒れた際、近くに人がいたら。それ以上のことは考えなかった。標仲の頭の中は、死んだ父親のこと、血色の悪い里人たちのこと、それでいっぱいだった。倒れた木を見て、せめてこういうときに豊作になってくれれば、と思った。ここにこれだけの山毛欅がある。山毛欅の実が豊作になってくれれば、滋養《じよう》のある食物が手に入る。

同時にふっと脳裏《のうり》を掠《かす》めた。疫病が蔓延《まんえん》し、山毛欅が次々に倒れれば、豊作を期待することもできなくなる、と。

その冬の新年にも食糧を携《たずさ》えて帰省した。山毛欅の異変は広がっており、里の者たちも疫病の存在を理解していたが、にもかかわらず表情は明るかった。意外にも、倒れた山毛欅が高値で売れた、という。

本来、山毛欅は用材に適さない。大木に育ちはするものの、成長が遅《おそ》く、実生《みしょう》から五年かかっても樹高は子供の背丈《せたけ》程度にしかならない。幹の太さが抱《かか》える程度に育つには百年以上を要する。材は重硬《じゅうこう》で均質だが、木目が通らず、腐朽《ふきゅう》や狂《くる》いが甚《はなは》だしい。ために建物を建てる用材としてはほとんど利用価値がなかった。かろうじて雑貨を作るために使用されていたが、その場合にも乾燥《かんそう》と取り扱《あつか》いには注意を要する。したがって、用材ではなく手頃な大きさの木を炭の材料として利用するのがほとんどだ。ところが、奇病に罹《かか》った山毛欅は腐朽に耐《た》え、堅牢《けんろう》で狂いもない。粘《ねば》りに乏《とぼ》しいのと硬《かた》いのが難点だが、道具と細工さえ工夫すれば優《すぐ》れた材木になるうえ、木肌《きはだ》には石のような艶《つや》があって美しく、それもあって良い値がついた。

西隕の人々は喜んでいた。周囲の山野には山毛欅が豊富だ。——こんな恵みもあるのだな、と標仲は思った。王のいないこの時代、天は災厄《さいやく》しか恵んでくれないのだと思っていた。

ただ一人、包荒だけが険しい顔をしていた。

いまから思えば、この時点で包荒は、すでにその先の災厄を予見していたのかもしれない。だとすれば、確実とは言えないから、おめでたくも疫病を喜んでいる標仲や里人を前にして口にすることはできなかったのだろう——と、刺《さ》すほどに冷えた微風《びふう》を感じながら、標仲は思う。

ただ、あの時点で何を聞いたところで、結果は変わらなかったろう。そう思いながら街路を急ぐ。開門前、本来であれば旅人が宿を出る刻限だ。にもかかわらず通りには人影《ひとかげ》がまるでなかった。天候を危《あや》ぶんで旅を控えているばかりではあるまい。町並みはしんと静まり返り、家々の煙突《えんとつ》にも炊煙《すいえん》が見えない。

標仲が昨夜辿り着いたこの余箭《よせん》の街は、規模で言えば中くらいだろうか。継州、滋州《じ》を貫いて南下する大街道《おおかいどう》に面しているから、本来ならばそれなりの賑《にぎ》わいがあって当然だった。なのに営業している宿は厩舎《きゅうしゃ》のある上の部類の宿と、臥牀《しんだい》もない下の部類の昨夜の宿が二つだけ。しかも昨夜の宿でさえ、どうやら標仲以外の客はほとんどいないようだった。通りに面して、宿の看板を上げた建物は残っていたが、どこも人が住んでいる様子がなかった。かつては店舗《てんぽ》だったろう建物が軒《のき》を連ねていても、営業している店はほとんどない。屋根は傾《かたむ》き、窓は壊れて単なる穴と化している。崩《くず》れ落ちた建物こそないが、荒廃は明らかだ。目に見えない形で荒《すさ》んだ空気と寒々とした倦怠《けんたい》が漂《ただよ》っている。

包荒が何を予見していようと、それを口に出そうと出すまいと、この荒廃はそのころからすでに存在していたものだ。先王の時代に始まり、空位の時代に進行してきた。

凍《こお》ったように静かな街路を抜け、門闕《もん》に辿り着いてみても、やはり旅人の姿は見えなかった。疲《つか》れた顔をした老爺《ろうや》が標仲を見て、慌《あわ》てたように門扉《もんぴ》を開けた。

街の外に踏《ふ》み出すと、遮《さえぎ》る建物や郭壁《かくへき》がなくなったためか、風が吹《ふ》き付けてきた。荒《あ》れて凹凸《おうとつ》や泥濘《ぬかるみ》だらけの道には、至るところに氷が張り、霜柱が立っている。標仲は頭上を見上げた。やっと明るみ始めた空は、見渡す限り重苦しい雲に覆われていた。本当に吹雪《ふぶ》くかもしれない。

それでも行かなければならない。

風向きを確かめ、標仲は大股《おおまた》に歩き始めた。旅程は三分の二を超《こ》えた。残る旅路は三分の一、――間に合うかどうかは、運次第《しだい》。

3

余箭《よせん》を離《はな》れるとともに雪が増し、小一時間も過ぎるころには、あたりを白く彩《いろど》り始めた。標仲《ひょうちゅう》は冷え冷えとした道を、ひたすらに急ぐ。

行けども行けども、里《まち》も廬《むら》も見えなかった。街道から分岐《ぶんき》する道の痕跡《こんせき》が微《かす》かに残っていたから、かつてはそこに存在していたはずだ。道はあるのに、その先に何もない。途中《とちゆう》、遠目に黒い木を見つけた。大きな笠《かさ》のように低く枝を垂れた木。――里木《りぼく》だ。それが真っ黒く変じて荒野《こうや》にぽつんと立っている。住人を失って枯死《こし》しているのだ。

里木の周囲にあるはずの里祠《りし》の建物は存在せず、里祠を取り巻いていたはずの家々も、家々を囲っていたはずの郭壁もない。わずかな痕跡が大地の起伏《きふく》として残り、冬枯れの野に埋《う》もれている。

標仲は粛然《しゅくぜん》として、わずかに足を止めた。枯死した里木は祈《いの》りが絶えたことの証左だ。一里二十五戸、その全《すべ》てが失われてしまった。災害だったのか内乱だったのか、それとも飢餓《きが》だったのか。枯れてしまった里木は、やがて根元から砕けて折れる。——病変した山毛欅《ぶな》が倒《たお》れる様子も、それに似ていた。

標仲は最初、ほとんどの民《たみ》と同じく、山毛欅の異変をさほどに重大なこととは捉《とら》えていなかった。そのころ、枯れる山毛欅は深山の木に限られていたし、もともと山毛欅はあまり利用価値のない木だ。山毛欅が枯れたからといって、民の暮らしに影響《えいきょう》があるわけではない。そう、思っていた。

だが、包荒《ほうこう》はこの異変を最初から危機だと認識していた。

「まるで山毛欅が石になろうとしているようだ。そんな病など聞いたことがない」

そういうこともある、そのうち治まるだろう、と標仲は応じた。

父親が死んだ年の冬、色抜けした山毛欅が方々で見られるようになった。二年後には枯死した山毛欅が倒れ始め、さらにその二年後には明らかに異常な数に達した。それでもなお標仲は山間《やまあい》に住む民と同じく、それを災厄だとは捉えず、どちらかと言えば喜ばしいことだと思っていた。

木は充分《じゅうぶん》に乾《かわ》いてから勝手に倒れてくれる。伐採《ばっさい》する手間が省け、倒れた木は放置しておいても朽《く》ちにくいから市場の需要《じゅよう》に合わせて運び出せばいい。しかもそれで良い値が付く。

「ありがたい話だ。おかげで民は助かっている。実際、いくらふんだんにあっても山毛欅は本当に使い道がないからな」

そもそも北部地帯には山毛欅林が多かった。なのにかつては材にならなかったために、豊富にある木をあえて伐《き》り出そうという民などいなかったのだ。

しかも山毛欅の実は小粒《こつぶ》で頼《たよ》りないうえ、基本的に不作だ。食料としては使いでが悪いし、花が咲《さ》き果実が付くのにも三十年から五十年を要する。したがって飢饉《ききん》に備えて積極的に山毛欅を植える者はいないし、植えたところで役には立たない。実際このころ、民は飢餓に喘《あえ》いでいた。どんな山奥《やまおく》だろうと実が生《な》るなら拾いに行っただろうが、あいにく、このところ山毛欅は不作でほとんど実を付けていない。炭になるような若い木はことごとく伐《き》り倒され、残るのはなんの利用価値もない大木ばかりだった。

それが突然《とつぜん》、用材として使えるようになった。もともと農地に恵まれない山間部の民は、天の恵みだと喜んでいる。里の者たちは数を集めて山に分け入り、倒れた木を曳き降ろす。それでなんとか食い繋《つな》いでいた。標仲がむしろ気にしていたのは、奇病《きびょう》に罹った山毛欅材に高値が付くことに目をつけた地方官が、民を排除《はいじょ》して自分たちで独占《どくせん》しようとしていることのほうだった。

山師《さんし》の管轄《かんかつ》となるような山は、民のものではなく国のものだ。なので当然のことながら、民が自由にそこに入って恵みを得、勝手に売り捌《さば》くことは本来、許されない。したがって各地の官吏《かんり》が山から民を閉め出そうとすることには理があるのだが、そうやって守った恵みを当の地方官が自身の懐《ふところ》に入れていることが問題だった。不正に材木商と密約を結び、高値で売る。売った利益は本来、国庫に入るべきものだが、ほとんどが地方官府のどこかで消えていた。せめて国庫に入れれば、その富は廻《まわ》り廻って民の福利に供されることになる。だが、消えてしまってはなんの意味もない。それに気づいた国は地方官の専横を正そうと躍起《やっき》になっていたが、それとて国官が自身の懐を肥やしたいがためで、どちらが山毛欅材を手に入れても利益がどこかで消えてしまうことに変わりはなかった。

「安州《あんしゅう》では、市場に出た山毛欅材は有無《うむ》を言わさず押収《おうしゅう》することにしたそうだ。それを警戒《けいかい》して、このごろでは材木商は材が売れてからでなければ金銭を払《はら》わない。民にすれば、労力をかけて山から曳き降ろし、市場まで運んでも押収されれば丸損だ。安州の官吏は結局それを売り捌いて代金を懐に入れるのだから、元手要《い》らずで大儲《おおもう》けできる」

標仲が溜息《ためいき》をつくと、包荒は珍《めずら》しく目許《めもと》に険を浮《う》かべた。

「そんなことは問題のうちに入らない」

怪訝《けげん》に思って、標仲は旧友の顔を見返した。包荒は本当に苛立《いらだ》っているように見えた。穏和《おんわ》な友にすれば、滅多《めった》にないことだった。

「誰《だれ》に言っても同じようなことを言う。——けれども、そんなことを言っている場合ではないんだ」

「どうしたんだ」

標仲が問うと、包荒は悲痛な声音で言った。

「このままでは山が壊《こわ》れてしまう」

その真剣《しんけん》な表情を見て、ああ、そうか、と標仲は思った。包荒は山を愛していた。その山が本来の姿を失い、壊れてしまうことが辛《つら》くて堪《たま》らないのだな、と。実際、包荒は郷里の山毛欅林が好きだった。いちばん気持ちの良い場所だと、いつもそう言っていた。

「お前の気持ちは分かるが、いまはそんなことを憂《うれ》えても始まらない。民は生きるか死ぬかの瀬戸際《せとぎわ》にいるのだからな」

「だから言っているんだ！」

包荒は声を荒《あら》らげた。

「――このままでは山が壊れて、里も民の生活も命も呑《の》み込《こ》んでしまう」

包荒は必死だった。

「山毛欅の実は山の動物を養っている。凶作《きょうさく》の年だって、相応《ふさわ》しい数の動物を養っているんだ。それが皆無《かいむ》になる。するとどうなる？」

「どうなる――って」

山毛欅の実は山の小動物たちにとっても恰好《かっこう》の食料だった。しかも包荒がかつて指摘《してき》していたように、山毛欅林は下生えの豊かな林になる。多種多様な灌木《かんぼく》や草が生《お》い茂《しげ》り、鹿《しか》などの大型の草食動物にとってもまたとない住処《すみか》になっていた。するとそれらを食う肉食獣《にくしよくじゆう》や雑食の獣《けもの》も集まる。つまりは、それだけの獣を養っている、ということだ。山毛欅の実を食って生きる獣だけでなく、山毛欅林を住処とする獣、それを狙《ねら》って集まる獣と、豊かな生命を守っている。

「獣は山を降りて人の領域を侵《おか》すぞ。熊《くま》が人を襲《おそ》い、鼠《ねずみ》がなけなしの穀物を襲う。熊は狩《か》ればそれまでだが、押《お》し寄せる鼠の群を人の手で狩りつくせるか？」

はた、と標仲は口を開けた。確かに——山毛欅が豊作になった翌年は、熊が人家を襲うことがある。前年多く生き残ったぶん、翌年には食いはぐれて人を襲うのだ。

「そういえば……鼠が増えたという声を、このところよく聞く」

だろう、と包荒は頷《うなず》いた。

「だが、山の鼠はむしろ減っている。増えているんじゃない。山にいられなくて里に降りてきているんだ」

しかも、と包荒は真剣な眼《め》をして言う。

「山毛欅はよく水を保つ。雨の日、山毛欅の幹に沿って雨水が流れているのを見たことはないか？」

「ああ……ある。雨宿りしようと思って木の下に入ると、かえって酷《ひど》い目に遭《あ》うことが」

「だろう。山毛欅の樹形は幹に水を集めるようにできているんだ」

そうやって流れた水は樹皮に付いた藻《も》などを生かし、そこから洗い出された養分を根元に運ぶ。しかも山毛欅は秋には黄変して落葉するから、山毛欅の根元には腐葉土《ふようど》が豊富だ。おかげで山毛欅林の土壌《どじょう》は豊かで黒く、厚く積もった柔《やわ》らかな土は大量の水を溜《た》め込む。これが周囲の山地を乾燥《かんそう》から守っている。

「山毛欅林が消えれば夏に乾くぞ。それだけじゃない、山毛欅の根が山を押さえているんだ。あの巨体《きょたい》に相応しいだけの根が地中を這《は》って山の土を縫《ぬ》い止めている。それが倒れてしまえば山を押さえるものがなくなる。冬場はいい──雪が積もっているから。だが、春になれば雪は融《と》ける。融けた雪はゆっくりと深く地面に吸い込まれていくんだ」

そもそも山毛欅林は水を溜める。そこに雪が降り、融けて染《し》み込む。膨大《ぼうだい》な水を吸った地面は当然のことながら緩《ゆる》む。なのに山肌《やまはだ》を縫い止めるものがなければ、山は深部から一気に崩れかねない。

「このあたりの山は険しい。それだけ斜面《しゃめん》が急なんだ。その険しい山の間に、大小の里《り》廬《ろ》が点在している。いったん山が崩れればどうなるか」

山は里を呑み込み、人を呑み込むだろう。

「たとえそうでなくても、春に山が崩れ、川や農地が埋まってしまえば種を播《ま》くこともできなくなる。懸命《けんめい》に復旧しようとしても種播きの時節には間に合わない。すると夏以降の収穫《しゅうかく》は望めないだろう。しかも山毛欅林を失った山は水に乏《とぼ》しい。夏には確実に乾く。ようやく収穫期に漕《こ》ぎ着けても、乏しい収穫に山の獣が群がる。——下手をすれば本当に飢饉になってしまう」

ようやく、標仲にも包荒の危機感が理解できた。それは多分に、標仲もまた山に分け入ることが仕事のせいでもあるだろう。もともと山間の里に育ち、包荒を友として山に馴染《なじ》んできた。そこに職分が重なって山は近しい。だからこそ、説明されれば身に迫って理解できる。実際、言われてみれば包荒の予言を暗示するような小さな異変が山に増えていた。どれもまだ人の世界を乱すほどではないが、それらが連鎖《れんさ》すれば何が起こるか、最悪の事態を想像することは可能だった。

「しかし——だとして、どうする？」

山毛欅が枯れるのは正体不明の疫病《えきびょう》のせいだ。これには対抗《たいこう》する術《すべ》がない。

それなんだ、と包荒は頭を抱《かか》えた。

「疫病を食い止められないか、この数年間、思いつく限りのことは試《ため》してみた。なのに、どれも効果がない」

「とにかく、病んだ山毛欅を伐って——」

「やってみたが効果が薄《うす》い。伐って焼却《しょうきゃく》するのが一番の手だが、それでは山毛欅が失われることに違《ちが》いはないし、しかもあれだけの巨体だ、人が伐って焼き捨てていくよりも疫病が広がるほうが遥《はる》かに速い」

「薬は」

「ない。あらゆる薬剤《やくざい》を試してみたが、多少、進行を遅《おく》らせることはできても、効果のあるものはなかった」

「じゃあ、打つ手がないじゃないか」

「ないんだ。かろうじて有効だと言えるのは、山毛欅が枯《か》れたら焼き捨てて即座《そくざ》に別の木を植えることだ。根張りのいい成長の速い木を植える」

「木の実の生るやつだ。樫《かし》や椎《しい》、榎《えのき》や楠《くすのき》——」

「しかし山毛欅はほかの木を枯らす。しかも植えた木の生育が疫病の広がる速度を凌駕《りょうが》することなどできるはずがない」

「……どうすればいいんだ」

「探してくれ」

包荒は標仲の腕《うで》を摑《つか》んだ。

「それしかない。野木《やぼく》から薬になる植物を探してくれ」

標仲は包荒の顔を見た。標仲は地官迹人《ちかんせきじん》だ。まさしく職分はそこにある。山野に分け入り、野木に実った卵果《らんか》から新しい有益な動植物を探す。特に植物は自ら動くことはできないので、実が落ちたそこで根付くしかない。いったん根付けば翌年からは自力で殖《ふ》え広がっていくが、その間にほかの動植物によって駆逐《くちく》されることもあるから、有益な植物を積極的に得ようとするなら、人が入って根付いた苗《なえ》を選別し、殖やす必要がある。それを行なうのが迹人の務めだった。

標仲は国官だったが、民に施《ほどこ》す政《まつりごと》に参画する資格がなかった。ただ国から禄《ろく》を貰《もら》って生き延びてきただけ。その標仲に国と民のためにすべきことが生じた。しかも標仲らの郷里である西隕《せいいん》は、まさに山毛欅林に覆《おお》われた山の麓《ふもと》にある。

――やらねばならない、と思った。

なのにそこから、あれほどの歳月《さいげつ》を要すとは。

標仲は冷えた悔《く》いを呑み下し、雪の向こうに見える黒々と枯れた里木から目を逸《そ》らした。降りしきる雪を避《よ》けて顔を伏《ふ》せ、ひたすらに重い足を急がせた。

4

なだらかな丘《おか》に沿って進むと、前方に低い山が見えてきた。あの山を越《こ》えれば、付近で最大の都市、讃容《さんよう》に出る。

余箭《よせん》の付近では道の両側に主要街道《かいどう》であることを示す並木が残っていたが、山が見えたあたりでそれも見当たらなくなった。民《たみ》が生活の助けにするために伐ったか、なんらかの災害で倒《たお》れてしまったのだろう。道は真《ま》っ直《す》ぐに山を目指し、両側には何もない荒《こう》涼《りょう》とした土地が平坦《へいたん》に続いている。ここが宿の亭主《ていしゅ》が言っていた荒《あ》れ地か。

それを確認《かくにん》したころから空は急速に暗くなり、あたりは本格的に吹雪《ふぶ》いてきた。樹木一本ない荒野《こうや》に、地響《じひび》きを立てて風が押し寄せてくる。

すぐに山はおろか、ほんの少し先も見えなくなった。視界はほとんど利《き》かず、横殴《よこなぐ》りの雪で顔を上げていることもできない。真っ直ぐに歩こうとしても横からの風に押された。何度も、街道ではあり得ないほど深い吹《ふ》き溜《だ》まりに落ち込み、ようやく道を逸れてしまったことを知る。そのたびに苦心して道らしき場所に戻《もど》りはしたものの、時を追って雪は積もる。いつまで道の感触《かんしょく》を探していられるかは疑問だった。

せめて馬がいれば吹雪く前に駆《か》け抜《ぬ》けることができただろう。たとえ吹雪に遭ったとしても、足を止め、馬の体温をよすがに風が緩むのを待つこともできただろう。だが、標仲《ひょうちゅう》は自身の馬を継《けい》州を出て滋《じ》州に入ったところで失っていた。無理をさせ過ぎたのだ。

やっと辿《たど》り着いた街で愛馬の娃《あ》玄《げん》は倒れた。看病してやりたかったが、時間の猶予《ゆうよ》がなかった。宿の者に金銭を添《そ》えて預けるしかなかった。いまごろどうしているだろう。あのまま死んだか、それともどこかに売り払われたか。倒れるほどの無理を強《し》いたのだから、自分とてそれなりの犠《ぎ》牲《せい》は払って当然だ。だが。

やはり、無茶だったか。

いつだって決意するのは造作もないが、決意一つで動くほど現実は容易《たやす》くはない。息が詰《つ》まるほどの風に喘《あえ》ぎながら、あのときもそうだった、と標仲は思う。なんとしても薬を探してみせる、と決意するところまでは容易かった。ところが実際に動き出してみると、肝心《かんじん》の植物をどうやって探せばいいのか分からなかった。

とにかく方々の地方府に命じて野木の下に生える見慣れない植物を集めさせたが、それがどんな性質を持つのかは、育ててみなければ分からない。薬効があるのかないのか、あるとすればどうやって取り出すのか。煮出すのか、乾燥させて粉にするのか。効果があるのは葉なのか根なのか実なのか。どれも一朝一夕《いっちょういっせき》に結論の出ることではなく、そもそも薬効のある草が都合良く生えるのかどうかも分からない。

全《すべ》てが手探りのまま、とにかく各地から送られてくる膨大な植物を継州は節下郷《せっか》にある包荒《ほうこう》の府第《やくしょ》に集めた。それに効果があるかどうか、実際に育て、試すのは包荒とその胥徒《げかん》が引き受けてくれた。標仲は各地を廻《まわ》り荷を作り、包荒の許《もと》へと送り出す。事あるごとに節下郷に立ち寄り、進捗《しんちょく》を尋《たず》ねたが結果ははかばかしくなかった。そもそもが雲を摑むような話だ。

困り果てて一年近く。立ち寄った節下郷の府第で包荒に一人の男を紹介《しょうかい》された。薬草探しを手伝ってくれる、という。

「猟木師《りょうぼくし》の興慶《きょうけい》だ」

引き合わされた男は四十代の半ばか。顔色の悪い痩《や》せた男だった。どこか暗く、刺々《とげとげ》しい雰囲気《ふんいき》を纏《まと》っている。

「……猟木師」

標仲は胸の内で呟《つぶや》いた。猟木師はいずれの国にも属さない浮民《ふみん》だ。各地を流れ、野木から役に立つ実りを探し、それを殖やして売ることで生計を立てている。つまりは迹人《せきじん》のようなもので、ために標仲自身、猟木師と出会うことは多かった。だが、迹人の標仲と猟木師は利害が相容《あいい》れない。迹人の立場からすれば、民が勝手に野木の実りを占有《せんゆう》しては困るし、ましてや国民ですらない浮民が実りから上がる利益を独占することは許容できない。それを知っているから、猟木師のほうでも迹人を嫌《きら》う。自分たちを排除《はいじょ》し、活計《たっき》の邪魔《じゃま》をしようとするのだから当然だ。有《あ》り体《てい》に言えば、敵対していると言ってもいい。

もちろん興慶も同様のことを思ったのだろう、標仲に対する態度は冷ややかだった。

「興慶は、継州を徹底《てってい》的に探したほうがいい、と言っている」

標仲と興慶の間に流れた空気に気づかなかったのか、包荒は言う。

「継州？　なぜ」

標仲の問いに答えたのは、興慶だった。

「それが天の配剤だからだ」

標仲は首をかしげた。包荒が、

「俺《おれ》の知る限り、疫病は継州で始まったのだと思う。西隕《せいいん》が最初ではないようだが、継州の北部であることは間違いないと思う。これは各地を廻っている興慶も同意見だ」

自分もそう思う、と標仲は頷《うなず》いた。

「言わば、この病は天から継州に下されたんだ。ならば薬も必ず継州に生じる、と」

「そんな単純に言い切れるのか？　そんなに都合良く行くものか？」

標仲の疑問には興慶が答えた。

「大丈夫《だいじょうぶ》だ」

しかし、と言いかけた標仲を、興慶は遮《さえぎ》った。

「この病は他のどんな疫病とも性質が異なる。明らかに異常だ。天然自然の埒外《らちがい》にあると言っていい」

標仲も同じ感触を抱《いだ》いていたので、これには頷いた。

「樹木も病《や》むことがあるが、それらの疫病と、この色抜けする疫病は何かが根本的に違う。熊《くま》と妖魔《ようま》が根本的に違っているように」

「ああ……それは、分かる」

「これは山毛欅《ぶな》だけを襲《おそ》う妖魔のようなものだ。人の世界の範疇《はんちゅう》にない。ならば天は対抗する何かを与《あた》えてくれる。妖魔を狩《か》ることが可能なように、疫病もまた狩ることができる。狩る方法がなければ天はそれを与えてくれる。必ず野木に薬が実る、それだけは確実だ」

言って、興慶は壁《かべ》に掛《か》けられた継州の地図を示した。

「始まったのは北部から。だから薬は北部の野木に実る」

「しかし、薬か薬でないかをどうやって見極《みきわ》める？」

標仲が訊《き》くと、

「天の配剤だと言ったろう。野木の下を探して多いのがそれだ。特定の野木の下に特別多いもの、あるいは、各地の野木に多く見られるもの」

一本だけ、ということはない、と興慶は言った。必ず群生を作っている。基本的に、野木の下に群生はできない。できたとしてもたかが知れている。度を超《こ》して大きな群生があれば、それが薬である可能性が高い。

「天は与えようとしてくれているのだ。そう心得て探せば見つかる」

興慶が言った瞬間《しゅんかん》、包荒があっと声を上げた。その声に弾《はじ》かれたように、標仲の脳裏《のうり》にも一つの光景が蘇《よみがえ》った。二人は同時に言葉を発していた。

「あれだ」

標仲は包荒と顔を見合わせ、そして頷き合った。薬を探し始めて以来、野木の下でよく見掛ける草がある。蘭《らん》のような草で、それが群生を作っていることが多かった。しかもそれは継州北部の山に連なる地域に限られる。

「どれだ」

興慶は建物の中にずらりと並んだ苗を見た。

「違う。ここにはない。持ち帰ることができないんだ」

標仲も頷いた。

「見掛け始めたのは三年ほど前か。ちょうどあちこちの山毛欅が目立って色変わりし始めた頃合《ころあ》いだ。薬にする蘭のような植物で白条《はくじょう》というのがあるだろう。あれに似た植物で、野木の下に群生を作っていることが多いのだが、不思議に野木の外に溢《あふ》れて行かないんだ。それどころか、次に見たときには全て枯れている。何度か持ち帰ろうと採取してみたが、すぐに枯れてしまって育てることができない」

興慶は荷物を摑んだ。

「どこだ。この近くにあるか」

「先月、見掛けたばかりの野木がここから一日ほどの山中にある」

包荒が答え、標仲らは急いで支度《したく》を調《ととの》え、その野木のある山へと向かった。辿り着いてみると問題の草は全て消えてしまっていたが、三月ほど付近の山を巡《めぐ》っているうちに別の野木の下に新しい群生を見つけることができた。

青々とした細い葉が小さく生えて群生していた。いろんな場所で再三見掛けた。あまりに頻繁《ひんぱん》に目にするので、標仲も気になっていた。天が何度も合図を送ってくれていたのだ、と思った。

手分けして幼い苗を全て集めた。興慶が猟木師のやり方を教えてくれた。標仲はこれまで周囲の土ごと掘《ほ》って器《うつわ》に植え替《か》えていたが、猟木師は水苔《みずごけ》で作った苗床《なえどこ》を持っており、土は落として苔にくるんで集める。天が下した卵果《らんか》は転がり落ちたその場で芽吹くしかないのだが、その場の土が合わない、ということもあるのだという。だから一旦《いったん》は土を落とし、根だけにして運ぶ。そのあとはまず、余計なものを含《ふく》まない専用の苗床に一株ずつ植えて根付くのを待つ。苗床の作り方は猟木師の秘伝だった。

指示された通りに集めて節下郷の府第に持ち帰った。帰って荷を開くと、わずか一昼夜で苗はほとんど枯れていた。かろうじて生き残った苗を苗床に植え替えても、三日と保《も》たなかった。得た苗は全て枯れて消えた。

そこからは、戦いだった。

標仲は幾度《いくど》となく山に入り、野木を探す。群生を見つけると府第に知らせる。すると興慶と包荒が飛んで来る。興慶は苗をいかにして運ぶか、それに苦心惨憺《さんたん》していた。苗を掘り上げる方法を工夫し、用具を方法を工夫し、ありとあらゆる方法を探した。包荒は多くその場に留《とど》まり、一日中野木の下に蹲《うずくま》って苗を見ていた。彼《かれ》らはまた、植え替える方法を探した。胥徒を動員してあらゆる土を試し、条件を試した。府第に運んでいては埒が明かず、野木のそばに天幕を張ってそこで留まる。

ただそれだけで二年の月日が流れた。二年もの歳月《さいげつ》をかけていながら、彼らは苗を生かすことができず、膨大な数を枯らし続けた。同時に、その数以上の苗が野木の下に生えた。天は彼らに、執拗《しつよう》なまでにその苗を下し続けた。標仲らはいつしか、これこそが求めているものだと確信していた。

彼らが多くの恵《めぐ》みを無にしている間に、山では夥《おびただ》しい数の山毛欅が色変わりしていた。あちこちの山毛欅林で大木が倒れ、不気味な空白ができていった。それに連動するように、各所で小さな山崩《やまくず》れが起こり、鼠《ねずみ》が増えた。飢《う》えた獣《けもの》が人里に降りてきた。

そんな中で、標仲は妹夫婦と甥《おい》を失った。

――この年、山に生える木の実は全般《ぜんぱん》的に不作だった。そして秋も深まり、本格的に冬が来ようとするころ、飢えた熊が盧《むら》を襲った。極寒《ごっかん》期に入れば民は盧から里に帰る。その前に最後の収穫《しゅうかく》を得ようと盧に留まっていた住人のほとんどを殺した。妹の骸《むくろ》は下半身を失っていた。その夫は頭の半分と片腕《かたうで》がなかった。そして幼い甥はとうとう遺骸《いがい》が見つからなかった。血の溜《た》まった沓《くつ》だけが盧家《ろか》の入口に残されていた。異変を感じた里人によって惨状《さんじょう》が発見され、三日間に及《およ》ぶ山狩りの末に熊は狩られたが、それは多分、熊にとっても不幸なことなのに違いない。

——そうなることは予想できていたのに。

充分《じゅうぶん》注意するようには言っていた。そのように方々の府第に働きかけもした。だが、実際にはなんの役にも立たなかった。

助けられなかった自分の無力さ。国官となり、里の者たちにも喜ばれ、郷里の誉《ほま》れと言われていたが、実際のところ、標仲は何一つできないでいた。政《まつりごと》に参与《さんよ》することもできず、傾《かたむ》いた国に何かを施《ほどこ》すこともできない。迹人でありながら、野木に実った薬を得る——という己《おのれ》の責務さえ全《まっと》うできない。その罪を贖《あがな》うように標仲は郷里に食糧《しょくりょう》を送り続けていたが、それで里の者全てを救うことができるわけでなく、ましてや国土の至るところで飢餓《きが》に喘ぐ民《たみ》を救えたわけでもなかった。それどころか、妹らが死んだあと、母親から食糧を送るのはやめてくれと言われた。西隕だけが潤《うるお》うと、他里の者から憎《にく》まれる。西隕の廬が熊に襲われたことを知った他里の者から、ざまを見ろと言われたのだという。薄汚《うすぎたな》い国官が身贔屓《みびいき》で西隕だけを守っている、廬が襲われたのはそれに対する天罰《てんばつ》だ、と。

身贔屓だと言われても仕方ない。それは事実だ。

本当は近郊の者——節下郷の者、継州の者、ひいてはこの国の民、全てに食糧なりとも送ってやりたい。だが、標仲とて国官とは名ばかりの小役人だ。府史《げかん》同様に賃金で雇《やと》われている。それで満たしてやれる腹などたかが知れていた。

「だから、せめて、と思ったのだが」

母親からの手紙を手に、標仲はそう零《こぼ》した。目の前には、ことごとく苗《なえ》の枯れた苗床が並んでいた。

「仕方ない。……こんな時代だから」

包荒はそう沈《しず》んだ声で言った。包荒の母親はこのところ体調を崩していた。飢えはさらに身体《からだ》を弱らせる。包荒自身もときおり滋養《じよう》のある食べ物をこっそり送っていたようだったが、郷官に過ぎない包荒の実入りではなかなか思うに任せない。しかも季節は極寒期に入った。食うに困る時季だから、標仲が送る食糧を助けだと喜んでくれていた。

「恥《は》じることはない」と、慰《なぐさ》めてくれたのは意外にも興慶だった。

「せめて西隕だけでも助ければ、助かる民は無ではない。西隕の者が買わずに済めば、そのぶんほかの里の者たちの小麦の取り分が増えるんだ」

二年間、共に薬を探していたが、興慶と標仲の間には、ある種の溝《みぞ》が存在したままだった。標仲自身は、懸命《けんめい》に薬を探してくれる興慶に深く感謝していたが、最初に溝を感じていたことが痼《しこ》りとなって近づくことができずにいた。興慶のほうも、もともと寡黙《かもく》で無駄口《むだぐち》を叩《たた》かない男だから、距離《きょり》が縮まったのか、それとも逆に開いたのか、態度から判ずることはできないでいた。

「身贔屓だと思われてしまったのなら、送ることをやめたからといって、他里の者の態度が変わるわけでもないだろう。送り続けてやれ」

「そう思うか？」

標仲が訊くと、興慶は首肯《しゅこう》した。

「そもそも、郷里を救いたいと思わない官吏《かんり》が、民を救ってくれるはずがなかろう。いつかほかの里の者もそれが分かる」

迹人に対して好意的であろうはずもない興慶のその言葉が嬉《うれ》しかった。標仲は頷《うなず》き、そののち、西隕の閭胥《りょしょ》と相談してむしろ送る食糧を増やした。

それ以後も、西隕は悪《あ》し様《ざま》に言われ続けているが、孤児《こじ》や身動きならぬ病人や老人を積極的に里家《りか》で引き受けたので、悪態を投げつけられるだけで済んでいる。多分それは、幸いに、と言うべきことなのだろう。この時勢、郷里に仕送りをする官吏は多いが、送った物資を目当てに里が襲われることもあった。優遇《ゆうぐう》を妬《ねた》まれて焼き討《う》ちに遭《あ》った里もある。

荒《あ》れた国では、どんなに悲惨なことでも起こり得る。

——幾度目かに落ち込《こ》んだ吹《ふ》き溜まりから這《は》い上がり、標仲は雪の中で息をついた。降り積もった雪は、早くも臑《すね》の半ばに達しようとしている。融《と》けた雪が鞜《くつ》の中に染《し》み込み、冷えた足先が千切れるように痛んだ。

大丈夫だ、と自身に言い聞かせる。幸か不幸か標仲は仙《せん》だ。滅多《めった》なことでは凍傷《とうしょう》になどなるまいし、なったところで容易《たやす》く腐《くさ》れ落ちたりはすまい。痛むのは、まだ血が通っている証拠《しょうこ》だ。

軋《きし》む背を伸《の》ばし顔を上げた。容赦《ようしゃ》なく雪が吹き付けてくる。視界は雪で閉《と》ざされ、灰白色の幕を幾重《いくえ》にも下げたように前途を遮っている。

果たしてこちらで良かったのか。懐《ふところ》から指南針《じしゃく》を取り出し、確認《かくにん》する。再び足を動かし始めたとき、灰色の幕の向こうに仄《ほの》かな明かりが見えた。

5

明かりの先にあったのは、老人が一人で守っている焚火《たきび》だった。坂の麓《ふもと》、山肌《やまはだ》を削《けず》った段差と常緑樹の茂《しげ》みに囲まれた小広い場所に、大きく火が焚かれていた。

どうやら平原を抜《ぬ》けたらしい。吹雪《ふぶ》く前に見た、あの山の麓に辿《たど》り着いたのだ。

「——あんた、この荒れ地を抜けてきたのかい」

驚《おどろ》いたように声をかけてきた老人に頷き、標仲《ひょうちゅう》は焚火のそばによろめきながら近づいて坐《すわ》り込んだ。

街道脇《かいどうわき》の斜面《しゃめん》が削られ、段差の上には常緑の低木が茂り、風を遮っている。小さな広場だが、中央には黒々と焦《こ》げた石組みがあって、そこに火が焚かれていた。広場の奥《おく》には粗末《そまつ》な小屋が二つ並んでいる。一方にはどうやら竈《かまど》があるらしく、屋根の煙突《えんとつ》から煙《けむり》が出ていた。旅人に湯を出す小店だろう。ならばこの焚火も有料だ。薪代《たきぎ》を支払《しはら》う必要がある。

「火が見えて助かった」

標仲が小金を出そうとすると、声をかけてきた老人が手を振《ふ》った。

「いいよ、いいよ。こんな日に代金は貰《もら》えない」

命にかかわる日には無料なのだ、と老人は言う。灯台代わりに火を焚き、暖を分け与《あた》え、湯を振《ふ》る舞《ま》う。場合によっては寝床《ねどこ》を貸す。小屋の一方は柱と屋根があるだけの低く狭《せま》い小屋で、そこに天幕を張ってある。中は剝《む》き出しの土間だが、蹲って眠《ねむ》れば少なくとも凍《こご》え死ぬことはない、という。

「……しかし」

「金は、立ち寄ってちょっと楽をしようって人から貰うことにしてるんだ。とにかく暖まりな。石を出すといい」

老人が言ってくれたので、ありがたく懐の石を出した。老人はそれを焚火の中に入れ、それと同時に老婆《ろうば》が湯の入った竹筒《たけづつ》を持ってきてくれた。

「讃容《さんよう》でなく、余箭《よせん》から来たのかい？　よくまあ、あの荒れ地を越《こ》えられたもんだ」

老婆が呆《あき》れたように言う。慣れているから、と標仲は竹筒で手を温めながら答えた。

標仲の職分は山野を巡《めぐ》ることにある。道なき道を悪天候の中、指南針と風向きを頼《たよ》りに歩くことには慣れている。慣れていて良かったと、この旅で思う。

「ここから讃容までの道はどうだろう」

標仲が訊《き》くと、老婆は困ったような顔をした。

「ここまでに比べればましだけど。……でも、歩くのはどうかと思うよ。道の両側は山毛欅《ぶな》林だから、あまり風除《かぜよ》けにならないんでね」

その言葉を、標仲は怖気《おぞけ》のする思いで聞いた。

「山毛欅……」

「ここの小屋の周囲だけは、あたしとお爺《じい》さんで風除けになる木を植えたから、この程度で済んでるけど」

「近頃《ちかごろ》……山毛欅林に色変わりしている木を見掛《みか》けるが」

標仲が訊くと、

「ああ、確かにあるねえ」と、老婆は答えた。

老爺《ろうや》も頷いて、

「色が抜けたみたいに白くなってるなあ。枯《か》れかけてるのかね」

「まだ枯れてはいない？」

「枯れた木は見ないよ。北のほうじゃずいぶんと倒《たお》れているというけどね。なんでも、色抜けして倒れた木は高値で売れるんだってさ」

老爺はそう言って笑った。

「だから二、三本倒れてくれないかと思ってさ」

莫迦《ばか》みたいなことを、と老婆は溜息《ためいき》まじりに笑った。

「最近じゃ、倒れた木があると役人が飛んでくるっていうよ。自分たちで売り払おうって肚《はら》なのさ。下手に手出しをしたらお叱《しか》りを受ける」

老爺は顔を顰《しか》めた。

「本当に、そういうときだけ、連中は素早《すばや》いからなあ。この先の山道も、何カ所か崩《くず》れているところがあってね。歩くぶんには危険ってほどじゃないが、馬や荷車だと難儀《なんぎ》なんだ。直してくれって申し出てるんだが、まったく直す気配がない」

老婆も溜息をつく。

「あまりしつこく催促《さいそく》すると、勝手な商売をしてるって目をつけられるんでねえ」

老夫婦は荒れ地にあった里《まち》の出身だという。堤防《ていぼう》が切れて川が溢《あふ》れ、廬家《ろか》も耕地も根こそぎ駄目になった。食うに詰《つ》め、救いを求めようにも求めるあてがない。それ以前から里府《りふ》も里家《りか》も機能しておらず、堤防が切れて以降は里人も離散《りさん》して、ほとんど人が残っていなかった。仕方なくほかの里に向かったが、以前はどこの里も他里の者に厳しかった。

「どこも自分たちが食べるだけで精一杯《せいいっぱい》だからね。余所者《よそもの》を食わせるような余裕《よゆう》はないのさ。人が増えれば妖魔《ようま》も湧《わ》くというしね」

標仲は黙《だま》って頷くにとどめた。妖魔は人の密集する場所を狙《ねら》うのだという。では、人の少ない寒村ならば見逃《みのが》してもらえるかというと、そうとは限らない。西隕《せいいん》に住んでいた兄は、細々と暮らしていた廬《むら》で妖魔に襲《おそ》われた。一家全員が助からなかった。——標仲が薬を探し始めたすぐあとの話だ。

「伏《ふ》し拝んで里に置いてもらっても疎《うと》まれるだけだろ。それでここに小屋を建てて居着くことにしたんだよ」

冬は白湯《さゆ》、夏は水、少量の食料、あるいは、閉門に間に合わなかった旅人に小屋を貸す。そうやって夫婦は食い繋《つな》いできた、という。あとは小屋の近くに作った畑、山に入って焼く炭。どれも官府《やくしょ》の許可なく勝手にやっていることだ。当の官府が正常な機能を失っているから黙認《もくにん》されているが、あまり役人に煩《うるさ》く絡《から》むと追い出されかねない。

「しかし……本当にここで大丈夫《だいじょうぶ》かい？　山毛欅が枯れたあたりじゃ、山が崩れたり獣《けもの》が里を襲ったりするというよ」

標仲が言うと、老夫婦は声を揃《そろ》えて笑った。

「それはべつに山毛欅とは関係ないだろう」

標仲は黙した。——これが民の反応というものだ。標仲らが忠告しても、人々は相変わらず山のそばに住み続ける。そうするしかないからだ。そこ以外に住む場所はなく、土地を離《はな》れれば収入を得る方法もない。妹がそうだった、兄がそうだった。西隕に住む人々がそうだ。そして、危険な土地を離れる以外に、打つ手もない。

ただ一つを除いては、と標仲は降ろした笈筺《おいばこ》を抱《だ》きしめた。

唯一《ゆいいつ》の救いが、ここに入っている。

希望の光が射《さ》したのは標仲の妹らが死んだ翌年、薬を探し始めて四年目、もたらしたのは包荒《ほうこう》だった。

「間違《まちが》いない、これが薬だ」

包荒は言った。標仲らは相変わらず、苗《なえ》を生かすことができないままだった。包荒は無数に枯らした苗をその都度集め、山毛欅の病を止められないか試《ため》していた。そして、この植物の葉を煮出《にだ》した汁《しる》を薄《うす》めて山毛欅の根に吸わせれば、奇病《きびょう》を止められることを確認した。

「根で病が進行するのを止められれば、あとは枯れた枝を健全な部分から落とすだけで事足りる。殖《ふ》やすことができさえすれば、山を救うことができる」

これは朗報ではあったが、同時に辛《つら》い報《しら》せでもあった。肝心《かんじん》の苗を育てることができない。野木《やぼく》は相変わらず、これが救いだと訴《うった》え掛けるように、執拗《しつよう》に苗の卵果《らんか》を付け続けていた。あちこちで頻繁《ひんぱん》に群生を見掛ける。群生の数は多いとはいえ、病んだ木を救うには圧倒的《あっとう》に量が足りなかった。なんとか根付かせ、花を咲《さ》かせ、実を生《な》らせて自然に殖えるようにしてやらなければ、疫病《えきびょう》が蔓延《まんえん》する速度を凌駕《りょうが》することはできない。

ようやく活路を見出《みいだ》したのはさらに翌年、最初に花を見たのは、そのさらに翌年春のことだった。

その花は澄《す》んだ青をしていた。蘭《らん》のような花で、鈴《すず》のような花心や控《ひか》え目に反り返った花弁の付け根は緑がかった白だが、花弁の先は美しい青に色づいている。花もまた、薬にする白条《はくじょう》に似ていた。葉がいくぶん肉厚なこと、花が澄んだ青色をしていることだけが違っている。花にちなんで、包荒はこれを青条《せいじょう》と名づけた。

青条の姿は白条によく似ていたが、その性質はまったく違っていた。白条は日当たりが良く、渓流《けいりゅう》沿いの岸辺など、水の豊富な土に生えたが、青条は直射日光を嫌《きら》う。しかも青条は木に宿った。苗はすぐさま土を落として木に着けてやる必要があった。しかも若い木には着かない。樹齢《じゅれい》百年を超《こ》えた古木が望ましく、山毛欅のような樹皮の剝《は》がれにくい樹木を好んだ。

山毛欅のための薬なのだから、山毛欅を好むとなぜ気づかなかった、と興慶《きょうけい》は自分を責めたが、標仲らとてそこに気づかなかったわけではない。山毛欅林の土ならさんざん試した。特に山毛欅は根から毒素を出すという。その毒素を好むのではないかと考えて根元の腐葉土《ふようど》なら幾度《いくど》も試した。ときには根そのものを切り混ぜたり、根を腐らせて堆《たい》肥《ひ》を作ってみたが、確かにそれは単なる土に比べ、成績が良好だった。ただ、白条が水を豊富に含《ふく》む土を好んだために、木そのものに着けてみることを思いつけなかった。だが、これでようやく長年の苦労が報《むく》われる。包荒の手で、薬効はすでに確認されていた。しかも青条の着いた山毛欅の枝は病に冒《おか》されることがない。

しかしながら、青条は決して殖えやすい植物でもなかった。花を付ければ実を結び、実によって殖えはするのだが、実が苗に育つ条件が厳しい。山毛欅の木肌ならどこにでも着く、というわけにはいかなかった。枝が折れて瘤《こぶ》になったような場所、あるいは枝の股《また》、傷ついた場所、そこに苔《こけ》や黴《かび》が着いて腐り、土に変じているような場所でなければ芽吹いても根を降ろすことができず、根を降ろしても木肌の中に根が潜《もぐ》り込《こ》む前に土が落ちれば一緒《いっしょ》に落ちて枯れてしまう。

自然に殖えるのを待っていては間に合わない。継《けい》州北部の山毛欅林はいまや異常な速度で倒れ、消えつつあった。

どうやって殖やせばいい。――思い悩《なや》んでいた初夏、吉報《きっぽう》が飛び込んできた。

新王践祚《せんそ》。

ついに、新しい王が立った。

「これで殖やせる」

包荒は喜びに眼《め》を輝《かがや》かせた。

「王に願ってもらえばいい。路木《ろぼく》に願ってもらえば、翌年には国中の里木《りぼく》に実が生る。生った実を育てる方法さえ教えてやれれば」

単に薬にするだけなら、健全な山毛欅を切り倒し、それを腐朽《ふきゅう》させて植え付けることができた。それでは花を付け実を付けるほどの期間、生かしておくことはできないが、大量に栽培《さいばい》できるから薬にするぶんには事足りる。

標仲らは喜んだ。だがしかし、事態は決してそんなに容易《たやす》いものではなかった——。

いつの間にか物思いに沈《しず》んだ標仲が、意気消沈したように見えたのかもしれない。忠告を受け入れられなかったせいで気落ちしたように見えたのだろうか、老夫婦は火を囲みながら、宥《なだ》めるように言った。

「まあ……山には気をつけることにするよ」

老爺が言うと、老婆もこれに頷いた。

「そうだね。御覧《ごらん》の通り、ここは助けを求める隣人《りんじん》もないからねえ」

「お二人には、ほかに行く場所はないのかい？」

老爺は苦笑《くしょう》ぎみに首を振る。

「身寄りも縁者《えんじゃ》もないからね。もしもここに住めなくなったら——まあ、どこかの里に行くのかね。里を失ったときと違って、最近は前ほど余所者を嫌《いや》がらなくなったからな」

標仲は頷いた。新王が登極《とうきょく》し、民《たみ》の多くはこれで暮らし向きも良くなるに違いないと喜んでいる。実際に生活するうえで、まだ何が良くなったというわけでもなかったが、新王に対する期待が、ほんの少し心の余裕として現れていた。

「じきにもっと良くなるだろう。……きっとな」

老爺は自身に言い聞かせるように呟《つぶや》いた。少なくとも、災害は減った。今日はあいにく吹雪《ふぶ》いているが、これはこのあたりの冬なら当たり前のことだ。王が玉座にいない間は、思いも寄らぬ災害が起こった。堤《つつみ》が切れたのもその一つだ。上流ではなく下流に信じ難《がた》いほどの大雨が降って、川が逆流してきたのだという。

「それまではここで、街道《かいどう》の守りをしているさ」

老爺の口調は穏《おだ》やかだった。不遇《ふぐう》にもかかわらず、ささやかな安寧《あんねい》に満足している様子が胸に痛い。申し訳ない気分を抱《いだ》きつつ、標仲は水を注《さ》すのを覚悟《かくご》で言った。

「だが、山毛欅が倒れるのは本当に悪い兆《きざ》しなんだ。山が崩れたり、獣が里を襲ったりする。熊《くま》が人家を襲ったり、鼠《ねずみ》が出たり」

標仲が言うと、老婆が笑った。

「このあたりでも鼠なら出るとも。新王が即位《そくい》なさって、それで実りが増えたってことじゃないのかい。いい兆しだよ。前は鼠もいなかったからね」

標仲はそれ以上、言うべき言葉を持たなかった。山の営みを山に無縁な人々に理解させるのは難しい。標仲らは何度も民に話をしたが、概《がい》して一笑に付された。真剣《しんけん》に聞いてもらえても、危機感を共有してもらえるには至らない。ましてやいま、新王が即位して明るい希望を抱いた人々に、迂遠《うえん》な危険を理解してもらうことは本当に難しかった。新王が登極したことで、ひょっとしたら事態は以前より悪くなった。

標仲は思いながら、老爺から石を受け取った。懐《ふところ》に入れ、立ち上がる。夫婦が怪訝《けげん》そうに標仲を見た。

「どうしたんだい」

「あんた、まさか、まだ先に行こうってのかい」

老爺は狼狽《うろた》えたように止めた。

「やめておきな。今日は無理だ。酷《ひど》い小屋だが泊《と》まっていったほうがいい」

「そういうわけにはいかないいんだ」

標仲は二人に礼を言った。

「ありがとう、本当に助かった。——これは老婆心から言うんだが、斜面《しゃめん》から濁《にご》った水が出たら山に気をつけて。崩れる兆候かもしれないから」

特に雪解けの時季は、と言い添《そ》えて、標仲は痛む足を引きずって歩き出した。しばらく二人が追い掛けてきて止めようとしてくれたが、それを振《ふ》り切り、標仲は山道を登り始める。小さく囲われた小屋前の広場を過ぎると、とたんに音を立てて風が吹《ふ》き付けてきた。幸い、雪は小やみになったようだ。ずいぶんと前方までが見通せるようになった。

——気をつけてくれ。災厄《さいやく》は始まったばかりだから。

胸の中で呟きながら、笈筐の背負い帯を握《にぎ》りしめた。

6

風は雪を含んで刺《さ》さるように吹く。

平地を歩いていたときに比べれば若干《じゃっかん》ましだったが、山道でも風が強いことに変わりはなかった。暖めたばかりの石を懐に抱いていても、吹き付ける風が容赦《ようしゃ》なく体温を奪《うば》っていく。量は減ったが雪はやまない。積もったばかりの雪は柔《やわ》らかく、足が沈む。ましてや道は登り坂だ。雪に取られる足を抜《ぬ》こうと、自然、姿勢は前屈《まえかが》みになる。強い風もそれに追い打ちをかける。顔を上げていては息もできず、眼が乾《かわ》いて開けていることが辛い。だが、そうやって前屈みになっていれば前途《ぜんと》を確認《かくにん》することができない。風に押《お》されるまま歩いていて、標仲は何度も道を踏《ふ》み外しそうになった。そのたびに慌《あわ》てて道に戻《もど》る。

——崖《がけ》のないのが救いだ。

山道の両側は葉を落とした山毛欅《ぶな》林だった。どれほどの木が病変しているのかは、雪を被《かぶ》っているせいで分からない。

山道を蛇行《だこう》しながらひたすら登り、途中で道が二手に分かれている場所に出た。一方は細い登りだが、もう一方は広い下りだ。

——ようやく頂上を越《こ》えたか。

ほっと息を吐《は》いて下りの道に踏み出そうとしたとき、後方から声が追い掛《か》けてきた。おおい、と叫《さけ》ぶ声に振り返ると、雪の山道を黒い人影《ひとかげ》が猛然《もうぜん》と登ってくる。

「あんた——駄目《だめ》だ。そっちじゃない」

距離《きょり》が縮まってみると、麓《ふもと》の小屋にいた老爺《ろうや》だった。驚《おどろ》いた標仲《ひょうちゅう》に、老爺は駆《か》け寄ってきた。

「間に合って良かった。——そっちは駄目だ。道が崩《くず》れた痕《あと》なんだ」

雪が地面を覆《おお》ってなければ、あるいは遠目が利《き》けば一目瞭然《りょうぜん》なんだが、と老爺は息を弾《はず》ませながら言った。

「この雪だ。間違えるんじゃないかと思ったんだ」

「それでわざわざ追い掛けてきてくれたのか？」

止めるのも聞かずに標仲が出発してしまったから。慌てて準備をし、大急ぎで追い掛けてきてくれたのだろう。

「それは……申し訳ないことをした」

標仲が詫《わ》びると、老爺は笑う。

「まあ、いい。あんたは足が速いな。山を歩き慣れている」

そう言って、老爺は細い登りのほうへと先に立って歩き出した。

「ここまで来たら、戻るより進むほうが早い。もう少ししたら下りだ。下ればすぐ麓が讃容《さんよう》だからな」

同行してくれるのはありがたいが、それではあまりに申し訳ない。困惑《こんわく》して足を踏み出せずにいる標仲を、老爺は振り返った。

「俺《おれ》だって讃容まで行ってしまったほうが楽だ。なあに、今夜は讃容に泊まって、足りないものでも買って帰るさ」

「済まない。……ありがとう」

標仲は深く頭を下げて、老爺に続いて歩き始めた。

こういうことがあると、背中の荷の重みが増す。青条《せいじょう》の着いた丸太一本。たかだかそれだけの荷だが、そこにはあまりにも多くのものが載《の》っていた。

心配してくれた宿の少年、その少年を手許《てもと》に置いて養っている亭主《ていしゅ》、標仲のような旅人のために火を焚《た》いていた老夫婦。倒《たお》れるまで無理をさせた愛馬、そして、六年もの間、不眠不休で薬を探した包荒《ほうこう》と興慶《きょうけい》、胥徒《げかん》たち。

特に興慶には感謝が深い。標仲にせよ包荒にせよその胥徒にせよ、これは自国の危機だった。だが、興慶は猟木師《りょうぼくし》だ。どこの国にも所属しない浮民《ふみん》で、国に対する義理などない。こんな面倒《めんどう》は御免《ごめん》だと言って、行方《ゆくえ》をくらましてしまっても良かった。

一度だけ、生まれはどこだ、という話を興慶としたことがある。

それは、初めて青条を根付かせることに成功して皆《みな》で祝杯《しゅくはい》を上げた夜だった。府第《やくしょ》近くの山毛欅林に設けた園圃《えんぽ》の小屋の中、酔い潰《つぶ》れて包荒も胥徒たちも折り重なるようにして寝入《ねい》っていた。標仲と興慶だけが起きたまま、残った酒をちびちびと片付けていた。振り返ってみても、興慶と無駄話をしみじみしたのは、それがただ一度きりだったと思う。

「生まれは芳《ほう》だ。——もっとも、国のことなど覚えてはいないがな」

「親と国を逃《に》げ出してきたのか？」

だろう、とだけ興慶は答えた。

ちょうど興慶が生まれたころ、芳は政変があって荒《あ》れていたはずだ。おそらくはそのせいで国にいられなくなったのだろう。標仲はそう指摘したが、興慶も詳《くわ》しい経緯《けいい》は知らないようだった。ひょっとしたら知っていても語りたくはなかったのかもしれない。とにかく両親は興慶が物心つく前に恭《きょう》へ渡《わた》り、そこで四つになったばかりの彼《かれ》を猟木師の宰領《おやかた》に売り渡して姿を消したのだという。

「そうか。……それは苦労だったな」

標仲が言うと、興慶は軽く笑った。

「俺は覚えてないからな。両親は——まあ、苦労したのだろう」

「両親を恨《うら》んでいるか？」

「二人を恨んでも仕方ない。恨むなら荒廃《こうはい》を恨むのが筋だろう」

そうだな、と標仲は呟いた。

以後、興慶は猟木師の一員として諸国を遍歴《へんれき》して過ごしたようだった。

「それで宰領になって独り立ちしたわけか」

「徒弟《でし》がいないから宰領とは言わない。取りあえず宰領の許を離《はな》れることが許されただけだ」

「でも、いずれは宰領になるのだろう？」

さてな、と興慶は素っ気なく答えた。

「仲間とは袂《たもと》を分かったからな」

独立した猟木師は、しばらくの期間、仲間と行動を共にするものらしかった。それが包荒に手を貸すため、諸国を流浪《るろう》する仲間と別れて継《けい》州に留《とど》まった。

「じゃあ、もう猟木師には戻れないのか？」

驚いて問う標仲に、興慶は苦笑した。

「勝手気ままに生きているように見えるだろうが、俺たちには俺たちの約束事があるんだ。俺はそこから外れた。そうなると、なかなか……な」

そんな犠牲《ぎせい》を払《はら》ってくれたとは知らなかった。

「どうして、そこまでして手を貸してくれたんだ？」

「山が壊《こわ》れるのを見るに忍《しの》びない」

「興慶は役人を嫌《きら》っているのだと思っていた」

「役人、と一絡《ひとから》げにできるほど、役人を知るわけではない。しょせん私腹を肥やすのに忙《いそが》しい保身の塊《かたまり》だろう、という世間並みの偏見なら持っているが、相手を知りもしないうちからそうと決めつけるほど狭量《きょうりょう》でもない」

なるほど、と標仲は苦笑した。

「どこにでも善人がいて悪人がいるものだ。包荒がその最たる例だろう。俺たち猟木師は包荒には世話になっている。奴《やつ》は山を熟知している。俺たち猟木師以上だ」

「包荒は山の申し子だからな」

標仲が笑うと、興慶も笑った。

「まったくだ。――どこに行けばどんな恵《めぐ》みを得られるか、野木《やぼく》がどこにあってどんな癖《くせ》を持っているかを知りつくしている。同様に、山の危険も知悉《ちしつ》している。しかも、奴はそれを俺たちにも拘《こだわ》りなく与《あた》えてくれた」

最初に会ったのは山の中だった、という。興慶が仲間らと山を登っているとき、降りてくる包荒と行き合った。見て見ぬ振りですれ違《ちが》おうとしたとき、包荒から声をかけてきた。樵夫《きこり》かと訊《き》かれたが、興慶らは答えなかった。その沈黙《ちんもく》から察したのだろう、「猟木師か」と言った包荒は、その先の尾根《おね》にある野木がたくさんの実を付けている、と教えてくれた。途中、蜂《はち》が巣を作っている斜面があるから気をつけろ、とも。

「地中に巣を作る蜂は気性《きしょう》が荒い。近寄っただけで襲《おそ》われることがあるし、刺されれば大事になる。場合によっては死に至る。――奴は巣の近くに旗を立てていてくれたし、なので造作なく迂回《うかい》することができた。正直、ありがたかった」

逆の仕打ちなら、それまでにも受けたことがある。山に入る役人、あるいは土地の樵夫、いずれにしても彼らからすれば猟木師は土地の恵みを掠《かす》め取る盗人《ぬすっと》だ。浮民のくせに公地を我《わ》が物顔で闊歩《かっぽ》する。ただ、猟木師は珍《めずら》しい作物や薬を持っているから、仕方なく存在を許容している。

だが、包荒は自らと同じく山に生きる民《たみ》として興慶らを処遇《しょぐう》した。顔を合わせれば様様な情報を与えてくれ、訊けば何にでも答えてくれた。悪天候のときなど、身を寄せる場所まで手配してくれたことがある。

「西隕《せいいん》にある包荒の実家にも世話になったことがある。近くに行くたびに寄るが、包荒の家族は常に良くしてくれる」

「そうか」

包荒はそういう奴だ。標仲は友が誇《ほこ》らしかった。

「西隕のすぐ上には大きな山毛欅林があるだろう。放置はできない」

「ありがとう。——本当に、ありがたい」

標仲が頭を下げると、よせ、と興慶は顔を背《そむ》けた。

多分、標仲は包荒ほどこの事態に危機感を抱《いだ》いていないのだと自分でも思う。包荒の視野は広い。包荒は純粋《じゅんすい》に山が壊れることを危惧《きぐ》している。山と、山に生かされている人々の行く末を案じているのだ。おそらく包荒にとっては、人もまた山の一部なのだろう。これに対して標仲の視野は狭《せま》い。標仲はひたすら西隕の山毛欅林が崩れることが恐《おそ》ろしい。あの斜面が壊れ、里を呑《の》み込《こ》んでしまったら。山から溢《あふ》れた獣《けもの》が里を襲ったら。それによって里が飢《う》え、住む人々が苦しみ失われることが辛い。だから、ほかの里もそうならなければいい、と思う。他里にもそこに住む人々を思う者たちがいるだろう。住む人々と、その人々を思う者たちのために、疫病《えきびょう》を食い止めなければ。

人の善意に触《ふ》れるたび、背負った責務の重みが増す。

「——あんた、なんでそんなに急ぐんだい」

唐突《とうとつ》に老爺に訊かれ、標仲は我に返った。吐息《といき》を白く凍《こお》らせながら、老爺は標仲と肩《かた》を並べ、山道を登っている。

「どうしても急いで届けないといけないものがあるんだ」

そうか、と老爺は言って、ふいに足を止めた。標仲もまた足を止める。前方に大きな木が一本、横倒しになって道を塞《ふさ》いでいた。

「この風にやられたか。──にしては倒れた方向が妙《みょう》だな」

老爺は言って、山と木を見比べた。標仲は一目見て分かった。山毛欅《ぶな》だ。石化して枯《か》れ、根元から砕《くだ》けている。

「こりゃあ、讃容の連中に知らせてやらにゃあ。これじゃあ馬車は通れない」

さして太い木でもないから、歩くぶんには跨《また》ぎ越すことができるが、このままでは荷車が通ることができない。

老爺と二人、跨ぎ越えていると、

「あんたが言ってたのはこれかい？」

そう、老爺が訊いてきた。標仲はただ頷《うなず》く。

「妙なふうに枯れてるな。こんな木に、本当に高値が付くのかね」

「という、噂《うわさ》だ」

そうか、と老爺は笑った。

「役人に知られる前に讃容の知り合いと曳《ひ》き降ろすか。──あんた、これを」

老人の意を察して、標仲は頷いた。

「心配ない。誰《だれ》にも言わない」

「そうか」と、老人はさらに笑い、「これも新王が即位《そくい》なさったおかげかね。以前は、天が俺たちに下すと言やあ、災難ばっかりだったからなあ」

標仲は答えなかった。標仲も最初はそう思った。そして、新王践祚《せんそ》の報に喜んだのも、また同様だった。特に標仲は当初、これによって山毛欅の奇病《きびょう》が終熄《しゅうそく》するのではないかと期待すらした。

だが興慶は、あり得ない、と言う。これは玉座に王がいないために起こった災厄《さいやく》ではない。ゆえに新王が登極《とうきょく》しても事態は変わらない。

事実、ほかの災厄がぴたりとやんだのに対し、奇病は治まらなかった。ゆっくりと確実に拡大していた。

しかも、事態はさらに複雑になっていた。

本来なら新王に拝謁《はいえつ》するため、国官は王宮に向かわねばならないはずだった。だが、標仲ら下官はそれに及《およ》ばず、と沙汰《さた》があった。上官たちは多分、各地に飛ばされていた小役人たちを国府に集めて余計なことを喋《しゃべ》らせたくなかったのだろう。上の連中は新王が践祚したことで、現在の地位を失うのではと戦々兢々《きょうきょう》としている。職務に対する怠《たい》慢《まん》や専横はずっと以前からのことだったが、新王が立って以来、保身のための理不尽《りふじん》が当然のように横行し始めた。現在の地位にしがみつこうとする者、これを機会に他者を蹴落《けお》として昇進《しょうしん》を狙《ねら》う者、国府の改革は仕方ないことと見切りをつけて、官位を失う前に私財を掻《か》き集めようとする者。

新王が立っても、国情は変わらないどころか、以前にも増して悪くなった。

標仲らはやっと薬を得た。新王も即位した。ならば王に願ってもらえばそれで山毛欅林は助かるはずだ。標仲は勇んで上にこれを報告した。しかし、どこからも返答がなかった。

事の重大性を理解してもらえなかったのだろうか。標仲はそう考え、事の経緯をつぶさに書き記し、山毛欅が倒れることの危険性とすでに現れている異変について詳細《しょうさい》に報告した書状を送った。ただし薬が節下《せっか》郷の郷府にある。ぜひともこれを新王に献《けん》じて、路木《ろぼく》に願ってもらいたい。

だが、やはり国からの返答はなかった。——新王践祚から四カ月余りが経《た》ったいまも、なんの返答もないままだ。

返答がないなら国に運ぶまでだ、と言いたいところだったが、これが難題だった。青条は古木に着く。一旦《いったん》、根が木肌《きはだ》に潜《もぐ》り込んでしまうと、もう移植することができなかった。木から離すと、すぐさま枯れてしまう。若木に着いてくれるものならば、木ごと掘《ほ》り上げて運ぶこともできるだろう。しかしながら樹齢《じゅれい》百年以上の木となると、これを運ぶことは不可能だ。青条の着いた部分だけを切り出せば運ぶことが可能にはなるが、当の丸太が枯れれば青条も枯れてしまう。

せめて標仲に足の速い騎獣《きじゅう》がいれば。小役人に過ぎない標仲の乗騎《じょうき》は馬の娃玄《あげん》のみ、だから国に受け取りに来るなり、騎獣を貸し与えてくれるなりしてほしいと訴《うった》えているのに、まったく梨《なし》の礫《つぶて》で反応がない。標仲はいたたまれなかった。包荒も興慶もあれほど労を割《さ》いてくれたのに、肝心の標仲が役に立たない。

なぜ、どうして、と包荒らに問われても、標仲には答えられなかった。やっと長年の苦労が実ると期待していただけに、包荒らの落胆《らくたん》はひとしおだった。

「何度も督促《とくそく》しているんだが。どこかで報告が滞《とどこお》っているのか……」

そもそも名前だけの迹人《せきじん》が寄越《よこ》す報告など聞くに値《あたい》しないと思われたのか、それとも標仲の訴えた危機がうまく理解されなかったのか。あるいは、誰かがなんらかの思惑《おもわく》があって握《にぎ》り潰《つぶ》してしまったのかもしれない。

「……済まない」

詫《わ》びた標仲に包荒も胥徒《げかん》らも溜息《ためいき》をついた。

「こんなものか」

興慶はそう、低く吐《は》き捨てた。蔑《さげす》むような語調が胸に刺《さ》さった。

蔑まれても仕方ない。そもそも標仲は迹人なのだ。野木から実りを集め、国に献上するのが職分で、その職責に沿い報告を上げた。なのにまったく顧《かえり》みてもらえないなどということが、本来あるはずがない。

いまや、この国は常にそうだ。

民の声は無視され、救済を求める訴えはことごとく握り潰される。官は自身の保身にのみ走り、国も民も無視し搾取《さくしゅ》することしか考えない。特に新王が登極して、自身の地位がいつまで保《も》つか分からないと不安に駆《か》られた官吏《かんり》は、その傾向《けいこう》を激化させている。民も国も一顧《いっこ》だにしない官吏を民は軽んじる。——どころか、場所や人によっては敵視されることもあった。だからこそ、標仲も身分を示す綬《じゅ》を荷の中に隠《かく》している。提《さ》げたまま旅はできない。このところ、できないようになっていた。

それもやむを得ない、と思う。街道《かいどう》の要所にあった余箭《よせん》の街。あれほどの規模の街になぜ人通りがなかったか。雪の日、芯《しん》まで凍《こご》えるほどの寒さであるにもかかわらず、なぜ家々の煙突《えんとつ》から煙《けむり》が出ていなかったのか。答えは簡単だ。——人がいないのだ。

あれだけの規模の街を支えるに足るだけの人口がかつてはあった。だが、街はいまや空洞《くうどう》と化している。それだけの人命が失われたことの証左だ。

住み手を失った家々は荒廃の色を深くし、人の通わぬ道には至るところに草叢《くさむら》ができ、吹《ふ》き溜《だ》まりができている。郭壁《かくへき》は壊れ、門は傾《かたむ》いている。街を取り巻く平野にもろくな農地はなく、廬《むら》もない。里家《りか》すら維持《いじ》できず、民に施《ほどこ》されるものは何もない。全《すべ》て、標仲ら国官の責任だ。かつかつの民から税を搾《しぼ》り取り、それを懐《ふところ》に入れて民には何一つ返さない。民は官を恨《うら》んで当然だし、憎《にく》んで石を投げていい。それも仕方ない、と標仲は思う。

だからこそ、標仲はなんとしても行かねばならない。

背負った青条。これを王宮に——新王の許に届けるのだ。青条が枯れてしまう、その前に。

7

風に逆らい、時には老爺《ろうや》と手を繋《つな》いで雪に滑《すべ》る足を踏《ふ》みしめ、ようやく標仲《ひょうちゅう》は山道を登り切った。登ってしまえば緩《ゆる》い下り、その先に讃容《さんよう》の街が見えた。雪を掻いて讃容の門前に辿《たど》り着く。やれやれ、と老爺は笑《え》顔《がお》を見せた。

「無事に着いたな。良かった」

その声を聞きながら、標仲は頭上を見上げた。——まだ陽《ひ》がある。

門《もん》闕へ向かおうとする老爺に声をかけた。

「この先の道はどうなっているんだろう」

「少し行けば、切り通しに出る。そこからは下りだ。降りたところに小さな里《まち》がある」

「どれだけかかる?」

標仲が訊くと、老爺は啞然《あぜん》としたように振《ふ》り返った。

「どれだけ――って。天気さえ良ければ小一時間もすれば着けるが、あんた、まさか」

厚い雲越しに太陽の位置を探し、標仲は頷いた。

「ここまで親切にありがとう。せめてこれを。宿代にしてくれ」

標仲は小金を握って差し出した。

「いらない。貰《もら》えない。それより本当に、それは無茶だ」

「急いでいるんだ。本当に、ありがとう」

標仲は老爺の手を握って、無理に小金を握らせた。あなたのためにも、次の里に辿り着いてみせる。――胸の内に呟《つぶや》く。

止めようとする老爺の手を逃《のが》れ、標仲は足早に街道を先へと向かう。幸い、山を吹き降ろす風が背中を押《お》してくれた。

休めるものなら休みたい。だが、青条《せいじょう》がいつまで枯れずにいてくれるか分からない。枯れてしまってからでは遅《おそ》い。王宮に辿り着いても意味がない。

雪を蹴り立てて進むと、道はすぐに緩い登りになる。足は重く、背中も腰《こし》も痛む。だが、急げば充分《じゅうぶん》、次の里に辿り着ける。運が良ければ、さらに先の里に行けるだろう。

無理は承知だ。これまでにも充分、無理をした。だが、明日にも青条が枯れてしまうかもしれない、その恐怖《きょうふ》が標仲を衝《つ》き動かしてきた。

――もう、あとがない。

青条が花を付けたころ、まるで標仲らの成功に安堵《あんど》したように、天は野木《やぼく》に青条の実を与《あた》えることをやめた。まったく絶えたわけではなかったが、ほとんど青条の苗《なえ》を見掛《みか》けることはなくなった。標仲らの手許《てもと》には、植え付けることに成功した株が十三、残された。そのうちの二株は実を付けてのち、枯れた。実から得た苗が六株得られた。都合、十七。

国の未来を背負った希望が、わずかに十七株しかない。

そうしている間にも山毛欅《ぶな》林の枯死《こし》は進んでいた。場所によっては林の山毛欅の大半が枯れて倒《たお》れた場所もある。

もう時間がない、と包荒《ほうこう》は焦《あせ》りをみせた。

「最も危険なのは春の雪解けだ。融《と》けた雪は深く地中に染《し》み込《こ》み、地盤《じばん》の深い場所を緩めてしまう。一気に崩《くず》れてもおかしくない。下手をすれば山の形が変わる」

包荒は各地の府第《やくしょ》に命じて、山毛欅が倒れたあとに根張りの良い木を植林するよう命じていた。谷川に沿っては堰《せき》を築かせ、夏に備えて水を溜《た》めさせ、万が一山が崩れたときには土砂を少しでも止められるよう備えさせた。同時に郭壁を修理させ、義倉《ぎそう》を修理させてはいたが、各地の府第には予算もなければ人手もない。事業は遅々《ちち》として進まなかった。上に向かって同じことを進言してはいたものの、耳を貸してはもらえないことにかけては、山師《さんし》も変わりはなかった。

唯一《ゆいいつ》の望みは薬だったが、薬を与えればすぐさま病が止まるというものでもない。里《り》木《ぼく》に青条の実が生《な》っても、それを植え付け、薬を得るまでにも時間がかかる。幸い、青条は種のままかなりの時間を生き延びる。条件が揃《そろ》うまで種のまま休眠《きゅうみん》して時季を待つようだ。人為的《じんい》に殖《ふ》やす場合は、古木に着けさえすれば時季を選ばず根付く。しかしながら、今日果実を得れば明日薬として使えるというものではない。

「できるだけ早く薬が欲《ほ》しい」

だが、年も終わりが近づいていた。

「できれば年内に届いてほしい。王が年内に路木《ろぼく》に願ってくれれば、来年には里木に実が生る」

一般には、里木に卵果《らんか》を願う日は定められている。ただし、これは里祠《りし》が祈願者《きがんしゃ》を整理するために設けている期日で、実際にこの日でなければ卵果が生らない、ということではない。里祠がこの日でなければ祈願者を受け付けないことにしているだけだ。路木についても同じで、路木への祈願は多分に儀式《ぎしき》を伴《ともな》うから、慣習上、祈願日が設けられているものの、やはり絶対にこの日でなければならない、ということではなかった。だが、絶対に動かない天の摂理《せつり》もある。それは王が祈願した新しい動植物は、祈願が届けば十五日で生り、路木に生った翌年の相応《ふさわ》しい時節に、国中の里木に生る、ということだ。

これはどうやら月齢《げつれい》が関係しているらしい。王が満月の日に願えば、次の満月の日に卵果が生り、翌年の満月の日に里木へと下される。植物の種には播種《はしゅ》の適期というものがあるから、春に播《ま》くのが相応しい種であれば、春の満月の日に種の入った卵果が生る。青条には適期というものがないから、年内に王が卵果を得てくれれば、翌年には生ることが期待できる。ぎりぎりで十二月の半ばまで。そこまでに祈願さえしてもらえれば、来年早々に国中で青条の卵果を得ることができる。だが、この期を逃して祈願が来年にずれ込むと、国中に実りがもたらされるのは、さらに翌年のことになる。それほどの猶《ゆう》予《よ》はない、と包荒は言う。少なくとも三カ所、この春には大崩落《だいほうらく》を起こすかもしれない場所を、包荒は把握《はあく》していた。

節下《せっか》郷の府第から王宮までは徒歩でも二月かからない。馬や馬車を使えば年内の祈願に充分、間に合う。――問題はむしろ、それまで青条が保《も》つか、ということだった。

王が路木に卵果を願うためには、これが欲しい、という現物が必要だ。だが、青条は着いた木から剝《は》がせばすぐさま枯れる。唯一、運ぶ方法は種のまま運ぶか、あるいは青条の着いた木を切り、丸太の状態で運ぶかだ。丸太の状態でも長くは保たない。丸太が乾《かわ》いて枯死すると、青条もまた枯れてしまう。

「種はない。来年、花が咲《さ》いて実が付くのを待たなければいけない」

それではとても間に合わない。標仲らの手許にあるのは、野木から得た苗のうち、生き残った十一株と、種から殖やした苗が六株。貴重な二株を犠牲《ぎせい》にして試《ため》したところでは、丸太に着いた青条が生き延びることができるのは、長いほうで半月程度、短いほうでは六日だった。気温が低ければもう少し保つだろうとは予測できたが、確実なのは数日まで。それ以上は賭《かけ》だ。いつ枯《か》れてもおかしくない。

「騎獣が欲しい」

できるだけ足の速いもの。だが、標仲らの資金や節下郷山師の乏《とぼ》しい予算では、とても手が出るものではなかったし、しかも急に探したところで間に合うとも思えなかった。せめて荷を託《たく》すことのできる者はいないか、手づるを総動員して探したが、いまどき騎獣を持つような余裕《よゆう》のある暮らしをしている者など知り合いにはいない。だからこそ、何度も国に荷を受け取りに来てくれと希《ねが》うようにして申し入れているのに、返答一つない。標仲の声が届いているのか、それすらも分からなかった。せめて誰《だれ》か国の上のほうに橋渡《はしわた》しをしてくれる者はいないか。

標仲らは懸命《けんめい》に伝《つて》を探した。誼《よしみ》を結ぶために必要だと言われれば乏しい財から賄《まいない》を用意し、ために標仲は住んだことのない王都の自宅を処分することまでした。

やっと橋渡しをしてもいいという高官が現れたのは、十一月に入ってからのことだった。継《けい》州地官少府《しょうふ》が国に申し入れをしてもいい、という。少府とは、迹人《せきじん》の上官である小司徒《しょうしと》になる。国においては中大夫《ちゅうたいふ》、州においては下大夫《かたいふ》、標仲にすれば遥《はる》か雲の上の存在だった。

果丞《かじょう》のさらに上、部丞《ぶじょう》を束ねる長だった。少府の上と言えば、もはや州司徒《しゅうしと》を補佐する

標仲は州少府に拝謁《はいえつ》し、事情を説明した。その聡明《そうめい》そうな男は熱心に耳を傾けてくれ、州侯《しゅうこう》を通じ、王に直接話をしようと確約してくれた。節下郷の園圃《えんぽ》まで苗を受け取りに来てくれる手はずも整えた。これでようやく標仲らの努力は実を結ぶはずだった。

——だが、その実、標仲は豺虎《けだもの》を自ら呼び込んだのだ。

州少府の使いが荷を取りに来るはずだった。それ以前に州侯が王に面談の約束を取り付け、現物を持参して直接上奏してくれる。それに備えて、標仲らは荷を作る準備をしていた。安全に苗を運ぶことができるよう、わざわざ指示して笈筺《おいばこ》を作らせ、運ぶ苗を選定し、伐《き》り出す枝の位置に印を付け、使者が来れば目の前で伐《き》って荷を作ることができるよう、万全《ばんぜん》の準備を整えた。なのにその前日、突然《とつぜん》園圃に現れた男は、訝《いぶか》しむ標仲に園圃を案内させ、一通り苗を検分すると、突然、引き連れた下官に命じて苗の着いた木に斧を入れ始めたのだった。

「何をなさいます」

標仲が驚《おどろ》いて声を上げると、

「もちろん苗を運ぶのだ。これらはそもそも我《わ》が州の実りだ。この府第は州の管轄《かんかつ》下に

ある。郷から州へ運ぶことにいささかの問題もなかろう」

やめてくれ、と包荒が叫《さけ》んだ。

「そんなことをしたら、枯れてしまう！」

「枯れる前に新しい木に着ければいいのだろう」

言い放った男は州果丞を名乗った。

「州少府に園圃を用意してある。これは我が州が国に献《けん》ずる」

勝手なことを、と声を上げる胥徒《げかん》を制止し、標仲は果丞に問うた。

「間違《まちが》いなく献じていただけるのだな？」

間違いなく新王の手に渡るのであれば、その手柄《てがら》が誰のものになってもいい。

「指図は無用だ。国官だからといって、好き勝手に差配できるなどと思ってもらっては困る。いつ、どのように処置するかは、州少府が決めることだ」

なるほど、と皮肉気な声を漏《も》らしたのは興慶《きようけい》だった。

「枯れた山毛欅には高値が付くからな。薬などあっては邪魔《じやま》か。――それとも、山がさらに荒《あ》れるのを待って、薬の値打ちを吊《つ》り上げようという肚《はら》か」

果丞が一瞬《いつしゆん》、言葉に詰《つ》まった。

「だが、なんの経験もない人間が簡単に苗を植え替《か》えられるものか」

興慶の言に、果丞は胥徒たちを見渡した。

「では、経験者にも同道を命じる。誰ならできる。——お前」

果丞は手近にいた胥徒を呼んだが、彼《かれ》は首を振った。

「私にはとても無理です」

胥徒らは口々に言う。実際、それが可能なのは寝食《しんしょく》を擲《なげう》って苗の世話をしてきた包荒と興慶だけだった。

「では仕方ない。山師に同行を命じる」

しかし、と果丞の下官が小声で耳打ちした。山師は夏官《かかん》の、と言うのが漏れ聞こえた。山師は夏官の所属になる。地官が勝手にその処遇《しょぐう》を決することはできない、と助言したのだろう。

果丞は舌打ちし、すぐに、構うものか、と言い捨てた。

「地官の領分を侵《おか》したとか、何なりと言いようがあるだろう。鞫問《じんもん》のために連行したのだと言えばいい」

つまりは、包荒が地官に対して罪を犯《おか》したから、取り調べのために罪人として連行する、ということだ。罪を捏造《ねつぞう》して連れて行こうとしている。察して標仲は吐き気を覚えた。包荒が腕《うで》を摑《つか》んだ下官の手を振り払《はら》った。自身の危機から逃《に》げるためではない。包荒はひたすら園圃の木を見ていた。ここに至っても貴重な苗を救うことだけを考えている。

別の下官が包荒に摑み掛かった。逃れようと足搔《あが》く包荒を手荒く突《つ》き倒して飛び掛かろうとし、そして、唐突《とうとつ》に自身もその場に蹲《うずくま》った。腹を押さえてつんのめる。それを押し退《の》けて包荒は駆《か》け出す。そのすぐそばには駆けつけた興慶が立っていた。興慶の足許に倒れ込んだ果丞の下官は下腹を真っ赤にしていた。それを冷え冷えと見降ろす興慶の手には山刀が。

「しょせん、役人とはこういうものか」

興慶は吐《は》き捨てるように言って、殺気立った眼《め》で標仲を見た。

「国だの官吏《かんり》だのは、これだから信用がならない」

自分は違う、と標仲は言いたかった。だが、そう言い切れるのか。この災厄《さいやく》を呼び込んだのは、間違いなく標仲だった。愚《おろ》かにも私財まで投じ、わざわざ希って呼び寄せたのだ。

やめろ、と声が聞こえた。包荒が斧《おの》を持った下官に組み付いたところだった。興慶は標仲を一瞥《いちべつ》すると踵《きびす》を返し、躊躇《ちゅうちょ》なく山刀を果丞の下官に向けて振り降ろした。腕を切られた下官が斧を落とし、悲鳴を上げてその場に転がった。

それを見て、ほかの下官も一斉《いっせい》に動きを止めた。一人二人と斧を手放し、その場を逃げ出そうとした。果丞もまた例外ではなかった。

「捕《と》らえろ。兵を呼んでこい」

果丞は言って、自らは後退《あとずさ》る。狼狽《ろうばい》するように周囲の顔を見比べる下官を残し、真っ先にその場から逃げていった。下官の一人がおずおずと興慶へと足を踏《ふ》み出したが、興慶が山刀を構えて歩み寄ると、悲鳴を上げて逃げ出した。ほかの下官がそれに続いた。

園圃には、凍《こお》ったように身を寄せ合う包荒の胥徒たちと、標仲に興慶、そして呆然《ぼうぜん》と木を見上げる包荒が残された。

幸か不幸か、伐り倒されるに至った山毛欅はない。だが、そのうち四本はもはや救う術《すべ》がないことが明らかだった。大きく抉《えぐ》られ、こうなれば枯れるのを待つしかない。もう一本は低い位置に三株の苗が着いていたが、揺《ゆ》すられたせいか二株が落ちてしまっていた。

「急いで別の木に移さないと――」

包荒は落ちた苗を拾い、胥徒に指示した。

「伐られた山毛欅のぶんもだ。苗を降ろして植え替えられるか試してみよう」

言ってから、興慶を振り返る。

「逃げろ。お前がここに留《とど》まって捕《つか》まる理由などない」

興慶は皮肉気に笑《え》んだ。

「そういうわけにはいかんだろう。連中がじきに兵を連れて戻《もど》ってくる」

そう言う興慶を無視して、包荒は天幕に置いた荷物に駆け寄る。中から財嚢《さいふ》を引っ張り出した。標仲を見て、お前も、と言う。

「包荒、私は——」

言いかけた標仲に、分かっている、と頷《うなず》く。

「お前は利用されたんだ。それより、興慶を逃がさないと。国に縛《しば》られることのない黄《こう》朱《しゅ》が、こんなことに巻き込まれる必要などない」

黄朱とは、猟木師《りょうぼくし》のような国に所属しないことをあえて選んだ人々の呼称《こしょう》だった。

標仲は頷き、自らの荷から財嚢を引っ張り出した。包荒はそれを受け取り、自身のものと併《あわ》せて興慶の手に握《にぎ》らせる。

「済まない、これだけしか持ち合わせがない。とにかく逃げて国を出ろ。国境を越《こ》えてしまえば追われることはない」

興慶は包荒を見つめ、そして冷ややかな眼で標仲を振り返った。利用された標仲を蔑《さげす》んでいるのか、それとも果丞らと繋《つな》がっていると疑っているのか。疑われても仕方なく、蔑まれることはいっそう仕方のないことだ。標仲はただ目を逸《そ》らすことしかできなかった。

「しかし、この始末をどうする」

興慶の問いに、包荒は笑った。

「どうにかする。いざとなれば、俺《おれ》がやったと口裏を合わせれば済むことだ。——実際、そう言っても間違いではない。あのままなら俺が斬《き》りつけかねなかった」

興慶は頷き、そして無残に傷ついた山毛欅《ぶな》を見上げた。

「苗《なえ》が……」

「大丈夫《だいじょうぶ》だ。行け」

包荒がもう一度促《うなが》すと、興慶は自身の荷を摑んでその場を駆け出した。山毛欅林の一郭《かく》を区切った縄《なわ》を潜《くぐ》り、林の奥《おく》へと駆け去っていく。

それを見送っていた標仲を、包荒が促した。

「苗を。手を貸してくれ」

標仲は慌《あわ》てて苗を集める胥徒とともに働いた。——だが、結局、この騒動《そうどう》で十五株残っていた苗のうち、八株が枯れた。標仲らの手許に残ったのはわずかに七株、これを殖《ふ》やしていくためには、もはや一株とて無駄《むだ》にはできない。

ほどなく州兵が駆けつけてきたが、それ以前に胥徒のうち機転の利《き》く者が郷府に駆け戻って人を集めていた。郷官たちは、州地官が郷夏官の領分を侵した、と逆に果丞を糾弾《きゅうだん》した。かろうじて、標仲の国官の身分も役に立った。国官の依頼《いらい》を受けて善意で協力していた郷夏官をなにゆえ州地官が捕らえるのか。そもそも理に合わない行動を取ったのは、果丞のほうだ。

果丞のほうも引きはしなかったが、取りあえず包荒が身柄を拘束《こうそく》されることはなかった。かくして、望みを繋ぐ方法はただ一つになった。間に合うかどうかは分からない。だが、標仲自身が王宮へと青条《せいじょう》を運ぶのだ。

王宮へ運んで——それからどうなるのかは分からない。もしも無事、青条を届けられたとして、果たしてこれを新王の手に渡すことができるのか。国官迹人の綬《じゅ》があるから、王宮に入ることは可能だ。だが、標仲の身分から玉座までは天地に匹敵《ひってき》するほどの距離《きょり》がある。標仲の訴《うった》えはその途上《とじょう》のどこかで握り潰《つぶ》されるかもしれず、しかも新王は標仲の訴えになど興味を示さないかもしれない。新王はあまり政《まつりごと》に熱心でない、という噂《うわさ》も聞いた。

だが、行くしかない。年内に路木に願ってもらうためには、もう時間の猶予《ゆうよ》がなかった。包荒は貴重な苗の着いた枝を丸太にして伐り出し、標仲はそれを背負って娃玄《あげん》の背に跨《また》がった。そうして節下郷の園圃を出たのは半月前、今年最後の月はもう目前に迫《せま》っている。

なんとしても辿《たど》り着く。——だから、と標仲は天を仰《あお》いだ。暮れ始めた空には厚く鉛《なまり》色《いろ》の雲が折り重なり、強い風に巻かれながら無数の雪片《せっぺん》が落ちてきていた。

青条をそれまで枯らさないでください。

8

標仲《ひょうちゅう》は緩《ゆる》い坂を登り切った。そこは山肌《やまはだ》を切り拓《ひら》いた切り通しになっている。風が遮《さえぎ》られて軽く息をついたのも束《つか》の間《ま》、切り通しを抜けるとすぐさま横殴《よこなぐ》りの風が雪まじりに襲《おそ》ってきた。

大丈夫だ、下りだから。とにかく足を動かしていさえすれば麓《ふもと》まで辿り着くことができるはず。そうすれば里《まち》があるはず。

何度も雪に足を取られ、風に押《お》されて転びかけながら、標仲は坂を下った。足は坂の傾斜《けいしゃ》のままに自然、小走りになる。転びかけて膝《ひざ》を突くたび、空を見上げた。厚い雲を透《す》かして太陽の位置を確認《かくにん》する。

少しでも先へ。一つでも先の里へ。——ある朝目覚めて、青条が枯《か》れていることを知る。あのときもう少し走っていれば、と悔《く》やむことだけはしたくない。

最初から走っていれば。焚火《たきび》に当たったりせず、その間も歩いていれば。そう後悔《こうかい》する瞬間の腸をねじ切られるような痛み。何度も悪夢に見た瞬間が、すでに経験したことのようにこびりついて忘れられない。

痛みから逃《のが》れるように駆けて坂を下り切った。目の前には小さな里閭《もん》が扉《とびら》を開いている。標仲はそこに向かって駆けつけ、そして空を見上げた。まだ陽《ひ》がある。もう少し、進める。思った瞬間、膝が崩《くず》れた。雪の中に両手を突き、ひたすらに荒《あら》い息をする。

——立て。まだ陽がある。もう一つ先の里まで行けるはず。

自分を叱咤《しった》してみたが、足は震《ふる》えるばかりで力が入らなかった。雪の中に突いた手を上げて身を起こす——たったそれだけの当たり前の動作が、どうしてできないのだろう。

「どうした、大丈夫か？」

声をかけられた。標仲が顔を上げると、大柄《おおがら》な男が身を屈《かが》めて標仲を覗《のぞ》き込《こ》んでいた。

「この先に、里は、あるか」

「あるが……」

「どれくらい、かかる」

男は瞬《まばた》いた。

「一刻というところか。行ったところで何もない。以前はそこそこに大きな街だったが、もう人がいないんだ。建物も大半、残っていない。宿もないぞ」

言って男は標仲に手を差し出した。

「第一、この雪じゃとても閉門までには間に合わない。ここも何もない里だが、今夜はここに泊《と》まるんだな」

「郭壁《かくへき》は」

は、と男は眼を丸くした。

「郭壁は、残っているか」

残っていれば、閉門を過ぎたら街の中に入れない。だが、郭壁が壊《こわ》れた街も多い。そういう街では日没《にちぼつ》後も街の中に入ることができる。最悪、軒先《のきさき》で野営してもいい。取りあえず身体《からだ》を休める場所さえあれば。

いいや、と男は困惑《こんわく》したように首を振《ふ》った。

「郭壁なんぞ、ほとんど残っちゃいないが」

では、行ける。標仲は膝に手を突いた。大丈夫だ、昨日も一昨日《おととい》も、その前もこうやって進んできた。

だが膝につかえた手が力を失って落ちた。標仲は頭から雪の中につんのめった。

「おいおい。無理をするもんじゃない。とにかく里に入って休みな」

男は標仲の腕《うで》に手を掛《か》けた。引き上げられる身体の肩先《かたさき》に、ふわりと暖かいぬくみが漂《ただよ》ってきた。

目を上げると馬だった。首を垂れ、大きく澄《す》んだ眼が標仲を覗き込んでいる。

「これは——あなたの馬か」

引き起こされながら、標仲は男に訊《き》いた。男は頷く。

「そうだが……」

「頼《たの》む、馬を貸してくれ」

冗談《じようだん》じゃない、と男は声を上げた。標仲はかろうじて立ち上がり、

「金は払《はら》う。なんだったら送ってくれるだけでもいい。次の街までだ。そこまででいいから」

「無理だ。よしてくれ」

そうか、と標仲は呟《つぶや》いた。

「では、いい。仕方ない」

男の手を振り切り、足を踏《ふ》み出す。おい、と呼び止める声を聞きながら次の足を踏み出し、そこでまたへたりこんだ。足が鉛のようだ。足先に感覚がない。重くて重くて持ち上げることができない。

「無理だと言ってるだろう。何なんだ」

「いいんだ。放っておいてくれ」

どうせお前には分からない。分かるように説明する方法だって分からない。

危機を理解してもらうことができない。どんなに言葉を尽《つ》くしても、誰《だれ》も理解してはくれなかった。標仲の訴えは掻《か》き消えた。軽視されたのか、故意に無視されたのか。

善良な民《たみ》ですら笑う。西隕《せいいん》の閭胥《りよしよ》がそうだった。妹がそうだった。兄がそうだった。

分からなかったのか、希望的な観測に縋《すが》りたかったのか。縋るしかなかったのか。峠《とうげ》に

いた老夫婦もそうだ。やんわりと笑って首を振る——ただ、それだけ。

それでどうして背中の荷の重大性を理解してもらえるだろう。一刻も早く——希望が枯れてしまう前に辿り着かねばならない、という切迫《せっぱく》した思いなど分かってもらえるはずがない。万に一つ分かってくれる者がいるとすれば、それは盗人《ぬすびと》だ。それほど大事なものなら、と標仲から奪《うば》おうとするだろう。そんな夢だって何度も見た。後生大事に背負った荷を、貴重品だと決め込んで奪い、蓋《ふた》を開けて悪態をつく。丸太一本か、と吐《は》き捨てて投げ捨てる——標仲の目の前で。そうでなければ標仲が国官であることを知って小突き廻《まわ》す。小役人が大切にしている荷なら、捨ててやれば清々すると、そう言って取り上げ火に投じる。

こんなものか、という興慶《きょうけい》の蔑む声がいまも耳に残っている。

しょせんは、こんなものだ。

「おい……」

「構うな。捨て置け」

標仲は言って再び膝を立てた。両手を突いてなんとか立とうと足掻《あが》いてみる。

「いい加減にしろ!」

怒鳴《どな》られて顔を上げた。男が呆《あき》れ返ったように標仲を見ていた。男の周囲にはいつの間にか、同様に呆れたような表情をした人集《ひとだか》りができている。

「何がなんだか説明ぐらいしたらどうだ。意地を張ればそれでどうにかなるのか」

標仲は黙《もく》した。歯を食いしばり、足を立たせようとする。

「依怙地《いこじ》なこったな。だが、声ぐらい上げたらどうだ。なにやら背負い込んでいる様子だが、それはあんただけで背負い切れる荷なのかい」

標仲はその男を見た。

荷は——重い。重過ぎる。

「……くれ」

うん？——と問い返すように男は標仲の顔を覗き込んだ。標仲は疲労《ひろう》で震える手を伸《の》ばした。

「……助けてくれ」

標仲の手を、温かくがっしりとした男の手が捕《と》らえた。

「王宮へ行かねばならないんだ。どうしても——どうしても、どうしても」

男は驚《おどろ》いたように眼《め》を見開いた。

「あんたがか？」

「この荷物を新王の許《もと》に届けねばならないんだ。休んでいる時間はない。一刻も早く行かないとならない。頼む、せめて次の街まで連れて行ってくれ」

男は標仲の手を叩《たた》いた。

「次の街まで無理をして、そこで休んでも、ここで休んで明日頑張《がんば》っても変わりはないと思わないかい」

「駄目だ。それでは駄目だ。どうしても、行かねばならない。枯れたら終わりなんだ。もう救う術《すべ》がない」

「救うって、何を」

——山を。ひいては、国を、民を。このいまだ傾《かたむ》いたままの国の未来を。

男にも分かるよう、一から説明する余裕《よゆう》があれば。だが、その時間さえ惜《お》しい。とにかく前へ。枯れた草を前にして、あのとき走ればと後悔することだけは耐《た》えられない。

「王様なんて偉《えら》い人が、受け取ってくれるのかい」

標仲は頷いた。大丈夫なはずだ、と信じたい。籠《かご》の中に綬《じゅ》がある。たとえ標仲が王宮の門前で斃《たお》れても、中に入れた綬と文書で言いたいことは伝わるはず。中を開けてさえもらえれば。——心ある官吏《かんり》に渡《わた》りさえすれば。

……新しい王が、受け取ってくれさえすれば。

そうか、と男は頷いた。標仲の身体を支え、背中の笈筺《おいばこ》を降ろさせる。

「駄目だ、これは」

「いいから」

男は笈筺を自身の肩に背負った。眼を細めて笑う。

「とにかく急ぐんだろ？　分かったよ」

標仲を抱《かか》えて馬の背へと押し上げる。標仲はかろうじて鞍《くら》にしがみついた。その背に、男は自身の上掛けを被《かぶ》せてくれる。

「冷えないよう、しっかり摑《つか》まえてろ」

言って、手綱《たづな》を握《にぎ》った彼《かれ》は足を踏み出した。

おい、と人垣《ひとがき》の中から声がする。正気か、と。

「しょうがない。ちょっと行けるところまで行ってくる」

晴れやかな声を上げ、男は走り出した。


男は馬を引いて駆《か》け抜《ぬ》け、次の街へと辿り着いた。そのころには、雪はやんだが陽も落ちていた。白々と雪に覆《おお》われた大地を凍《い》てついた星が見降ろしている。男は標仲を鞍に乗せたまま門前に駆けつけてそこで膝を突《つ》いた。笈筺を降ろすと、大きく息を吐きながら雪の上に寝転《ねころ》がる。門前で焚火を囲んでいた一団が声を上げた。

「どうした」

「走って、来た、んだ」と、男は言う。「――あんた、たちは」

「俺《おれ》たちは朱旌《しゅせい》だ。次の街に発《た》つ前に暖を取ってる」

「いいぞ」

男は身を起こした。

「この人と荷を頼めないか。ものすごく先を急いでるんだと」

呆れたように男の話を聞いていた朱旌の一群は、ならば馬車に乗せて行こう、と言ってくれた。

「事情はよく分からんが、一人ぐらいなら荷物の間に積んで行けるだろ」

「頼めるかい」

「どうせ州境の街までここから夜通し歩くんだからな」

いまどき俺たちを泊めてくれるような宿はないからな、と朱旌は笑った。

こっちに来な、と太い声が言って、標仲の身体に手を掛けた。鞍にしがみついていた標仲の手はその形のまま凍《こお》って、男に開いてもらわねばならなかった。

標仲は馬車の荷物の間に乗せられた。身を縮めて笈筺を抱《だ》いている。もしもこの朱旌たちが人気のない場所で標仲の荷を奪おうとしたら——そう思うと気が休まらない。しっかりと笈筺を抱きしめ、いざというときは馬車を飛び降りて駆け出せるよう、気構えだけはしておかなければ。

だが、揺《ゆ》られているうちに限界がきた。標仲はいつの間にか朦朧《もうろう》と眠《ねむ》りの中に落ちていった。揺すり起こされて我に返り、さっと血の気が引いた。慌《あわ》てて周囲を見廻そうとした標仲の目の前に、温かい汁《しる》の張られた椀《わん》が差し出されていた。食えるかい、と訊いてきた女の顔が湯気で滲《にじ》んだ。標仲は腕の中に、しっかりと笈筐を抱いていた。

そこから二日をかけて、彼らは州境を越《こ》えた。いったん足を止めてしまうと、標仲の足はもう動かなかった。足の裏は肉刺《まめ》と皹《ひび》で破れ、足首は膝のように腫《は》れ上がっている。腰《こし》も脚《あし》も硬直《こうちょく》したように強張《こわば》って、膝を曲げ伸ばしすることもできなかった。

標仲は、日に三度、笈筐の中身を確認することを忘れなかった。丸太の状態を確認し、それでも青条《せいじょう》の状態を確認する。枝は生気を失って徐々《じょじょ》に枯れ始めている。だが、青条のほうはまだ青々とした色艶《いろつや》を宿していた。

「植え替《か》えるわけにはいかないのか」と、一緒《いっしょ》に笈筐の中を覗き込んだ朱旌の一人が訊いてきたが、標仲は首を横に振った。

国に所属しない朱旌たちは、標仲の綬にはなんの興味もないようだった。ただ、本当に王が受け取ってくれるのか、それを疑っていた。

「新王について、ほとんど噂《うわさ》を聞かないよ。あまり出来る方でもないんじゃないかな」

「政《まつりごと》に疎《うと》いんじゃないかって話なら聞いたがなあ」

「疎いも何も、こうも悪ずれした官吏がのさばってちゃあなあ」

「ちゃんと荷を受け取って上に取り次いでくれるほど、仕事熱心な役人が残っていればいいがな」

標仲は黙《だま》って笈筐を抱いた。それでも——行くしかない。荒廃《こうはい》した山野がこれ以上、壊れる前に。

翌日には大きな街へと着いた。街道《かいどう》の要衝《ようしょう》にしては珍《めずら》しく、街は街としての体裁《ていさい》を保っていた。ここでなら馬を用立てることができるかもしれない。そう思ったが、標仲はもう起き上がることができなかった。朱旌らは別の馬車を探して声をかけてくれた。荷を降ろして逆方向へ帰ろうとする若者に小金を握らせ、せめて次の街へ行ってくれ、と頼んでくれる。渋々《しぶしぶ》というように頷いた若い御者《ぎょしゃ》は、それでも次の街へと急いでくれた。閉門前、なんとか辿《たど》り着いた街の門前、そこで降ろされ、ついに標仲は力尽きた。どうしても、もう起き上がることができない。震《ふる》える腕を地に突き、身体を起こそうとしても身を支えられない。脚は棒になったように曲がらず、動かない。

「もう無理だよ」

年若い御者に言われて標仲は泣いた。子供のように「駄目《だめ》だ駄目だ」と繰《く》り返すしかなかった。諦《あきら》めたら駄目だ、行かなくては駄目だ、興慶に済まない、包荒《ほうこう》に済まない、走ってくれた馬に済まない、力を貸してくれた人々に済まない、——民に済まない。

「いい歳《とし》をしてなんだ」

呆れたように野太い声が言って、標仲の手から笈筐を取り上げた。

「駄目だ——」

「いい加減にしろ」

雑踏《ざっとう》の中から現れた男は言って、霞《かす》む目の前で笈筐を背負った。

「とにかく行けばいいんだろう。分かったから、とにかく寝ていろ」

言って標仲を彼の妻に預けると、男は小走りに暮れ始めた街道を去っていった。標仲は遠ざかる荷を見ているしかなかった。

——手を離《はな》れて行ってしまう。

あれが唯一《ゆいいつ》の望みなのに。

街道の起伏《きふく》の下に走る男の姿が消えると、標仲ももう意識を保っていることができなかった。墜落《ついらく》した眠りの中には山毛欅《ぶな》の木が砕《くだ》ける悲鳴のような音が響《ひび》いていた。

男はとにかく街道を駆けた。いい歳をした大の男が声を上げて泣くから、無視もできない。急ぐと言われたのみならず、夜道は未《いま》だ危険だから、取りあえず体力の続く限り走り続けた。疲《つか》れては歩き、歩いてはまた走って一夜を駆け抜け、倒《たお》れ込《こ》むように辿り着いた街の門前で暇《ひま》そうに屯《たむろ》している若者たちを見つけた。

「お前たち。暇だったら、ひとっ走り力を貸してくれないか？」

——そのころ、標仲は小さな傾いた家で眠っていた。昏睡《こんすい》した夢の中では、無数の木が倒れて砕け、同時に山が崩《くず》れていった。斜面《しゃめん》を雪崩《なだ》れ落ちる土砂は無数の鼠《ねずみ》の大群となって溢《あふ》れ、廬《むら》を里《まち》を呑《の》み込んでいく。

若者たちは交代で駆けた。なんだか分からないが、国のためだという。国のために働くことにどんな意義があるのか、荒《あ》れ果てた国に生まれ育った彼らには分からない。ただ、無為《むい》に時間を過ごしていた彼らは、単純に走り、互《たが》いの体力を競《きそ》うのが楽しかった。どうせ職もなく、すべきこともない。日銭《ひぜに》仕事を探してその日の食事を得るだけだ。これといって楽しみにすることもないし、張り合いを感じることもない。それでも国のためだと言われると、ほんの少し、意義のあることをしている気分になれた。

やがて一人が脱落《だつらく》し、二人が脱落し、最後の一人が五つ先の街に駆け込んだ。さすがの若い体力もそこで尽きた。

「なんだか分からないけど、国のためなんだってさ。王宮に届けないといけないんだ、できるだけ早く」

彼はそう言って、笈筐を馬車に乗った母子に託《たく》した。

——再び雪が降り始めた。標仲はようやく目覚め、親切な女房《にょうぼう》が脚の湿布《しっぷ》を代えてくれるのに黙って従いながら、手を離れてしまった笈筐のことを思った。いまごろ、どうなったのだろう。どこかの山野に投げ出されてしまっただろうか。女房の亭主《ていしゅ》は、若い連中に託してきたと言っていたが、荷の重大性を分かってもらえただろうか。分からず捨てられても、もう標仲には何を言う資格もない。標仲は——背負い切れなかったのだ。

そう思うと泣けた。無為に禄《ろく》を食《は》むだけの職、ただ一度の義務と責任を、標仲は貫《つらぬ》き通すことができなかった。

包荒はどうしているだろう。興慶はいま、どこにいるだろう。何をしているのか、考えているのか。こんな不甲斐《ふがい》ない結果になったことを想像しているだろうか。

済まない、と呟《つぶや》いて眼を閉じた。脚は付け根まで腫れ上がり、曲げることも動かすこともできない。両の手も肘《ひじ》まで腫れ上がっていた。真っ赤になった指は何かを摑もうとするかのように強ばったままだ。

――同じく赤く熟《う》れた手に息を吐き掛《か》け、女は手綱を握り直した。

後ろを振《ふ》り返れば、拾い集めた薪《たきぎ》の間、荷台に載《の》った息子《むすこ》たちが大事そうに笈筺を抱いている。この子たちを生かすため、と出稼《でかせ》ぎに行った夫からの消息は途絶《とだ》えた。夫が最後に働きに行った街は、この秋の長雨で山が崩れて埋《う》まってしまった。そこで災禍《さいか》に遭《あ》ったのか、それとも彼女《かのじょ》らを捨て、どこかへ行ってしまったのか。どちらなのかは分からない。残された彼女は荒れた地を耕し、冬には幼い息子たちにも手伝わせて山野に薪を拾い、急ぐ旅人を乗せて小金を得、それでなんとか食べている。

それでもまだいい。彼女はまだ子供を手放さずに済んでいる。里にある家を売った代わりに得た馬と、文句も言わずに痩《や》せた身体で働いてくれる息子たち、それだけの財産を持っている。さぞ寒かろうに、ひもじかろうに、泣き言一つ言わずに荷台に坐《すわ》って笈筺を抱き、身を寄せ合って山野を見つめている。

荒れ果てた国、実りを失った大地、この子たちの将来はどうなるのだろう。新しい王が玉座に就《つ》きはしたものの、それで果たして自分たちが救われたのか、女には判ずることができなかった。暮らし向きが良くなったという実感などない。街道は荒れ果てたまま、行く先々の街は生気を欠いたまま。

「でも、これを王様に届けたら、良くなるんだよね」と、長男は言う。

そうね、と女は複雑な気分で頷いた。信じたいが信じられない。けれども子供にそれを言うのは憚《はばか》られた。せめて希望だけは持っていてもらいたい。未来と世界に絶望しないでもらいたい。

「きっと王様が助けてくださるよ」

息子が弟に言うのを聞いて、彼女は手綱を繰り出した。

真実は分からない。けれども、とにかく急いでみよう。筐の中に希望が入っているのだと信じて。

——筐の中。

標仲は深夜、ぽっかりと目を覚ました。紙も玻璃《はり》も入っていない小さな高窓に、半分だけ月が覗《のぞ》いて凍《こご》えていた。

この国は。

どうなるのだろう。新しい王は国を救ってくれるだろうか。そのために自分に何ができたのだろう。新しい時代を望むだけのことをできたのだろうか。

山野は我々を生かしてくれるだろうか。それとも人も国も見限って、壊《こわ》れて去ってしまうのだろうか。

ふいに、温かな生き物のことが思い出された。継州《けいしゅう》を越えて倒れた娃玄《あげん》。長い間、共に国中を旅した馬だった。あのまま死んでしまったのだろうか。節下郷《せっかきょう》の園圃《えんぽ》からそこまで、力の限りを尽《つ》くしてくれた。もしも――もしもあの街に戻《もど》ることができるなら、消息を確かめたい。不幸にして力尽きたのであれば、どんなにも手厚く葬《ほうむ》ってやりたい。

思い浮《う》かぶと、次々に懐《なつ》かしい者たちの姿が脳裏《のうり》に浮かび上がってきた。包荒、興慶、労苦を惜《お》しまず働いてくれた胥徒《げかん》たち。西隕の人々、山里にいまも暮らしている年老いた母。

全《すべ》ての人々が、救われる日が来ればいいのに。

祈《いの》りながら、まんじりともせずに標仲が朝を迎《むか》えたそのころ、親子は分岐路《ぶんきろ》の街に着いた。そこで遠縁《とおえん》の男に笈筺を託した。あまり深い親交はなかったが、たしか以前、商売の関係で王宮に出入りしていたことがあるのだとか。

荷を男に預けて、子供たちは何度も何度も、お願い、と声を上げた。内心困惑《こんわく》しながら荷を受け取った男は、心配するな、と明るく言って子供たちを撫《な》で、自分の馬に飛び乗った。老いた馬に無理はさせたくない。しかもこの馬が彼《かれ》に残された唯一の財産だった。だが、子供たちの真剣《しんけん》な眼《め》が彼を動かした。この瞳《ひとみ》を裏切れない。

取りあえず王宮へ行けばいいのだろう。そこで誰《だれ》に面会を求めればいいのだろうか。男はかつて王宮に出入りしていたが、それは単に荷を納めていた、というだけのことだ。役人に顔が利《き》くわけでもなく、誼《よしみ》のある役人がいるわけでもない。いまどきの役人が、なんの賄《まいない》もなく面会を願って会ってくれるものだろうか。せめて誰か、顔見知りの下働きはいなかったか。

思い巡らすと、その多くがとっくに国府を去り、そうでなければすでに死んでいることを思い出した。政変や暴動、あるいは災害や妖魔《ようま》の襲撃《しゅうげき》、王都とて例外ではなく、失われた者の数は、辺境の里廬《りりょ》で失われた者たちより遥《はる》かに多い。先王の暴虐《ぼうぎゃく》と、その後に長く続いた空位は、国土をこれ以上ないほど荒らした。彼の父母は先王によって殺された。十歳《さい》と少しで身寄りを失った彼は、妹を一人持っていたが、幼い妹はある日、男たちが引きずって連れて行き、そのまま戻って来なかった。長じてやっと得た家族――彼の妻子も、暴漢に襲《おそ》われて逝《い》ってしまった。

いまさら、この国が本当に立ち直るのか。

苦い記憶《きおく》とともに思い巡《めぐ》らせていて、男はふいに思い出した。王宮に出入りしていたときの商売仲間から、新王によって任じられた新しい地官遂人《ちかんすいじん》は、話の分かる人物だと聞いたことがある。

男には国府の詳《くわ》しい職分など分からない。同じ地官の綬《じゅ》があるのだから、遂人に届ければいいのではないだろうか。少なくとも管轄《かんかつ》が違《ちが》う、と言われることはないだろう。

――おじさん、お願い。

分かったとも、と心の中で呟き、男は老いた馬を励《はげ》ましながら街道を駆ける。一路、関弓《かんきゅう》へと向かって。

目指す玄英宮《げんえいきゅう》までは、二日の距離《きょり》だ。

*

新しい年がやって来たその日も、雪だった。節下郷の山毛欅《ぶな》林にも雪は舞《ま》い落ちていた。包荒《ほうこう》はひたすら青条《せいじょう》を守っていた。

標仲《ひょうちゅう》は無事に辿り着けたのだろうか。

標仲を送り出してから、さらに二株が枯《か》れた。代わりに、無駄足を覚悟で野木《やぼく》を廻《まわ》り、かろうじて新たに四株を得ることができた。

――守らなければ。

月の半ば、新月の夜も雪だった。

辺境に打ち捨てられ、荒れ果てた里には新年を祝う声もなく、昨日と同じように今日が訪《おとず》れ、去っていく。新たに一人の里人が死に、里の人口は八人になった。この夜も男が凭《もた》れている里木《りぼく》は、その枝のほとんどが黒い。

男は——興慶《きょうけい》はひたすら膝《ひざ》を抱《かか》え込《こ》み、さらさらと足許《あしもと》に舞い落ちる雪を見るともなく見つめている。

この国から逃《に》げ出そうと思った。だが、どうしても諦めがつかなかった。興慶には故郷がない。生まれた国は覚えておらず、そのあとに辿り着いた国のこともほとんど記憶にない。父母の顔すらとっくに思い出すことができなくなっていた。

どこに根付くこともなく諸国をさすらい続け、国にも土地にも留《とど》まることなく、同時に縛《しば》られることもなく過ごしてきた。だからこそ、かえって故郷を慕《した》う包荒や標仲の思いを軽《かろ》んじることができなかった。

あのように一つの土地を懐かしく思い、慈《いつく》しむことができたら、どんなにかいいだろう。

ありもしない故郷に対する望郷の念、それを引きずりながら継《けい》州を出て光《こう》州に抜《ぬ》け、柳《りゅう》へと向かう国境近くまで辿り着いた。そして、そこで足を止めた。

そのまま国境を越《こ》えることが、興慶にはできなかった。何かが後ろ髪《がみ》を引く。

あれから包荒はどうしたろう。よもやとは思うが、興慶の代わりに捕《つか》まることはなかったろうか。——そして、標仲は。

　国官の肩書《かたが》きだけは持ちながら、その実、何もできなかった小役人。だが、郷里を救おうという彼の思いだけは真実だったと感じている。何もできないことに苛立《いらだ》ちもした、州の役人が園圃に押《お》し寄せてきたときには、州官と通じていたのかと疑いもした。だが、多分いまも郷里を救おうと——郷里を含《ふく》む、土地と民《たみ》を救いたいと足掻《あが》いていることは間違《まちが》いないのだろう、と思う。

　それで何かが変わるものか、それは分からない。

　この里に辿り着くまでに、興慶は多くの里廬を見た。ここまで荒れ果て傾《かたむ》いた国が、新王が即位《そくい》したという、ただそれだけで本当に救われるものだろうか。

諦め悪く打ち捨てられた寒村に留まり、昼間は里人に手を貸して雑役《ざつえき》をこなしながら、興慶はただひたすら待っている。

　ふっと息をついたとき、興慶の鼻先に滴《しずく》が一つ落ちてきた。

見上げると、払暁《ふつぎょう》の空を背景に、興慶の頭上を覆《おお》っている鈍銀《にぶぎん》の枝が見えた。その枝の中程に、小さく黄色い実が生《な》っている。

舞い落ちた粉雪は指先ほどの大きさをした実に留まる。そのまま、ゆっくりと融《と》けて滴になると、小さな丸みに沿って流れ、そして滴《したた》り落ちてきた。

ぽつり、とまた一滴《てき》、興慶の鼻先に滴が落ちる。

興慶は立ち上がった。

小さなその実に、悴《かじか》んだ手を添《そ》えた。

風信

1

幼なじみの明珠《めいしゅ》は、そのときのことをよく覚えていない、と言った。蓮花《れんか》はそれを羨《うらや》ましいと思う。

蓮花はその春を死ぬまで忘れられないだろう。

それは春の盛《さか》りで、蓮花は十五になったばかりだった。朝から陽射《ひざし》は眩《まぶ》しいほどに白く、空には雲一つなかった。夏を予感させて、母親が着た麻《あさ》で織った背子《うわぎ》の白が、いかにも清々《すがすが》しかった。母親は夏に備え、屏風《びょうぶ》を院子《なかにわ》に運び出して洗った。石畳《いしだたみ》の上に伏《ふ》せられた屏風。花梨《かりん》を透《す》かし彫《ぼ》りにしたそれは、蓮花の記《き》憶《おく》にある限りずっと母親が大切にしてきたものだった。花の形をした大小の穴が規則的に並ぶそれに、母親は冬の間、紙を貼《は》って風除《かぜよ》けにした。一冬を過ぎた屏風は火鉢《ひばち》の煙《けむり》で燻《いぶ》されて薄灰色《うすはいいろ》に汚《よご》れている。それを広げて院子に倒《たお》し、井戸から汲《く》み上げた水を撒《ま》いた。

母親は袖《そで》を捲《まく》り上げていた。白いふっくらとした腕《うで》が濡《ぬ》れて艶《つや》やかに輝《かがや》いていた。蓮花は母親が水を撒いて濡らしたところから、屏風の紙を剝《は》いでいった。季候が良くなると、こうして紙を剝いで素通しにする。それを見るたび蓮花は、夏が来るんだな、と思ったものだ。

濡れてふやけた紙を剝がし、屛風を藁《わら》で擦《す》る。温《ぬる》んだ水が心地良かった。貼り付いた古紙が垢《あか》のように擦り落とされて、つやつやとした花梨の木肌《きはだ》が現れていく。せっせと藁を動かす蓮花の隣《となり》では、まだ幼い妹が紙を破って遊んでいた。指を立てて穴を開けては歓声《かんせい》を上げる妹を、蓮花は軽く叱《しか》った。——そんなふうにしたら、剝がしにくくなるでしょ。

叱ると妹は小さな指で穴の縁《ふち》を摘《つま》み、濡れた紙を一欠片《ひとかけら》毟《むし》って、蓮花に差し出した。くれるつもりだったのか、それとも、自分も働いているよ、と姉に訴《うった》えたかったのか。手を動かすのに忙《いそが》しい蓮花が無視すると投げ捨てようとしたが、濡れた紙が指に付いて離《はな》れない。じたばたしているうちに自分の鼻に付けてしまい、それを見た母親が声を上げて笑った。

まったく、もう。可笑《おか》しいの半分、呆《あき》れるの半分で蓮花が呟《つぶや》いたとき、前庭のほうから大門《おもてもん》を叩《たた》く激しい音がした。門へと続く穿堂《ひろま》に坐《すわ》り、院子の様子をにこやかに見守っていた下働きの老爺《ろうや》が顔色を変え、背後を振《ふ》り返った。穿堂には新たに扉《とびら》を設《しつら》えてあり、老爺はあえてその扉の前に椅子《いす》を置いていた。椅子を蹴《け》って立ち上がると、扉にある覗《のぞ》き窓から外の様子を窺《うかが》う。そうしながら、片手で蓮花たちのほうへ掌《てのひら》を閃《ひらめ》かせた。行け、という合図だった。

院子を出て身を隠《かく》せ。

母親が息を呑《の》んで、すぐさま幼い妹を抱《かか》え上げた。蓮花に向かって手を差し出した。水で濡れたままのふっくらと白い腕。柔《やわ》らかそうな掌と、すんなりと先細りの指。蓮花がその手を取ろうとしたとき、急に弾《はじ》かれたように母親の手が遠ざかって逃《に》げた。あっ、と息を吐《は》く声がした。視線を上げると、母親と抱《だ》き上げられた妹がもろともに標槍《なげやり》で貫《つらぬ》かれていた。

声も出ない蓮花の頭上が翳《かげ》った。振り仰《あお》ぐと、黒い獣《けもの》が影《かげ》になって浮《う》いていた。そこに騎乗《きじよう》した兵士が無感動な視線を蓮花のほうに注いでいる。どさりと母親が倒れる音がした。同時に影は蓮花の頭上で羽搏《はばた》くと、一気に北へと飛び去っていった。

——そこまでは、細部を克明《こくめい》に覚えている。水の温度も感触《かんしょく》も、水滴《すいてき》が弾く光の加減も。母親の声、匂《にお》い、妹の髪《かみ》がほつれて風に靡《なび》いていたこと、笑った頰《ほお》が桃《もも》のように赤らんでいたこと。

なのにそこからは、急流に乗って見た景色のようだ。石畳に倒れた母親、見る見る流れてきた血、駆《か》けつけてきた老爺と父親、隣の家からも響《ひび》いてきた悲鳴。父親は母親の傍《かたわ》らに膝《ひざ》を突《つ》いた。老爺は蓮花を抱えるようにして家の裏手へと導いていった。蓮花はその場に留《とど》まりたかったが、自分の身体《からだ》が他人のもののようで思うままにならなかった。

老爺に動かされるまま走って、後院《はなれ》に出た。と同時に、隣家との塀《へい》の間に拵《こしら》えた潜《くぐ》り戸が開いて、隣に住む明珠がふらふらと姿を現した。

彼女《かのじょ》も蓮花と同じように男の子の服装をしていた。蠟《ろう》のように顔色を失い、眼《め》は虚《うつ》ろだった。明珠の祖父が彼女を潜り戸の外へと押《お》し出す。蓮花を抱えた老爺は、もう一方の腕に明珠を受け取ると、両脇《りょうわき》に抱え込《こ》むようにして後院の基壇《きだん》に設《もう》けた落とし蓋《ぶた》の中に飛び込んだ。

落とし蓋の中は薄暗《うすぐら》い通路だった。土を掘《ほ》り抜《ぬ》き、支えとして丸太や板を立てただけ。床《ゆか》はぬかるみ、澱《よど》んだ水の臭気《しゅうき》がしていた。

そのときになって、ようやく蓮花は声を上げた。母親を呼び、妹を呼び、父親を呼んだ。呼び続けようとする蓮花の口を老爺が塞《ふさ》ぎ、通路の奥《おく》へと引きずっていった。抵抗《ていこう》しながらも引きずられていくうちに、どさりと頭上から人が落ちてきた。裏の家に住む若い妻女だ。彼女はつい前年、裏の家に住む若い教師と婚姻《こんいん》したばかりだった。蓮花らと同じように落とし蓋から飛び込んできたのだ。行け、と頭上で教師の声がして、叩き付けるように落とし蓋が閉じられた。だが、彼女は動かなかった。落とし蓋に手を伸《の》べて夫の名を呼んでいた。そんな彼女をその場に置き去りにして、老爺はなおも蓮花と明珠を奥へと引きずっていく。

先へ先へと行くと、丸太を横たえただけの下り階段があった。それを下ると石で覆《おお》われた窖《むろ》だった。窖の中にはすでに三人ほどの男がいて、床の片隅《かたすみ》にある落とし蓋を上げていた。中は真っ暗な単なる穴だった。蓮花と明珠はその中に押し込まれた。蓋が閉められ、上で荷物を動かす音がした。

狭《せま》い暗闇《くらやみ》の中で、蓮花は明珠を抱きしめていた。明珠は息をしていないかと思うほど静かだった。穴の底はぬかるみ、水が溜《た》まっていた。蓮花は明珠を抱きしめ――抱き縋《すが》っていただけかもしれない――嗚咽《おえつ》を懸命《けんめい》に怺《こら》えた。何も見えないから、見たくもないから、固く眼を閉じていた。

女は国から出なければならない、と言われた。そのように布令《ふれ》があった、と。だが、蓮花も母親も、父親のそばを離れ、家を離れたくはなかった。街中の女がそれを望まなかった。蓮花のような年少の少女は男の子の恰好《かっこう》をすることになった。それより年上の女たちは家の中に隠れていることになった。いざというときのため、何重にも扉が付けられ、裏には潜り戸が付けられ、地下に窖や通路が掘られた。

――でも、本当にそれで罰《ばつ》されることがあるなんて、思ってなかった。

家の中に隠れていればいいのだと思っていた。こっそり秘密の通路を行き来して近所の子と遊べばいい。家から出ずに建物と院子の中だけで、これまでと同じように日々の生活を送ればいい。母親は買い物に出ることだけはなくなったが、いつも通りにくると働き、家中を掃除《そうじ》して食事を作って蓮花と妹と父親の世話をした。蓮花もまた、学校に行くことだけはなくなったが、これまでと同じように隣の明珠と遊び、妹の面倒《めんどう》を見て、母親の手伝いをした。表に出られない蓮花らを哀《あわ》れんで、父親や老爺は出掛《でか》けるたびにいろんな土産《みやげ》を持ってきてくれた。川で掬《すく》った小魚、季節の花、他愛《たわい》もない玩具《おもちゃ》や綺麗《きれい》な小物。不便がないとは言えないものの、何かに守られて閉じ籠《こ》もっている暮らしには奇妙《きみょう》な安らかさがあった。ちょうど嵐《あらし》の日に、安全な部屋の中で家族に囲まれているときのような。

——外が嵐なんだってことを、すっかり忘れていた。

嵐だから。外には災厄《さいやく》しかないから、だから家の中でこうも安心できるのだということを、ぜんぜん分かっていなかった。

ごめんなさい、と蓮花は誰《だれ》に対してか、何度も何度も詫《わ》びた。勘違《かんちが》いしていました、ごめんなさい。今度はちゃんとやります。真剣《しんけん》に、真面目《まじめ》にやります。だから、時間を戻《もど》して。最初からやり直させてください。せめて今朝、目覚めるところから。

明珠の背を抱きながら、何度も祈《いの》った。蓮花の嗚咽が伝染《でんせん》したように、明珠もやがて声を殺して泣き始めた。明珠は何度も、嘘《うそ》よね、と小声で言った。蓮花が答えられずにいると、そのうちに微《かす》かな寝息《ねいき》を立て始めた。蓮花もやがてとろとろと微睡《まどろ》んだ。何度か、明珠が「いる?」と問うてきたので、夢うつつに「いるよ」と呟いた。

何度目かに目覚めたとき、頭上でゴトゴトと音がした。落とし蓋の上で荷物を動かしている音だった。蓮花は息を呑み、明珠をぎゅっと抱きしめた。明珠が目覚めて、同じように悲鳴を上げかけ、慌《あわ》てて呑み込む。落とし蓋が上がって薄く明かりが射《さ》し込むと同時に、「大丈夫か？」という声が聞こえた。それでようやく安堵《あんど》して、「大丈夫」と答えた。蓋を開けたのは見知らぬ初老の男で、彼《かれ》が蓮花と明珠を穴の中から引っ張り上げ、そして光のある外の世界へと連れ出した。

外に出て、蓮花と明珠は抱き合って泣いた。そこにはもう何も残っていなかった。閉じ籠もった女たちを燻り出すため、兵士が街に火を放った。火災は蓮花と明珠の家がある並びを、そこに住む者たちともども焼き払《はら》っていた。救い出された蓮花と明珠は、泣きながら焼け跡《あと》をさまよい、誰のものとも分からない骨をいくつか拾った。――それが別れだった。

父親も老爺も兵士に殺されたという。明珠の母親と姉もまた殺されたらしい。突然《とつぜん》現れた空行師《くうこうし》が、なんの前触《まえぶ》れもなく矢で射貫いていった。同時に兵士が大門を破って入ってきた。明珠を逃がそうとして父親と兄が殺され、そして祖父は炎上《えんじょう》した家で逃げ場を失い、死んだ。だが、明珠はその前後のことを何一つ覚えていない、という。その日がどんなふうに始まったのかも分からない。真っ暗なところに蓮花と閉じ籠もっていたら、誰かが助け出してくれた。それだけしか記憶がないのだという。

「母さんと姉さんが一緒《いっしょ》にいたはずなのに。何をしていたのか、ぜんぜん覚えてないの」

明珠はそう言って、些細《ささい》なことを覚えている蓮花を羨んだ。

だが、蓮花は母親の笑顔《えがお》を覚えていない。母親が妹を笑ったことは覚えている。明るい屈託《くったく》のない笑みだったという印象はある。なのにはっきりとそのときの顔を思い出せない。そのくせ、母親の肘《ひじ》から零《こぼ》れていた水滴や、水を撒かれ磨《みが》かれてつやつやと輝いていた屏風の木肌は鮮明《せんめい》だった。

なぜもっとましなことを覚えていないのだろう。しっかりと母親の、父親の、妹の顔を見ておけばよかった。せめてその日目覚めてから、あの悪夢のような瞬間《しゅんかん》までの、穏《おだ》やかでなんの変哲《へんてつ》もない時間を、もっとよく見つめて噛《か》みしめておけばよかった。

後悔《こうかい》しながら、明珠と手を繋《つな》いで歩いた。二人はもう生まれた街に留まっていることができなかった。街の大人たちは街ぐるみで女たちを匿《かくま》うことを選んだ。その結果、見せしめとして攻《せ》められたのだ。本当ならば民《たみ》を守るはずの州師《しゅうし》が街を襲《おそ》った。兵士は目につく女たちをことごとく殺し、抵抗する男たちを殺した。生き残った男たちは、生き残った女たちを街の外に送り出すしかなかった。

蓮花らは――老婆《ろうば》から年端《としは》もいかない子供まで――集団となって街道を南に向かった。征《せい》州から州境を越《こ》えて建《けん》州に入り、そこからさらに麦《ばく》州の港へ行って国を出る。そうするしかないと、ひたすらに歩き続けた。

建州へ入ったばかりのころ、宿で目覚めたら隣にいるはずの明珠がいなかった。慌てて皆《みな》で探すと、宿のそばにある掘割の中に浮かんでいた。きっと足を滑らせたんだね、と老婆が慰《なぐさ》めてくれたが、蓮花にはそうでないことが分かっていた。その前の夜、寝る前に明珠が大事にしていた指環《ゆびわ》をくれたから。旅の間にすっかり瘠《や》せ細った明珠は、指環が抜けて落ちそうだから、と言っていた。

「失《な》くしたら莫迦《ばか》みたいでしょ。だから、蓮花にあげる。大事にしてね」

別れみたいで嫌《いや》だな、と蓮花は思った。そうしたら、本当にそれが別れだった。

幼なじみを見知らぬ土地に葬《ほうむ》って、蓮花らは再び歩き始めた。旅の間に半数が姿を消していた。病で身動きならなくなった者もいる。亡《な》くなった者も。いつの間にか姿を消した者もいた。そのうちの何人かは殺されることを覚悟《かくご》で戻ったのだろう。そうでなければ、明珠と同じように先へ進むのをやめたのかもしれない。

蓮花らは葬列《そうれつ》のように鬱々《うつうつ》と前へ進んだ。そして麦州に近い摂養《せつよう》の街角で弔旗《ちょうき》を見た。蓮花から全《すべ》てを奪《うば》った王が死んだ、という証《あかし》だった。

その日、蓮花は旅に出て以来、初めて泣き叫《さけ》んだ。こんなに簡単に王が斃《たお》れてしまうなら、両親の、妹の死は何だったのか。下働きの老爺も、明珠の家族も街の人も、——そして明珠自身も。これだけの期間を耐《た》え忍《しの》べば、殺されることなんてなかったのに。

寝込むほどに泣いて高熱に魘《うな》され、熱が引いてしまうと空っぽになった。世界は書割のように厚みを失い、何もかもが夢のように現実味がなく、自分の記憶や感情ですらどこか他人事《ひとごと》のようだった。蓮花を看病してくれた女たちは、これで街に帰れる、と喜んだが、蓮花は戻らない、と言った。戻っても意味がない。そこにはもう、誰もいない。

「だって――」

周囲の女たちはそう言いかけたきり、言葉を失った。

「ここでいい。あたし、もうどこにも行かない」

進むのをやめることにする。明珠のように本当に何もかも全部を投げ出してしまう気力はないけれど、これ以上流されていくのも嫌だった。

それで蓮花は摂養に留まることになった。女たちが摂養に住処《すみか》を探してくれた。蓮花は摂養の生まれではないから、摂養の里家《りか》には入れない。代わりに下働きを探している家を見つけ出してくれた。そして蓮花は、ただ一人になった。

夏は盛《さか》りを迎《むか》えようとしていた。だが、摂養はもの寂《さび》しい街だった。戦乱の痕跡《こんせき》こそはなかったものの、人の数は目に見えて少なく、街の周囲に広がる田畑にも放置された場所が多かった。初老の男に案内されて辿《たど》り着いたのは街外れにある園林《えんりん》で、これという館第《やしき》も見えず、ただ茂《しげ》った木々が濃《こ》く緑陰《りょくいん》を落としている。煩《うるさ》く蟬《せみ》が鳴いていた。緑の合間には大きな池が覗いている。

男に連れられ、大きな松が枝を差し掛けた大門を入った。広く寂れた前庭を越えたところにある前門の門庁《ひろま》では、五十代の半ばと思われる男が待っていた。
男は嘉慶《かけい》と名乗った。郡春官《しゅんかん》の保章氏《ほしょうし》だという。蓮花は保章氏なる官吏《かんり》が何をするものなのか知らなかった。ただ、なぜ郡城に住んでいないのだろう、と疑問には思った。こんなふうに街外れのいかにも廃《すた》れた園林に住んでいるなんて。それともここは、嘉慶の別邸《べってい》なのだろうか。

ぼんやりと考えている蓮花に、嘉慶は老人を引き合わせた。仕事についてはこの老人に教わるように、と穏やかな声で言う。

「もっとも、慣れるまでには時間がかかることだろう。しばらくはゆっくりして、身体を休めるといい」

労《いたわ》ってくれたのだ、ということは分かった。ありがとうございます、と蓮花は応じた。そんなに辛《つら》い働き口ではなさそうだ、と無感動に考えていた。

2

蓮花《れんか》が身を寄せることになった場所は槐園《かいえん》と名づけられていた。そこは園林というより苑囿《えんゆう》だった。広い池の畔《ほとり》に庭と建物が配され、田畑や畜舎《ちくしゃ》が点在している。農地を耕し、家畜の世話をする者たちが住む廬《むら》のような体裁の小さな集落もあった。そもそもは郡の太守《たいしゅ》が別荘として造ったというが、現在では往時の面影《おもかげ》はない。どの建物も古びて寂れ、ほとんどが使われている様子もなかった。

住んでいるのは保章氏《ほしようし》である嘉慶《かけい》と、その部下が三人、彼らを補助する胥徒《げかん》が幾人《いくにん》か、というお粗末《そまつ》さだった。そのほかに世話をする下働きの老人、そしてそこに蓮花が加わる。池の対岸にある小さな廬には、複数の男女が住んでいたが、独立して生活を営んでいるようで、嘉慶の下僕《げぼく》というわけではないようだった。

「あの人たちは何をしているの?」

蓮花が訊《き》くと、長向《ちょうこう》という老人が教えてくれた。

「普通《ふつう》に田畑を耕して、家畜を飼って生活しているんだよ。彼らは摂養《せつよう》の住人なんだ。廬の代わりにここに住んで暮らしている」

春官《しゅんかん》府の依頼で、近郊《きんこう》の廬ではなく槐園の廬で暮らしているらしかった。どうやら彼らの存在が保章氏の仕事のために必要らしい。

長向によれば、保章氏は祭祀《さいし》を掌《つかさど》る春官の一で、暦《こよみ》を作るのが仕事だという。言われてみれば蓮花の家でも、毎年里府《りふ》から暦を貰《もら》ってきていた。それで月日や季節の変わり目を確認《かくにん》していた。

「家公《だんな》さまが、あれを作っているんだ……」

暦を誰かが作っている、というのが蓮花にとっては目新しかった。暦を印刷する誰かのことは想像できても、暦そのものを作る誰かのことなんて想像してみたこともなかった。そもそも、暦を毎年誰かが作っているなんて知らなかった。

目下のところ、蓮花の仕事は三度の食事を作る長向の手伝いをすることと、嘉慶らに食事やお茶を運ぶことぐらいだった。そのほかの時間は好きにしていい、と長向は言う。嘉慶からそう命じられている、と。

「国を出なきゃならなくて長旅をしてきたんだって？　苦労したんだから、とにかくゆっくり憩《いこ》わせてやるといってさ。嘉慶さまはとても鷹揚《おうよう》でお優《やさ》しい方なんだ」

気遣《きづか》いはありがたかったが、この程度の仕事なら人手が足りないとわざわざ探す必要があったとも思えない。ひょっとしたら蓮花の境遇《きょうぐう》を哀れんで雇《やと》ってくれたのだろうか。ある朝、長向にそう訊くと、「さあねえ」と言う。

「可哀想《かわいそう》な女の子がいるから助けてくれと言われれば、引き受けてしまうようなお方ではあるが」

「郡官ともなると裕福《ゆうふく》なのね」

慈善《じぜん》で女の子を養えるほど。蓮花が言うと、長向は笑った。

「貧しくはないだろうが、嘉慶さまは贅沢《ぜいたく》するような方でもないからな。というより、嘉慶さまもほかの方も、着ることも食うことも、どうでもいいんだよ」

慈善ばかりでもない、と長向は言う。

「近頃《ちかごろ》、歳《とし》のせいか腰が痛むことが多くてね。そのときには、あれこれ頼《たの》むよ。もともとは、もう二人ほど女手があったんだが、例の布令《ふれ》で街を出てしまったからな。二人がいなくてもさほど困らず家政が廻《まわ》っているから、本当に必要だったのかは疑問だが、俺《おれ》もそろそろ隠居《いんきょ》して里家《りか》の世話になるか、と思っていたところなんでね」

それまで必要なことを覚えながら、のんびりすればいい、と老人は言って朝食の包みを差し出した。蓮花は頷《うなず》き、それを携《たずさ》えて小高い場所にある高楼《たかどの》に向かった。高楼とは言っても、高いだけの小さな建物だ。一間《ひとま》だけの二階建て、さらにその上に物見のような狭い三階が載《の》っている。建物に着くと、蓮花は声もかけずに中に入った。老人に教わったまま、がらんとした一階を抜《ぬ》け、ぎしぎし音を立てる階段を二階へと昇《のぼ》る。四方に開《ひら》けた二階には嘉慶の部下、候気《こうき》の清白《せいはく》がいた。

「朝餉《あさげ》をお持ちしました」

蓮花が声をかけると、外を見ていた清白は「うん」と答えた。清白は背丈《せたけ》の低い太り肉《じし》の若い男だった。郡官ならば昇仙《しょうせん》しているから見たままの年齢《ねんれい》ということはないだろうが、年貌《としごろ》は三十前後に見える。片手に細長い玻璃《ガラス》板を持ち、それを眼《め》の前に翳《かざ》して覗《のぞ》き込《こ》んでは外すことを繰《く》り返している。目に見える風景と、玻璃越しに見る風景を見比べているように思われた。

何をしているのだろう、と首をかしげながら、蓮花は朝食の包みを書卓《つくえ》の上に隙間《すきま》を作って載せた。高楼の二階は雑多なものでいっぱいだった。きちんと片付いていた例《ため》しはなく、卓子《つくえ》や架台《たな》に空白のあった例しもない。そのせいか、清白の許《もと》に運ばれる食事は、食器を使わず、片手で食べられるものに限られる。

「あの、ここに置いてていいですか？」

蓮花が問い掛けても、聞いているのかいないのか、「うん」と生返事をしたまま、玻璃を覗いては外すことを繰り返している。蓮花は少しの間、清白を見守り、

「あのう……何をなさっているんです？」

おっかなびっくり訊くと、清白は玻璃から目を外して振《ふ》り返り、驚《おどろ》いたように瞬《まばた》きをした。まるで蓮花がそこにいることにやっと気づいた、というふうだった。

「余計なことを訊いたのだったら、ごめんなさい」

蓮花が詫《わ》びると、また瞬く。これは誰だろう、と記憶《きおく》を探《さぐ》っているように見えた。もう三日も蓮花が三食を運んで来ているのに。

「いや。……ええと、あなたは新しい胥《げかん》だったかな？」

「いいえ。単なる下働きです」

ああ、そう、と言って、清白は外を示した。

「空気がどれだけ澄《す》んでいるか、見ているんだよ」

そう説明してくれたが、蓮花にはよく分からなかった。やはり食事を運んでくる蓮花

のことなど眼中になかったのだ、と内心で呆《あき》れて、「そうですか」とのみ蓮花は答えた。最初に紹介《しょうかい》されたとき、書卓に置いた筒《つつ》のようなものを覗き込みながら生返事をしていたから、ひょっとしたら蓮花の顔も名前も覚えてはいないのではないかと疑っていたが、どうやら本当に覚えていないようだ。

変な人、と胸の中で呟《つぶや》いて、蓮花は一礼した。清白は夜明け前から深夜までをここで過ごす。嘉慶らが住まう正院《おもや》には、ほとんど寝《ね》るためだけに戻《もど》るようで、しかも戻らないことも多かった。だが、この高楼には臥室《しんしつ》はない。眠るために用を為《な》しそうなのは、お粗末な交床《こうしょう》が一つあるだけだ。竹で作った折り畳《たた》みできる寝台《しんだい》で、仮にも郡官がこれを寝床《ねどこ》にするとは信じられなかったが、ほかに横になることができそうなものはない。

本当に変わった人だ、と思いながら正院に戻ろうと歩いていると、園路の脇《わき》の草叢《くさむら》に細長い姿が見えた。清白と同じく嘉慶の部下で、候風《こうふう》の支僑《しきょう》だ。支僑は清白とは逆に痩《や》せた背の高い男だった。年貌は四十代の半ばくらいだと思われたが、ときにもっと若いようにも、年上のようにも見えた。この支僑も清白同様、ほとんど正院にいた例しがない。夜と食事時には正院に戻ってくるものの、それ以外の時間はほぼ外で過ごしていた。いまも草叢にしゃがみ込んで、せっせと何かを探している。

「おはようございます」

蓮花が声をかけると、弾《はじ》かれたように身を起こし蓮花のほうを振り向いた。

「ああ……おはようございます」

言ってから、蓮花があとにした高楼のほうを見やる。

「そうか。清白のところに行った帰りですか。それはお疲《つか》れさまです」

そう笑いながら、小さな手籠《てかご》を提《さ》げて草叢を出てきた。何かの実でも摘《つ》んでいたのだろうか、そう思って「何をしていたんですか」と蓮花が問うと、にこにこと手籠を差し出した。蓮花は何気なく中を覗き込んで、思わず退《さが》った。中には蟬の抜け殻《がら》がいくつも入っていた。

「これ……」

「すごいでしょう。さっきから探してこれだけ見つかりました」

言葉遣いは丁寧《ていねい》で、いつも朗《ほが》らかな男だが、理解し難《がた》いことでは清白とあまり大差がなかった。

「……蟬、ですよね」

抜け殻です、と言ってから、

「あれ。気持ち悪いですか」

「ええと……あまり良くは、ないです」

そうですか、と支僑は心なしか残念そうだった。

「こんなの、どうするんですか？」

「ずっと集めているんです。板にこれを並べておくんですよ」

ぽかんと支僑の顔を見た蓮花に、

「集めているんです」

集めて一体どうするのだろう。

「並べて？」

「はい。ずらっと順番に並べて」

そうですか、とだけ蓮花は答えた。抜け殻を並べてどうしようというのだろう。本当によく分からない。

「あの……それより、さっき清白さまが玻璃の板みたいなものを覗いていたのですけど、あれは何をしているんでしょう？」

蓮花は訊いたが、特に知りたかったわけではない。ただ、気味の悪い抜け殻から話題を逸《そ》らしたかっただけだ。

支僑は「玻璃の板」と呟いて高楼を見上げた。ここからでも、高楼の二階でまだ清白が外を眺《なが》めているのが見えた。

「ああ。空気がどれだけ澄んでいるか、調べているんでしょう」

はあ、と蓮花は呟いた。清白の答えと同じだ。そして、分からないことも同じ。

「あの板は、うっすらと曇《くも》った玻璃を貼《は》り合わせたものなんです。長さの違う玻璃板を重ねて貼ってあります。左端《ひだりはし》が一枚だけなら、右に行くほど二枚重ね、三枚重ねと増えていくんですね」

なるほど、と蓮花は思う。確かにそういう造作だった。

「それを通してあの──」と、支僑は高楼を示した。「手摺《てすり》に付けた目標を見て、玻璃なしで池の向こうの角楼《やぐら》に付けた目標を見て、見え方を比べるんです。そうやって、玻璃何枚ぶん霞《かす》んでいるか確認するんですよ」

頷きながら、蓮花は池の反対側を見た。池に程近《ほどちか》いところに角楼が立っていて、その外壁《がいへき》の中程に白い丸い板が留め付けてある。あれは何だろうと思っていたが、そういう性質のものだったのか。

納得はしたが、さほど気にしていたわけではなく、説明されたいまも、それほど感興を催《もよお》したわけではなかった。

「そうですか、ありがとうございます」

ぺこりと蓮花は頭を下げた。やはり支僑も、よく分からない。それを確認して、その場をそそくさと立ち去った。


その日の夕食は花庁《ひろま》で摂《と》る、ということだった。池に面した二階建ての楼閣《ろうかく》だ。池に向かって張り出すように露台《ろだい》があって、夏の宵《よい》には居心地の良いところだった。建物の四方にある扉《とびら》を全《すべ》て開け放ち、あちこちに灯《ひ》を点《とも》す。長向と共に大きな食卓に料理を並べていると、珍《めずら》しく嘉慶とほかの三人が集まってきた。

最初に姿を現したのは嘉慶で、小脇にたくさんの書き付けを抱《かか》えていた。働く蓮花に目を留め、

「少しは身体《からだ》は癒《い》えたかね」と、訊く。

「はい、すっかり元気になりました」

ありがとうございます、と添《そ》えたが、自分が本当に元気になったのか、元気になったとしたらそれを感謝しているのかどうかは分からなかった。ただ、特に身体に辛《つら》いところもないし、仕事を辛いと思ったこともないのは確かだ。

そうかね、とだけ言って、嘉慶はじっと蓮花の顔を見た。決して嘘《うそ》ではないが、さりとて本音でもないことを見透《みす》かされた気がして、蓮花は思わず顔を伏《ふ》せた。

「辛く感じることもあるだろうが、そんなときは誰《だれ》かにそう言うように」

蓮花は、はっとした。それは仕事のことだろうか、それとももっと別のことだろうか。答えられずにいると、ばたばたと忙《せわ》しない足音がして、掌暦《しょうれき》の酔臥《すいが》がやって来た。酔臥は白いものが目立つ年老いた男で、壊《こわ》れ物のように小さな老人のくせに、やたらと落ち着きがなかった。この老人が嘉慶の三人目の部下だった。

酔臥もまた、正院にいることは滅多《めった》にない。書房《しょさい》に籠《こ》もりきりで、山のような書籍《しょせき》や書き付けに埋《う》もれていた。それは嘉慶も同様だったが、嘉慶は常に書卓に向かってどっ

しりと落ち着いているのに対し、酔臥はあっちで書籍を漁《あさ》り、こっちで書き付けを引っくり返し——と、落ち着いて坐《すわ》っていることがない。食事のときにも片手に書面を持ったまま、立ったり坐ったり喋《しゃべ》ったりと忙《いそが》しかった。

「やあ。蓮花は今日も元気かね」

酔臥は毎日、会うたびに何度でもそう言う。そのくせ、答えも待たずに行ってしまうのだ。このときもそうだった。蓮花が何を言うより早く、抱えた書面を食卓に投げ出し、中から一冊の本を引っ張り出すと、嘉慶のそばにせかせかと歩み寄った。

「やっぱり、私の言った通りだった。あんたの言うような記録はどこにもないぞ」

「そんなはずはない」

「違《ちが》う違う。あんたの思い違いだ。積算でいいんだ、積算で」

上司を「あんた」呼ばわりしながら酔臥が本を嘉慶に突《つ》きつけたとき、清白と支僑が何やら話しながら入ってきた。清白もまた書き付けの束を抱えている。対するに支僑は一枚の板を抱えていた。

支僑が食卓に置いた板を見て、蓮花はぎょっと身を引いた。本の倍ほどの大きさをした板には、蟬《せみ》の抜け殻が並べてあった。ずらりと糸で留め付けてある。

——本当に並べてるんだ。

「そんなものを持って来る奴《やつ》があるか」と、突然《とつぜん》、酔臥が言った。「お嬢《じょう》ちゃんが気味悪がっているぞ」

これですか、と瞬く支僑に、

「もちろんだ。婦女子は虫が嫌《きら》いだと決まっている」

「虫じゃありませんよ。その抜け殻です」

「同じだ、同じ。そんなものを食べ物の横に置くなんて、なんて不作法な男だろうと思っている。板に並べて喜ぶなんて、理解不能だ」

言いながら、酔臥は足早にやって来て板を食卓から取り上げ、空いた椅子《いす》の上に載せる。するともう、興味を失《な》くしたように小走りに嘉慶の許に戻り、何やらまくし立てる。

理解できないのは酔臥も同じだ、と蓮花は内心で溜息《ためいき》をついた。

「そんなに気味が悪いですか」

支僑が少し悲しそうに板を見るので、蓮花は慌《あわ》てて首を振った。

「あの……いいえ。ただ、そんなもの、どうするんですか」

「見比べるんですよ」と、支僑は答えた。「こうして種類ごとに分けて、大きさを比較《ひかく》できるよう並べて、殻の状態を見比べてみる」

はあ、と蓮花は頷き、

「比べて——そして？」

支僑は、きょとんとして答えた。

「それだけです」

一瞬《いっしゅん》だけぽかんとしてから、やっぱり理解不能だわ、と蓮花は息を吐《は》いた。

酔臥は坐ってひとしきり料理を掻《か》き込んだかと思うと、立ち上がっては嘉慶や清白に話し掛《か》ける。清白は話し掛けられたときだけ相手をしながら、食事をしつつ書面に何やら書き込みを続けている。嘉慶は酔臥の相手をする傍《かたわ》ら、蟬の抜け殻を見て支僑と話し込んでいた。

──変な人たち。

思って、蓮花はふっと鳩尾《みぞおち》のあたりに冷えた塊《かたまり》を感じた。

とても奇妙《きみょう》で、浮世離《うきよばな》れした人たち。蓮花がいた世界は、あんなにも悲惨《ひさん》だったのに。殺された家族、入水《じゅすい》した明珠《めいしゅ》、不条理な法を設けて無残な運命を強《し》いた王。その王が報《むく》いを受けて死に、この国にはもう王がいない。蓮花の住む街が襲《おそ》われる以前から、この国は傾《かたむ》き始めていた。それどころか、ずっと落ち着いて穏《おだ》やかであったことがない、と大人の誰もが嘆《なげ》いていた。そして王が斃《たお》れたいま、これまで以上に辛い時代が来ることが分かり切っているのに。

この人たちは、苑囿《えんゆう》の外の世界のことを、どう思っているのだろう。

少なくとも、と蓮花は思った。彼らが外の世界のことを話題にしているのを聞いた記憶がない。苑囿の外の荒廃も国の未来も、彼らにとっては蟬の抜け殻ほどの価値すらないのかもしれなかった。

ほんの少し腹立たしい気分で給仕をした。彼《かれ》らが食事を終え、酒杯《しゅはい》を片手に話し込み始めたのを横目に、蓮花は黙々と食器を片付けた。

「まあ——そんなに怒《おこ》るんじゃない」

厨房《ちゅうぼう》で器《うつわ》を洗いながら言ったのは、長向だった。

「支僑さまも悪気はないんだよ」

いえ、と蓮花は慌てて笑《え》みを作った。

「べつに抜け殻のことを怒っているわけじゃ……。みなさんの言っていることがさっぱり分からなくて、ちょっと疲《つか》れただけなの」

「そうかい？」

「嘉慶さまたちは、毎日何をしているのかしら？」

「いろんなことを調べてらっしゃるんだよ」

「調べる？」

「そうだよ。暦《こよみ》を作るのが仕事だからな」

長向は言いながら、手際《てぎわ》よく器を洗っていく。

「毎日毎日、天気や風の具合を見て、生き物や草木の様子を見て、それらを全部記録に取って過去の記録と見比べて」

「暦を作るのに必要？」

そうだよ、と言ってから、ああ、と長向は笑った。

「蓮花の家は商《あきな》いをしていたのだったか。畑を耕したことはないんだな」

蓮花は頷《うなず》いた。両親は廬《ろ》家《か》も農地も人に貸して、自身は街で商売をしていた。

「暦のもとを作るのは馮相氏《ひょうそうし》だ。特に国の馮相氏が太陽や月や星の具合を見て月日を割り出す。暦には冬至《とうじ》だとか夏至《げし》だとか、節気《せっき》が書き込《こ》んであるだろう。そして暦注《れきちゅう》に吉《きっ》凶《きょう》を示す書き込みがある。そういうのは全部、天の具合を見て馮相氏が計算をしたり予測したりして決めるのさ」

「決めるの？　月日も？」

「そうだとも。例えば今年は閏月《うるうづき》がない。なくていい、と馮相氏が判断したんだ。そうやって作った暦は、郡ごとに手を入れられる。郡ごとに保章氏が注をさらに補って、それを各郷で調整して配る。だから暦は普通《ふつう》、郷の発行だろう？」

そういえば、と蓮花は思い出した。里府から貰《もら》ってくる暦には郷の名前がついていた。

そうだ、と長向は呟いて、思いついたように厨房の片隅《かたすみ》にある棚《たな》を探った。

「蓮花は本式の暦を見たことがあるかい？」

訊《き》かれて蓮花は首をかしげた。

「暦に種類があるの？」

「あるさ。俺《おれ》みたいなのは年の終わりに翌年の暦を貰ってそれで終わりだ」

「うちもそうだったわ」

「だろう。だが、農民はこれを貰う」

長向は言いながら、一冊の本を引っ張り出した。蓮花は瞬いた。両親がいつも里府から貰ってくる暦は、大きな一枚の紙だった。近所に住む老人などは、ごく薄《うす》い冊子になったものを一緒《いっしょ》に貰ってきていたが、それは暦注という占《うらな》いの分量が多い。しかし長向が手にした暦はその冊子の何倍も厚かった。表紙には薦引暦《せんいん》と書いてある。

「ここは薦引郷？」

「そうだ。例えば——立秋を過ぎたから、じきに処暑《しょしょ》だ。ここを御覧《ごらん》。処暑の中に『禾乃登』とある」

蓮花は長向が開いて示した箇所《かしょ》を見て頷いた。

「これは稲《いね》が実り始める頃合《ころあ》いなんだ」

「禾《か》すなわち登《みの》る……」

長向も頷き、

「ここまでは俺の使う暦にだって書いてある。だが」

長向が示した指の先には、細々《こまごま》といろんなことが書き込んであった。蓮花はそれを覗《のぞ》き込んで読む。

「田の水を抜《ぬ》く。猪《いのしし》より雀《すずめ》。雨の気配なら刈《か》る……」

「うん。ここまでには必ず田の水を抜くこと、今年は猪より雀のほうに気をつけろ、纏《まと》まった雨の気配があったら長雨になるから、迷ったなら刈ったほうがいい、ということだな。これが、家公《だんな》さまたちがああやって、たくさんのことを調べた結果なんだよ」

蓮花が驚《おどろ》いていると、

「国は広い。寒い地方もあれば暑い地方もある。だから郡ごとに保章氏が実際の様子を見て、今年はこんな気候になるだろうって予測をして、こうやって注を補ってあるんだ。郡の保章氏が作った注をさらに各郷が調整して暦を発行する。農民は、これを見て農作業をするんだよ」

長向に渡《わた》された暦を蓮花は捲《めく》り、目を走らせた。暦にはさらに細かなことが書き込んであった。種を播《ま》くべき作物、収穫《しゅうかく》すべき作物、田や畑の手入れの仕方、家畜《かちく》の世話をするうえで気をつけること。漁をする際の注意事項、災害に備えて警戒《けいかい》すべきこと。

「俺たちが見慣れた暦はこれを抜き書きしたものなんだ。だから抄暦《しょうれき》とか抄本と呼んだりする。抄暦と違って、暦は何度も修正がある。だいたいは季節季節に新しく修正されるから、それを貰いに行くんだよ。特にこれからは修正が増えるだろう。暦はますます大事になる。——王がお隠《かく》れになったからな」

はっとして蓮花が視線を上げると、長向は重々しく頷いた。

「……あんな王でも、いるといないでは違うんだ。これから天の気は乱れる。災難が続く。農民が失敗するってことは、民《たみ》が飢《う》えるってことだ」

蓮花は暦を抱《だ》きしめた。

「家公さまたちは、本当に大事な仕事をしていなさるんだ」

3

翌日、例によって蓮花《れんか》が朝食を届けに清白《せいはく》のところに行くと、清白は最初に会ったときのように、書卓に置いた筒《つつ》のようなものを覗き込んでいた。

「それは——何ですか?」

蓮花が訊くと、小さなものを大きくして見るための道具だという。範《はん》から取り寄せたんだ、と筒を覗いたまま清白は得意そうに言った。そうしながら、清白はせっせと片手で碁石《ごいし》を動かしていた。碁を打っているわけではなく、箱の中に入れた碁石を別の箱に移している。何をしているか訊きたかったが、まったく清白が顔を上げる様子がないので、一礼して高楼《たかどの》を出た。

戻《もど》る途中《とちゆう》の草叢《くさむら》では、昨日と同じように支僑《しきよう》が屈《かが》み込んでいた。多分、同じように蝉の抜け殻《がら》を探しているのだろう。

おはようございます、と声をかけると、支僑は顔を上げ、にこやかに「おはよう」と答えながら、手にした籠《かご》を恥《は》じるように背後に隠した。

「今日も抜け殻探しですか？」

蓮花が訊くと、支僑は頷く。支僑の年貌《としごろ》は蓮花の父親と大差ない。立派な大人のはずなのに、子供のように恥じ入っているふうなのが可笑《おか》しかった。

「お手伝いしましょうか？」

蓮花が言うと、支僑はぱっと表情を綻《ほころ》ばせた。大きく笑う。

「本当ですか？」

「ええ。抜け殻を探せばいいんですよね？」

支僑は大きく頷き、草叢の中のどこを探せばいいか、どういうふうに取り扱《あつか》えばいいかを嬉《うれ》しそうに教えてくれた。

小半時もすると、支僑の籠はいっぱいになり、草叢には抜け殻がすっかり見当たらなくなった。

「この草叢は制覇《せいは》したぞ」

得意気に独りごちるのが可笑しい。

「これが気候を見るのに役立つんですか？」

並んで正院《おもや》に戻りながら蓮花が訊くと、どうでしょう、と支僑は首をかしげた。

「役立つかもしれないと思って、ここ数年、ずっと集め続けているんですけどね」

そんな不確かなことなのか、と内心で呆《あき》れた蓮花に、

「ええとね、あの山の中腹に野木《やぼく》があるんです」

支僑は池の北側にある小高い山を指した。

「これらの蟬はそこで実ったんじゃないかな。この近くには、ほかに野木はないですからね。卵果《らんか》が実って落ちると、中から幼虫がたくさん出てくる。蟬の幼虫を見たことはありますか？」

蓮花が首を横に振《ふ》ると、

「芋虫《いもむし》みたいなやつです。それが地中に潜《もぐ》り込むんですよ。そして何年もかかって地中を移動して、あの草叢までやって来た」

蓮花は思わず草叢を振り返り、山と見比べた。

「あんな——遠くから？」

蓮花はこれにには、本当に驚いていた。人の足でも半日はかかるだろう。それだけの距《きょ》離《り》を小さな芋虫が、しかも地中を通って？

「幼虫にとっては遠大な距離です。木の根から樹液を吸いながら年単位で移動して、あの草叢でやっと地上に出てきて、蟬になったんですよ」

そう言って、支僑は籠の中の抜け殻を犒《ねぎら》うように見た。

「蟬は数年から十数年、土の中で過ごします。だから蟬の抜け殻を見ると、彼らが地中にいた間、どういう暮らしをしていたか想像できるんです」

気候に恵《めぐ》まれ、樹液に恵まれれば幼虫は早く大きく育つ。そうでなければ蟬になるのが遅《おそ》いし、殻も小さく、感触《かんしょく》として脆《もろ》い。

「そこまでは分かるし、きっとそれは土の中の気候と関係しているはずなんです。土の上の気候は清白みたいな候気《こうき》がちゃんと調べて記録を取っている。けれども土の中のことはよく分かりません。土の上の状態と同じかどうかも分からない。けれども、土の中のことが、土に育つ植物の状態にとても強い影響力《えいきょうりょく》を持っているんです」

ああ、と蓮花は呟《つぶや》いた。

「蟬の抜け殻を見ると、ここ何年かの土の中の状態が分かるんですね？　すると木や草の根がどういう状態で過ごしてきたかも分かる？」

支僑は破顔した。

「そうなんです」と、大きく頷いてから、照れたように俯《うつむ》く。「いや、分かればいいなあと思って集めているんですけどね。各地の候風《こうふう》にも協力してもらって、このところ記録を取っているんですが、結果に結びつくかどうかはまだよく分からないんです、実は」

本当は蟬を実際に育てて観察するのが一番いいのだけど、と支僑は言う。けれども蟬を飼育するのは思いのほか難しいことらしい。麦州《ばくしゅう》に、熱心に育てている州候風がいるのだが、まだ結果ははかばかしくない、という。

「清白がやってるみたいに、道具を使って確実な記録が取れればいいんですが」

「そういえば、今日は清白さま、筒を覗き込んで碁石を動かしてました」

「花粉を数えていたのかな。だったら返事もしなかったでしょう。失礼なことで申し訳ありません」

「返事はしてくださいましたけど、ぜんぜん顔は上げられませんでした」

支僑は笑う。

「目を離すと、数えた花粉を見失ってしまうんです。ごめんなさい」

支僑が詫《わ》びることでもあるまいに、そう律儀《りちぎ》に言って軽く頭を下げる。やっぱり変わった人だわ、と思いながら、蓮花は少し温かい気分がしていた。

この人たちは決して浮《う》き世のことを忘れているわけではなく、辛《つら》い時代を生きる民を助けようと一生懸命《いっしょうけんめい》なんだわ——そう思った。

夏が過ぎて秋になり、秋が深まるころには、蓮花は一通りの仕事を覚え、長向《ちょうこう》の仕事の大部分を代わって果たせるようになった。長向は、「あとは蓮花に任せて引退だ」と、事あるごとに言って笑ったが、いっかな勤めを辞《や》める様子はない。むしろ一緒に雑用をするのを喜んでくれるふうだった。蓮花もそれが嬉しかった。木枯《こが》らしが吹《ふ》く前には、年嵩《としかさ》の女が一人、戻って来た。蓮花は職を失うのではと不安だったが、嘉慶《かけい》にそのつもりはないようだった。手が一人ぶん増えて、蓮花の仕事が減った。その代わり、いつの間にか蓮花は支僑や清白の手伝いをすることが増えていた。

実際に手伝ってみると、民を助けようと一生懸命、という評価はどうやら過大だったようだ、という気がした。支僑も清白も——総じて嘉慶らは、それぞれの仕事に熱中しているのだ、と思う。いろんなことを調べることに興味があるし、そこにだけ熱心だ。最初のころ長向が言ったように、興味のあること以外、食べることも着ることも遊ぶことも、彼《かれ》らにとってはどうでもいいことのようだった。浮き世のことも基本的には眼中にない。ない、と言うより、外界のことをいつも失念している。

そうと分かっても、蓮花は以前ほど冷ややかな気分にはならなかった。それというのも、嘉慶らは結局のところ、精度の高い暦を作ることに熱心なのだし、信頼《しんらい》できる暦を作ることがどうして必要なのかを分かっているからだ。そこだけは忘れないし、そこに強い責任感と誇《ほこ》りを持っている。彼らを見ているとそのことがよく分かった。

新しい王が立ったらしい、と噂《うわさ》が流れたときもそうだった。

先王は斃《たお》れたが、これは自ら位を降りたせいで、おかげで宰輔《さいほ》は無事だったらしい。ならば次の王は比《ひ》較的《かくてき》早く立つ。実際、秋には新しい王が現れたようだ、と噂になった。

だが、その一方で、あれは偽王《ぎおう》だという噂もあった。新王は国官が結託《けったく》して自分を排除《はいじょ》していると訴《うった》え、国官は偽王だと指弾《しだん》している、という。結局、それが原因で各地で小《こ》競《ぜ》り合いが起こっているらしい。本格的な戦乱になりそうだ、と長向が噂話を仕入れてきた。

食事の際に、長向がその話をすると、酔臥《すいが》と清白はぽかんとした。

「ああ——」と、呆気《あっけ》に取られたようにしたのは酔臥だ。「——そうか。そういえば王が斃れたんだったか」

これには蓮花は、心底呆れた。呆れたのは、どうやら長向も同様のようだった。

「皆様《みなさま》方が現世に疎《うと》いことは重々承知していますが、いくらなんでもそのくらいのことは分かっていなさると思っていましたよ」

「分かっているとも。ちょっと忘れていただけだ」

酔臥が言うのに、清白も頷く。どうですか、と長向は溜息《ためいき》をついて、

「戦《いくさ》になろうかって話なのに。ここにだって明日、火の粉が飛んで来ないとも限らない」

「私たちは兵士じゃないからなあ」と言ったのは支僑だった。「戦うことが役目じゃありませんからね」

「心構えの話をしてるんです」

長向が強く言うと、嘉慶が軽く諫《いさ》めるような声を上げた。

「戦になったからといって、民の生活が失《な》くなるわけではなかろう」

「蓮花の故郷のように焼き払《はら》われれば失くなりますよ」

蓮花は長向の言に、どきりとした。

「そういう話をしているのじゃないよ。戦になっても民は食わねばならないし、日々の生活を続けなければならないんだ」

嘉慶の言葉に、支僑が言い添《そ》えた。

「たとえ民の全部が戦に行くことになったとしても、年寄りや子供、身体《からだ》に不自由のある者は残されますよね」

嘉慶は頷《うなず》き、

「確かにいまは王がいない。これから国は数々の災厄《さいやく》に見舞《みま》われることになるだろう。民は災害や妖魔《ようま》や戦乱など、苦難をもたらす多くの敵と戦わねばならない。だが、苦難と対峙《たいじ》して戦うことだけが道なのだろうか？」

嘉慶の言に、長向は口を閉《と》ざした。

「戦うことが道なら、日々を支えるのも道ではないだろうか」

「はい――」と、長向は頷いた。「仰《おつしや》る通りです」

すっかり恐縮《きょうしゅく》したふうの長向を見ながら、日々を支えるのも道、と蓮花は胸の中で呟いてみた。確かに民は、たとえ戦のさなかであっても、日々の生活を送らなければならない。ならばそれを、誰《だれ》かが支える必要がある。民がきちんと暮らしていけるように手を貸す。それは決して英雄的《えいゆうてき》な行ないではないけれども、確実に必要だし大切なことであるのは間違《まちが》いない。――そう、思った。

4

秋はさらに深まっていく。苑囿《えんゆう》の農地も収穫が済んだ。苑囿に隣接《りんせつ》する丘《おか》に放牧されていた牛や羊も畜舎に近い牧場に戻された。

支僑《しきょう》や清白《せいはく》の手伝いをするようになって、蓮花《れんか》は廬《むら》にも出入りすることが増えた。ここでは主に胥徒《げかん》が民と一緒《いっしょ》に生活をしながら調べものをしていたが、支僑や清白、そして嘉慶《かけい》もまた始終出入りをしていた。

月に一度は廬を担当している胥徒と花庁《ひろま》で会合が持たれた。そのときには、廬で暮らす人々も呼ばれて宴会《えんかい》のような有様になる。逆に廬で小さな祭りや祝い事があれば、嘉慶たちが招かれることもあった。

廬で暮らす人々は、嘉慶らの指導でいろんな記録を取ったり、様々なことを試《ため》したりする。だから全員が気候と農作業の関係をよく心得ていた。だからだろう、彼《かれ》らのほうから提案を行なったり、助言をすることもあったし、嘉慶らも胥徒らもそれを心広く受け入れていた。

嘉慶らと出入りするうち、蓮花も廬の人々に可愛《かわい》がってもらえるようになった。実直に働き、暮らす人々との交流は、蓮花にとってひどく懐《なつ》かしく感じられた。夏物を洗って仕舞わねばならない、衣《ころも》を厚くしなければならない、そんな他愛《たわい》もない会話が自分でも驚《おどろ》くほど胸に沁《し》みた。蓮花が出入りするようになった当初は、ものの見事に男ばかりが生活していたが、秋が深まり初霜《はつしも》が降りるころには女子供が幾人《いくたり》か戻ってきていた。

「この子を抱《かか》えて逃《に》げたんだけど」と、つい先日戻ってきたばかりの女は言った。「外は本当に大変だった」

麦州の港で雁国《えんこく》へ向かう船を待っている間に王の崩御《ほうぎょ》を聞いた。それで急いで戻ってきたのだ、という。

「夫が蓄《たくわ》えを持たせてくれたし、嘉慶さまも路銀を下さったけど、いつまで逃げていなきゃならないか分からないから要《い》るだけ使うわけにもいかないし。切り詰《つ》めながら旅をしていても、乳飲《ちの》み子がいるとなると商人は足許《あしもと》を見るから」

溜息をついて、女は子供を抱き上げた。

「あそこに妖魔が出たとか、あちらでは内乱だとか、嫌《いや》な噂ばっかりで、どれが本当なのかも分からないの。少しも落ち着いていることができなくて」

言ってから、女は子供を抱えたまま池の周囲に広がる風景を見渡《みわた》した。

「帰ってこられて良かった。やっと安心して息ができるわ」

蓮花は頷いた。苑囿の中は常に穏やかだった。こうして廬があっても、ここはやはり郡が保有する苑囿の一部であって、外の世界からは切り離《はな》されている。廬に住む人々の生活は郡によって保証されているし、いろんな意味で優先的に便宜《べんぎ》も図《はか》られる。

「外ではたくさんの人が困っているんだけど。分かってはいても、いつ兵士に追い立てられるか、草寇《おいはぎ》に襲《おそ》われるか分からない旅だったから、くたびれちゃった。いまはとにかく戻ってこられてありがたいわ」

分かります、と頷いたところに支僑が呼びに来た。廬の男との話を終えたようだ。

「じゃあ、行きましょうか」

支僑が声をかけてくるのを聞いて、女は子供を揺《ゆ》すって笑う。

「支僑さまのお手伝いは大変ね。今日はどこに行くの?」

「山に行くんですって。鼠《ねずみ》の宝物を探すんです」

そうなの、と女は笑った。蓮花は、また、と手を振って、支僑のあとに従った。

「あっちの斜面《しゃめん》がいいようです」

支僑は言って、池の北に広がる山の西側を示し、登っていく。今日は朝から冷たい風が吹いていたが、支僑のあとを追って斜面を登るうちに汗《あせ》ばんできた。支僑は斜面に入ると大きな木のそばで足を止める。地面を念入りに見て、やがて声を上げた。

「ああ——これだ」

支僑が示した先には、地を這《は》う根の間にごく小さな穴があった。

「これが森鼠《あかねずみ》の巣穴です。でも、ここを探《さぐ》るとせっかく落ち着いている鼠を脅《おど》すので、穴の近所を探しましょう」

「近所？　穴ですか？」

「埋《う》めてあることもあるし、木の葉や石の下ってこともあります。あとはこういう、地面に落ちた枝の下とか」

「そこに宝物があるんですか？」

鼠にとっての、と支僑は笑う。

ふうん、と呟いて、蓮花は地面に屈《かが》み込《こ》んだ。巣穴の周囲にある石や枝を引っくり返し、落ち葉を掻《か》き分けてみる。そうしながら少しずつ移動し、岩のそばにある朽《く》ちた倒《とう》木《ぼく》を返したときだ。倒木の下の腐《くさ》った落ち葉の間に身動きするものがあった。よく見てみると、身体を毛で覆《おお》われた丸々とした大きな蜂《はち》だった。

短く悲鳴を上げて、蓮花はその場を飛び退《の》いた。周囲を見渡し、手頃《てごろ》な石を摑《つか》む。それを投げようとした。

「駄目《だめ》、——駄目です」

支僑が慌《あわ》てたように蓮花の手から石を取り上げた。

「大丈夫《だいじょうぶ》、いまは弱ってるみたいだもの」

動きが間延びしているし、飛び立つ気配もない。いまなら刺《さ》されることはないだろう。

「違う、殺しては駄目です」

でも、と蓮花は蜂を指差した。

「刺されちゃいますよ？　とっても危ないんだから」

「これは刺さない。彼女《かのじょ》は最後の生き残りなんだ、やめてください」

生き残り、という言葉が胸に響《ひび》いて、蓮花は支僑を見返した。

「これは熊蜂《まるはなばち》です。大きくて危険そうに見えるけれど、花の蜜《みつ》を吸ったり、花粉を集めたりするだけの穏和《おとな》しい蜂なんです」

――穏和しい？

蓮花は枯れ葉の間を這っている蜂を見た。黒く透《す》けた羽、身体は虎《とら》のような縞《しま》模様で毛深い。よく見掛《みか》ける蜜蜂に比べれば何倍も大きくて獰猛《どうもう》に見える。

「虎頭蜂《すずめばち》や長脚蜂《あしながばち》のように何もしない人間を刺したりしない。――もちろん、自分の身が危険だと思えば刺しますけど」

「でも」

「こんなに大きいけど蜜蜂の仲間なんですよ。穏和《おんわ》でとても働き者なんです」

「本当に……刺しません？」

「大丈夫です。特にいまは寒さにぼうっとしているし」

へえ、と蓮花は支僑の隣《となり》に屈み込んだ。

「蜜蜂の仲間なのに、群はどこにいるの？」

「いません。みんな死んでしまったんです」

え、と蓮花は支僑を見る。支僑は子供のように屈んだ膝《ひざ》に頬杖《ほおづえ》を突《つ》いて、もぞもぞと動く蜂に見入っている。

「熊蜂は蜜蜂のように集団で巣を作ります。けれど蜜蜂みたいにみんなで冬を越《こ》すことはできないんです。熊蜂は女王蜂を残して全《すべ》て死んでしまう。冬を越えられるのは彼女だけ」

「一匹だけ？」

「そうですよ。彼女は独りぼっちでこの冬を越すんです。寒さを耐《た》え抜《ぬ》いて、春になったら、野木《やぼく》に素卵《そらん》を貰《もら》いに行く」

「……素卵？」

「卵のもと、ですよ。鶏《にわとり》の卵からは雛《ひな》が生まれないでしょう？　鶏や鵞鳥《がちょう》は里木《りぼく》に祈《いの》って雛を与《あた》えてもらう。けれど、野鳥や虫はそうじゃないんです。野木に卵のもとになる素卵が生《な》る。野鳥はそれを啄《つい》ばんで、雛の入った卵を産むんです」

大きさは種類によって様々だが、真珠《しんじゅ》のような色の小さな粒《つぶ》なのだという。

「蜂の素卵は、親がこれくらいの生き物なのに対して大きいです。小振《こぶ》りな真珠くらいあるんです。春に目覚めた女王蜂は野木に行って素卵を抱えて戻《もど》る。それをずっと抱えたまま卵を産んで、そこから働き蜂が孵《かえ》って、新たに自分の群と巣を作っていくんです」

支僑は言って、そっと倒木をもとの位置に戻した。

「熊蜂は働き者の愉快《ゆかい》な奴《やつ》らですよ。彼らがうんと働いてくれないと、木の実が生らないんです。私たちは、熊蜂の働きの恩恵《おんけい》で食べさせてもらっている。——あれ？」

支僑は倒木のそばのこんもりと落ち葉が膨《ふく》らんだところを探った。中からきらきらと冬の陽射《ひざし》を弾《はじ》いて、団栗《どんぐり》の実が転がり出てきた。

「ここにお宝がある」

「これが鼠の宝物？」

「そうですよ。森鼠が冬に備えて溜《た》め込んだんです。——やあ、頑張《がんば》ったなあ」

支僑は現れた木の実を一つずつ数えてもとの場所に戻した。蓮花は言われるまま、それを帳面に書き付けた。その場を確認《かくにん》し終えると、場所を移動してさらに探す。午後中かかって、付近からいくつか同じように団栗を集めた場所を見つけた。

「鼠たちはこの秋、ずいぶん頑張ったようですね。ひょっとしたら、今年の冬はいつもより厳しいかもしれない」

蓮花が首をかしげると、支僑は微笑《ほほえ》んだ。

「人間以外の生き物は、気候の変化にずっとずっと敏感《びんかん》なんです」

5

その冬は、支僑《しきょう》が言っていた通り、いつもより厳しいように思われた。春の訪《おとず》れも遅《おそ》く、ようやく訪れた春も頻繁《ひんぱん》に続く長雨で少しも晴れ晴れとしなかった。廬《むら》の作物は生育が遅い。実は小さく、もう少しもう少しと収穫を遅らせると充分《じゅうぶん》に成熟することなく腐ってしまう。

「なんだかすっきりしない春だね」

長向《ちょうこう》はそう何度も言った。こんなふうに雨模様の天気が続くと、腰《こし》や膝が痛むらしい。手を貸してやりたいが、蓮花《れんか》はいまや、長向の手伝いをしているより、支僑や清白《せいはく》の手伝いをしていることのほうが多かった。最近では清白の許に朝食を運ぶ前、必ず決められた時間に井戸の水温を計る。その時間を計るため、範国《はんこく》製の高価な時計の螺子《ねじ》を巻くのも蓮花の仕事になった。螺子を巻いて毎朝、決められた時間に正院《おもや》の脇《わき》にある角楼《やぐら》の鐘《かね》を打つ。清白の許に朝食を運び、そこでひとしきり清白を手伝うと、それ以後は支僑の手伝いだ。まるで支僑の徒弟《でし》のようだね、と長向は笑った。

ごくたまに、買い物や用事のために出掛ける長向に従うこともある。蓮花が辿《たど》り着いたとき、摂養《せつよう》はいかにも寂《さび》しい街だったが、このところは少し雰囲気《ふんいき》が変わっていた。街から逃げ出した女たちが戻ってきて、少し活気が出ていたが、それと同時にいかにも疲《つか》れ果てたふうの旅人も増えた。彼らはみな、内乱や災害を逃《のが》れて摂養に辿り着いた人々だった。

どうやら新しい王が立ったらしい、という噂《うわさ》は本当のようだったが、それが真の王なのか偽王《ぎおう》なのかは、相変わらずはっきりしないようだった。州により、郡によって対応は様々で、旗幟《きし》を決めかねる摂養のような街はぴりぴりしていた。

「どちらの側につくかで、郷城は悩《なや》ましいんだろうなあ」

長向はそう言う。春先の長雨のせいか、作物は値が上がっていた。冬の寒さが厳しかったため、下層の民《たみ》は乏《とぼ》しい蓄《たくわ》えを炭代として吐《は》き出している。だからだろう、少しずつ、街に出るたび治安が悪くなったような気がする。どことなく荒《すさ》んだ空気を感じるようになっていた。

「本当に王様なんだと思う？」

「さあねえ。俺《おれ》なんかじゃ分からないな。麦《ばく》州の連中は違うと言うが、征《せい》州は早々と新王を支持して州城に迎《むか》え入れたというしなあ」

建州《けんしゅう》の州侯《しゅうこう》も新王を支持しているという。ただ、摂養のような端々《はしばし》の郡がまだ旗幟を明らかにできていない。特に麦州に近い三郡が偽王だとする側にやや傾《かたむ》いていた。

そう、と蓮花は呟《つぶや》いた。苑囿《えんゆう》の外に出ると空気が重くなった気がする。そして外は変わらない、と思う。不安で憂鬱《ゆううつ》で落ち着かない。常軌《じょうき》を逸《いっ》した布令《ふれ》が大真面目《おおまじめ》に掲《かか》げられ、それを理由に市街に火が掛けられる——そんな時代の空気が未《いま》だに持続している。

——うんざりだわ。

心底、辟易《へきえき》したから、苑囿に戻ると心が軽くなった。久々の陽射に眼《め》を細めていると、長向が「用事はないからぶらぶらするといい」と言う。きっとすぐに支僑か清白が呼びに来るのだろうが、それまで明るい陽射を浴びていてもいいだろう。

蓮花は正院を出て、池に沿う園路を歩いた。池の北には廬の人々が花を育てている一《いっ》郭《かく》がある。高価な観賞用の植物から、どこにでも見掛ける雑草まで、階段状に設《もう》けた区画ごとに一面の花を咲《さ》かせていた。

蓮花は園路の脇、日当たりのいい石に坐《すわ》った。ぼうっと風に吹《ふ》かれ、池の表がきらきらと細波《さざなみ》を散らしているのを眺《なが》めた。そしてふと気づく。ちょうど蓮花の目の前に、丸く開けた草原があるが、その空中に浮《う》かんでいる点は何だろう。

大きな黒い豆のようなものが空中に留《とど》まっていた。怪訝《けげん》に思っていると、同じ場所で微《かす》かに揺《ゆ》れていたそれが突然《とつぜん》動く。すっと宙を飛んで傍《かたわ》らに見える道具小屋のほうへ向かっては、すぐにすうっと舞《ま》い戻って、また宙に留まる。

目を凝《こ》らしてみると、どうやら虫のようだった。大きな虫が器用に一カ所に留まっている。何かを待つように留まったそれは、思い出したように滑空《かっくう》して小屋のほうに向かい、そしてまた舞い戻ってくる。何をしに行っているのだろう、と興味を誘《さそ》われ、蓮花は小屋へと向かった。

もともとはなんの変哲《へんてつ》もない掘《ほ》っ立て小屋だが、いまの時期、小屋は夢のように美しかった。小屋の屋根に這い昇《のぼ》った薔薇《いばら》が、真っ白な花をこんもりと付けて小さな建物を覆っていた。昨年の秋には、びっしりと赤い実を付けているのを見た。それを啄みにたくさんの鳥がやって来るのも。

そばに行くと、白い薔薇の花から花へとたくさんの蜂が飛び廻《まわ》っていた。ちょっと怯《おび》えて足を止め、そして蓮花は小さく声を上げる。

虎のような縞の毛をした大きな蜂。

「……熊蜂《まるはなばち》？」

そろそろとそばに寄ってみた。薔薇のいい香《かお》りがする。小振りな花を房《ふさ》のように付けた薔薇の周囲を、何匹もの蜂が飛び廻っていた。蓮花が間近に寄っても気にするふうもなく、花から花へと飛び移る。

蓮花は小屋の屋根から大きく垂れた枝のそばにしゃがみ込んだ。白い滝《たき》のように白い花が茂り落ちている。熊蜂はそこにも集まり、白い花の中に身を埋めていた。

「そうか、……たくさん仲間ができたんだね」

それとも家族、と言うべきだろうか。倒木の下で冬を耐《た》え忍《しの》んだ女王蜂が、たった独りで寒さを乗り越えた証左だ。

花に群がった熊蜂はまったく落ち着きがなかった。光を掬《すく》う掌《てのひら》のような柔《やわ》らかな花弁の中に飛び込んでは、花心に埋もれる。身体を覆った、短くふわふわとした黒と茶の毛に薔薇の花粉が金色に纏《まと》わり付いていた。黒く透けた羽を震《ふる》わせ、花の中で動き廻って身体に付いた花粉を脚《あし》で掻き集めていく。脚の付け根には金色に丸く、花粉の団子ができていた。せっせと花粉を掻い込んで団子を大きくしていく。

蜂にも個性があるらしい。ひたすら花粉を集めるもの、欲張りすぎて団子を落としてしまうもの、落ちた団子をちゃっかり拾って自分の脚に付けるもの。

ふふ、と笑って、蓮花は自分が涙《なみだ》を零《こぼ》しているのに気づいた。何が悲しいわけでもない。ただ、馥郁《ふくいく》とした香りの中、白い美しい花弁に身を埋めてせっせと働いている蜂たちが愛《いと》おしかった。きらきらと輝《かがや》く羽、柔らかく輝く体毛、艶《つや》やかな金の花粉。ぶうんという羽音が風の音、鳥の声とともに眠《ねむ》くなるような安逸《あんいつ》の音色を奏《かな》でている。

──だが、こうして働く蜂たちも、秋には全部死んでしまう。

自然の無慈悲《むじひ》。

それでも命はたゆまず生き、堅実《けんじつ》に繋《つな》がり、続いていく。

蓮花は小さく呟いた。

「……頑張れ」

6

しかし、それからわずかのことだった。蓮花《れんか》はそのとき、清白《せいはく》を手伝うため、高楼《たかどの》の三階にいた。高楼の最上部は小部屋程度の狭《せま》い場所だ。四方は柱と窓しかなく、本当に物見の役にしか立たない。清白はその窓の外に大きな台を設け、風向きや風の強さ、雨や雪の量を計る道具や、花粉や砂埃《すなぼこり》を捕《と》らえるための道具を並べていた。清白はそれらの道具を定期的に手入れする。この日、蓮花はそれを手伝っていた。

そのほかにも、床《ゆか》にいくつかの道具や棚が置かれているので、清白と蓮花と、二人が入ると満足に身動きもならない。余白に坐り込んだ蓮花が道具を拭《ぬぐ》っていると、ふいに清白が声を上げた。

「あれは何だ？」

蓮花はその声に振り返った。清白は窓の外に身を乗り出して、東のほう——摂養《せつよう》の市街のほうを見ていた。怪訝に思った蓮花は立ち上がり、同じように東を見る。市街の上に熊蜂のように留まる黒い点が散っているのを見つけた。

とたん、蓮花の脳裏《のうり》に恐《おそ》ろしい記憶《きおく》が蘇《よみがえ》った。あれは、熊蜂などでは——穏和で働き者の生き物なんかではない。

「……空行師《くうこうし》」

呟き、とっさに清白の腕《うで》を摑《つか》んだ。

「駄目《だめ》です、隠《かく》れて」

「どうした」

州師《しゅうし》だ、と言おうとしたが、震えで声にならなかった。蘇った恐怖《きょうふ》で歯が鳴っている。隠れて。あいつに見える場所にいないで。

黒い点は市街の上空を下降しては上昇《じょうしょう》し、移動することを繰《く》り返していた。その動きに、蓮花は見覚えがあった。

「お、降りましょう。ここは駄目」

驚《おどろ》いたようにする清白の手を引く。二階へ降り、すぐさま支僑《しきょう》はどこにいるのだろう、と思った。いつものように苑囿を歩き廻っているのだろうか。

一階に駆《か》け降り、こわごわ扉《とびら》を開けて外の様子を窺《うかが》った。少し離《はな》れた園路脇の水辺に、支僑の細長い影《かげ》が見えた。

「支僑さま、隠れて！」

蓮花は声を上げる。それが届いたのか、支僑が振り返った。蓮花は必死で手を振った。

──早く。お願い、早く。

怪訝そうに首をかしげ、支僑が駆けてくる。堪《たま》らず、蓮花は外へと駆け出した。

「急いで！」

手を伸《の》ばしたときだった。すっと頭上が翳《かげ》った。猛々《たけだけ》しい馬に似た生き物が頭上を通って影を落として行った。

「支僑さま、伏《ふ》せて！」

駆け戻ってきた支僑に飛びつき、腕を引く。すい、と頭上を横切った影は一瞬《いっしゅん》で池の上空を渡《わた》り、対岸で大きく向きを変えた。

「あれは──」

支僑が身を屈《かが》めながら仰《あお》ぐ。対岸で旋回《せんかい》した影は、まるでついでのように廬へと立て続けに火矢を放ち、再び疾風《しっぷう》のように池を渡ると、正院に同じく火矢を射込んで市街へと飛び戻った。

あっ、と支僑と蓮花は共に声を上げた。慌《あわ》てて立ち上がり、同時に駆け出そうとしたが、走ろうとした方向は逆だった。

「支僑さま、どこへ」

「あなたこそ。──書房《しょさい》へ。火を消さないと」

「だって、あちらも」

蓮花は池の対岸を指差した。盧家《ろか》のそばから薄煙《うすけむり》が上がっている。

はっとしたように支僑はそちらを見、

「行ってください。気をつけて。私は正院に行きます。書房には記録がある。あれだけは運び出さなければ」

それが先なの、と蓮花は怒鳴《どな》りたかった。そのとき清白が転がるように高楼を駆け出してきて、一目散に正院へ向かった。急げ、という清白の声に突《つ》かれたように支僑もそのあとを追う。蓮花はそれを一瞥《いちべつ》して池の対岸へと駆け出した。

蓮花が息も絶え絶えになって盧へと駆けつけたとき、盧の一郭から火の手が上がっていた。人々が慌ただしく駆け廻り、池との間を往復している。その足許《あしもと》に幾人かが横たえられていた。

「お爺《じい》さん――」

蓮花が顔見知りの老爺《ろうや》に声をかけた。手桶《ておけ》を持って走ってきた老爺は、片手を上げた。

「無事か。あっちに怪我人《けがにん》がいる。頼《たの》む」

「火は」

「畜舎《ちくしゃ》だ、心配ない」

蓮花は頷き、老爺の示したほうへと駆けた。その先にある廬家の前に、数人が集まっているのが見えた。大丈夫《だいじょうぶ》ですか、と蓮花が駆けつけると、つい最近、戻《もど》ってきたばかりの老婆《ろうば》が涙に濡《ぬ》れた顔を上げた。泣きながら老婆が示した先には、小さな身体が横たわっている。その身体に縋《すが》り付いて女が声を上げて泣き叫《さけ》んでいた。

「……突然、上から火矢が降ってきてさあ……」老婆は蓮花の腕を掴んだ。「どういうことなんだい。本当に突然なんだよ。何の前触《まえぶ》れもなくやって来て火矢を射て、そこにあの子が」

言って、老婆もまた泣き崩《くず》れた。蓮花は、小さな亡骸《なきがら》を庇《かば》うように覆《おお》い被《かぶ》さり、ひたすらに泣く女の背を見た。あたりには髪《かみ》が焦《こ》げたときのような嫌《いや》な臭気《しゅうき》が漂《ただよ》っている。

――外は嵐《あらし》だったんだ。

蓮花は唇《くちびる》を嚙《か》み、同じようなことを以前にも思ったことを思い出した。苑囿の中の安寧《あんねい》にすっかり身を委《ゆだ》ねていて、外に吹き荒れる嵐のことを失念していた。世界はこんなにも簡単に人を裏切る。

自分が間違《まちが》っていた、と蓮花は顔を拭った。勘違《かんちが》いしていました、ごめんなさい。今度は――今度こそはちゃんとやります。二度と嵐のことを忘れたりしない。災厄《さいやく》のことを失念したりしない。だから、どうか時間を戻して。

絶対に叶《かな》えられることのない祈《いの》りだと、よく分かっている。

「……ほかに、怪我をした人は」

蓮花は苦いものを呑《の》み下した。周囲の女たちに声をかけ、怪我の有無《うむ》を確認《かくにん》していく。火を消そうとして火傷《やけど》を負った少年の傷を検《あらた》めているとき、誰《だれ》かが声を上げた。

「あれ——」

声が示したほうには黒い煙が幾筋も上がっていた。摂養の市街だ。火災になったのだ。

「建州《けんしゅう》の州侯《しゅうこう》は新王の側についたという話だからな」ぽつりと、蓮花のそばに立った老人が言った。「摂養の太守《たいしゅ》は、あれは偽王《ぎおう》だと言っていなさるという話だ。……だから」

新王の側に下れということか。唇を噛んでいると声がして、嘉慶《かけい》らが駆けつけてくるのが見えた。胥徒《げかん》の一人が駆け寄った。

「御無事《ごぶじ》ですか」

「我々は無事だ。正院《おもや》に火が入ったが小火《ぼや》で済んだ。こちらは」

胥徒は無言で首を振《ふ》り、蓮花らのほうを振り返った。そこには子供と、若い男の遺体が布を被せられて横たわっている。火矢を受けて死んだ子供と、焼け崩れた畜舎の下敷《したじ》きになった男だ。

「蓮花さん、大丈夫ですか」

嘉慶のあとから支僑が駆けつけ、走り寄ってきた。差し伸ばされた支僑の手を蓮花は払《はら》った。

「あなたたちは、ぜんぜん違う」

支僑が足を止め、嘉慶らが振り返った。

「浮き世のことを忘れていいはずがない。これが世界なの！」

蓮花は叫んで二人の遺体を示し、そして煙を上げている市街を示した。

「暢気《のんき》に苑囿《えんゆう》に閉じ籠《こ》もって、自分の愉《たの》しみにだけ閉塞《へいそく》して。けれども外の世界は動いているのよ。災厄の真《ま》っ直中《ただなか》で揺れてる。災害に戦《いくさ》、いつだって人に牙《きば》を剝《む》こうと身を屈めてる。見て見ぬ振りをしてた結果がこれよ！」

支僑らは全員が俯《うつむ》き、視線を逸《そ》らした。

「目を逸らさないであたしを見て！　家族を殺されて全部失《な》くした。これが現実なの！」

市街から上がる煙が増えている。あの煙の下ではたくさんの人々が命を失おうとしている。上空にはすでに空行師の姿はなかったが、怒号《せ》のような声が遠く響《ひび》いていた。多分、あそこでまだ戦っている。ここには誰かが攻めてくる様子はまだないが、それは街の外れで郷城とは切り離されているからだ。

「……けれど、私たちにはほかにできることはないんです」

ぽつりと支僑が言った。

「蓮花さんの家族を生かして戻してあげることができないように、戦を止めることも、戦乱や災害で壊《こわ》される世界を守ることもできない」

いまから市街に駆けつけても、兵士に対して一矢を報《むく》いることもできないだろう、と支僑は言う。

「私たちは無力です。これが仕事だからやっているけど、それ以前に、これくらいしかできることもないんです。けれど——」

支僑は顔を上げた。蓮花の顔をひたと見る。

「けれど、暦《こよみ》は必要です。こんな時代だから必要なんです。それだけは疑いがない。誰かが暦を作らないといけない。だからそれしかできない私たちがやるんです」


その日、たくさんの家が焼け、壊され、たくさんの人が死んだ。だが、被害《ひがい》は少なかったと言っていい。なぜなら太守が即座《そくざ》に降伏《こうふく》して新王のもとに下ることを宣言したからだ。誰が何を納得《なっとく》したわけでもないが、摂養は新王の陣営《じんえい》に下った。

蓮花はしばらく、嘉慶の胥徒や廬《むら》の人々と共に市街の人々を助けに行った。怪我人を運び、看護を手伝い、壊れた家の片付けを手伝い、亡《な》くなった人々を弔《とむら》った。その間、嘉慶らはそれまでと同じように苑囿に籠もっていた。これまでと同じように気候を調べ、記録しているのだろう。

少しして、街が落ち着くと、蓮花らは同様の生活に戻った。どうやら新王が偽王だという説は間違いらしい、と噂《うわさ》が流れた。偽王ではなく正しい王で、国府の役人が新王の登極《とうきょく》を妨《さまた》げている、と。だとしたら、なんて無駄な被害だったのだろう、と蓮花は思った。最初から新王を支持していれば、誰も死なずに済んだのに。

思いながら、花庁《ひろま》に昼食を並べる。やって来た嘉慶は蓮花を見ると軽く頷き、それ以上は話し掛《か》けてこない。続いてやって来た酔臥《すいが》も、ばたばたと落ち着きのない動きを蓮花の姿を見るなり止めて、もごもごと口の中で挨拶《あいさつ》めいた言葉を呟《つぶや》いた。

蓮花は丁寧に一礼をする。彼《かれ》らのありように納得はしていないが、ほかに行く場所がない。ここで働かなければ生きていくことができない。

食卓の上に器《うつわ》を並べ終えて退出しようとしたとき、別の扉から支僑が駆け込《こ》んでくるのが見えた。支僑は真《ま》っ直《す》ぐに嘉慶に駆け寄る。

「燕《つばめ》が戻ってきました」

弾《はず》む声でそう言った。まるで、これ以上の吉報はない、というふうだった。蓮花がそこにいることには気づいてないようだった。

「盧家の軒《のき》にあった巣に戻ってきてます。市街でも、壊れた家の軒に営巣《えいそう》を始めました」

「そうか、戻ってきたか」

嘉慶も酔臥も嬉《うれ》しそうだった。

「やれ、良かった、良かった。街が襲《おそ》われたのは、ちょうど卵が孵《かえ》ったあとだったからな」酔臥は言って、「いまからでも巣立ちに充分《じゅうぶん》、間に合う」

ええ、と笑った支僑は、足を止めた蓮花に気づいて、急に笑《え》みを引っ込め項垂《うなだ》れた。

蓮花は何も言わず、花庁を出た。

——あの人たちは、変わらないんだわ。

ずっと浮世離れしたままで、子供じみたままで。

そう思っているのを察してか、誰もが蓮花に対して腫《は》れ物に触《さわ》るようにする。そんなところも、本当に大人気《おとなげ》ないと思う。

蓮花は黙々《もくもく》と仕事をこなした。そんな蓮花を見て長向《ちょうこう》は何度も溜息《ためいき》をついたが、取り立てて何かを言ってきたりはしなかった。ときおり何か言いたげな様子を見せたが、思い直したように口を噤《つぐ》む。ひょっとしたら嘉慶が何も言わないよう、命じているのかもしれなかった。

自分たちが間違ってないと思うなら、これまで通り堂々としていればいいのに、と思う。本当に一事が万事、子供じみている。

——あたしはあんな大人にはならない。

蓮花は密《ひそ》かにそう思い、できるだけ何事もなかったように振《ふ》る舞《ま》おうと心掛けた。そうして接するうち、おずおずと清白が以前のように手伝いを頼んでくるようになった。

嘉慶や酔臥も、及《およ》び腰《ごし》ながら声をかけてくるようになった。支僑はこのところ、外に出ていることが多いのか、あまり顔を合わせなかった。たまに会えば、いつも済まなそうに視線を逸らす。だがある日、思い直したように顔を上げ、蓮花のほうへと歩み寄ってきた。

「蓮花さ――」と言いかけて、支僑はやはり口を噤んだ。「……いや、いいです」

蓮花は内心で溜息をついた。

「何でしょう？　べつに前と同じように言いつけてもらって構いません。ちゃんとやります。これだって仕事ですから」

蓮花が言うと、支僑は少し悲しそうにした。

「……じゃあ、お願いします」

支僑が蓮花に頼んだのは、一緒《いっしょ》に苑囿の外に出て燕の巣を覗《のぞ》いて雛《ひな》の数を確認することだった。

「私が通りのこちら側を数えますから、蓮花さんは反対側をお願いします」

小さな脚立《きゃたつ》を抱《かか》え、毎日、苑囿の大門を出た大緯《おおどおり》を往復する。軒先にある巣を確認し、燕が通う巣があれば親鳥のいない時を待って巣を覗き込み、卵と雛の数を確認していった。それを帳面に書き付けていく。

相変わらず腰が引けたふうの支僑と行動を共にするのは気が重かったが、燕の巣を覗くのは楽しかった。脚立に昇ってそっと巣を覗き込むと、巣の中に蹲《うずくま》った燕が真っ黒な眼《め》をきょとんと向けてくることがあった。別の巣では、もう孵った雛が、親鳥が戻ってきたのかと勘違いして大きな口を開いて並べる。早く早く、と急《せ》かすように鳴くのが微笑《ほほえ》ましかった。

「──お姉ちゃんは何をしているの？」

古着屋の店先で脚立を昇ろうとしたとき、唐突《とうとつ》に声をかけられた。

蓮花の足許では、男の子が一人、きょとんと眼を開いていた。蓮花は内心で、何をしているのかしらね、と思いながらも、「燕の雛を数えているのよ」と答えた。

子供のすぐそばには母親が立っていた。ひどく疲《つか》れているように見えた。彼女《かのじょ》は、あ、と巣を見上げた。手には古着の包みを持っている。子供の着物を買いに来たのだろうか。

「そういえば──いつの間にか燕が戻ってきているのね……」

ええ、と蓮花が頷くと、窶《やつ》れた様子の母親はしばらく頭上をぽかんと見上げていた。

蓮花は構わず脚立に昇る。半分崩れた軒の下に新しい巣が作られていた。中を覗き込み、例によって親鳥と勘違いした雛たちの歓迎《かんげい》を受け、その数を確認して脚立を降りた。帳面に数を書き付ける。そうして帳面を閉じ、振り返ると、あの母親が立ち止まって巣を見上げたまま、ぽろぽろと涙《なみだ》を零《こぼ》していた。

「あの……どうかしたんですか？」

え、と小声を上げた母親は、それでやっと気づいたように自分の頬《ほお》に触れ、慌てたように涙を拭った。

「いやだわ。どうしたのかしら」

そう言って、顔を擦《こす》る。

「お母さん、どうかしたの……？」

子供は不安そうに母親を見上げていた。「いいえ」と、彼女は息子《むすこ》の頭を撫《な》でた。

「泣くようなことじゃないのにねえ。あんなに大きな口を開けて、ぴいぴい鳴いて。可《か》愛《わい》いわね、と思っていただけなのに」

「つらいの？」

「そうじゃないのよ。雛がいて良かったな、って思ったの」

母親は息子に言ってもう一度顔を拭い、蓮花を見た。窶れた顔に幸福そうな笑みが浮かんでいた。

「こんな時代でも、巣を作って雛を育てるのね」

母親の笑みに、蓮花は春のことを思い出した。一年前の——全《すべ》てを失った春ではなく、ついこの間、働く熊蜂《まるはなばち》たちを見たときのことだ。自分も同じように涙を零した。多分この母親と同じような気分で。

「……そうですね」

「無事に育つといいわね。ちゃんとみんな巣立てるかしら……」

母親がそう言って再び巣を見上げたところに、支僑が姿を現した。

「どうしました？　済みましたか？」

はい、と頷《うなず》く蓮花と、親子を怪訝《けげん》そうに見比べる。

「彼女が何か？」

支僑に問われ、いいえ、と母親は手を振った。

「そうじゃないんです。何なのかしら、あたし。燕を見ていると、なんだか泣けてしまって。戦があって家が壊されて、それでも巣を作っているのね、と思うと健気《けなげ》で」

せつなそうに言って、彼女は息子の頭をもう一度撫でた。

「あの戦いの前にも巣を作っていたでしょう。うちの近所にも巣があったんです。でも、火事で建物が焼けてしまって……。きっと雛たちも」

彼女は言葉を途切《とぎ》れさせた。

「こんなときに生まれるなんて、可哀想《かわいそう》に。……でも、また戻《もど》ってきてやり直したんだわ。今度は無事に巣立つまで育てられるといいのに」

そうですね、と支僑は頷いた。そんな支僑の手を子供は引く。頭上を指差し、

「雛がいっぱいいるよ」

「いますねえ」と、支僑は子供に笑い掛けた。

「また戦で壊されてしまう？」

「いいえ」と、支僑は彼を抱え上げた。巣を覗けるよう、身体《からだ》を支えてやる。

「雛が何羽いるか見えますか？」

「いち、に……ごの、六羽」

蓮花は頷いた。この巣は六羽だ。

「いっぱいですねえ」と、支僑は子供を降ろした。「通りの向こうにある巣は八羽でしたよ。去年よりうんと多いです」

「多いの？」

支僑は頷く。そして母親のほうを見て断言した。

「新しい王が立ちます」

え、と声を上げた蓮花と母親に支僑はもう一度頷いた。

「偽王だと言われていた方が本当に新王なのか、それはよく分かりません。けれども、この世界のどこかに新しい王が立ちました。だから天の気が調《ととの》い始めている。それで燕たちは、いまになってこんなにたくさんの雛を育て始めたんです」

蓮花は帳面を抱《だ》きしめた。

「支僑さま、本当なの……？」

「本当です、と断言してあげられます。雛が例年より多い。それもうんと多いんです」

そうなんですか、と母親は息子を抱き寄せて支僑を見上げた。

「燕が教えてくれているんですよ。じきに辛《つら》い時代が終わります、って」

だから、と支僑は笑った。

「燕を見習って元気を出しましょう」

はい、と母親は頷き、濡《ぬ》れた頰を赤らめて微笑んだ。丁寧《ていねい》に頭を下げ、雑踏《ざっとう》を遠ざかるのを見守り、支僑は脚立を手に歩き始める。

蓮花は慌《あわ》ててその背を追った。

「支僑さま……」

どう言っていいのか分からない蓮花を振り返り、支僑は歩調を緩《ゆる》めて並ぶ。

「燕は子育ての途中で巣を壊されると、二度目の卵を産むことがありますが、そのときに孵る雛は、たいがい一度目よりも少ないんですよ。けれども、いまは一度目より多い。それも例年よりうんと多いんです。つまりはそれだけ野木《やぼく》にたくさんの素卵《そらん》が実ったということなんです」

「野木……」

「天が安心して育てていい、と燕に教えているんですよ。そう、燕が伝えてくれている」

そう言う支僑の頭を掠《かす》めて、黒い鳥が飛んでいった。支僑はそれを振り返り、切れ長の尾羽《おばね》が半壊した小店の軒下に消えていくのを見やった。

「――もう少しの辛抱《しんぼう》です」

蓮花は頷いた。

胸に抱きしめた帳面に、なぜかしら、ぱたぱたと涙が零れ落ちた。

「蓮花さんも、とても辛かったでしょう。けれども、じきにいい時代が来ますから」

はい、と答え、蓮花は堪《たま》らず俯《うつむ》いた。そんな蓮花を支僑が抱き寄せ、頭を撫でてくれた。さっきの母親が子供にそうしていたように。

――そうなるといい。

多分、そうなる。支僑は候風《こうふう》だから。正確な暦を作るのが仕事だから。

蓮花はこの夏の始め、死んだ両親を思い、妹を思ってやっと声を上げて泣いた。

解説

辻真先

ぼくはこの解説を、公《おおやけ》から書き私《わたくし》から書くことにしたい。どういう意味かとお尋ねになるより、読んでいただいた方が早いだろう。

本書は完全版と銘打たれた『十二国記』シリーズの、オリジナル短編集である。壮大にして精緻《せいち》なファンタジーの一郭に嵌《は》め込まれた珠玉四編を、ご紹介しよう。

いまさらここで『十二国記』が、どのような結構を保つ大長編か、縷々《るる》説明しようとは思わない。一言でいってしまえば、これが「小説」だ。

物語の力を根源まで出し切って、読む者の心に訴える。——いや、そのように恣意《しい》的な強制とは違う。たぶんそれは、陽光が緑なす木々をいつくしむように、慈雨が見渡すかぎりの大地にしみこむように、読者は意識しないうちに異境の世界に取り込まれてゆくはずである。

冒頭に掲げられた十二国の地図。なんと人工的に仕組まれた国々だろう。人間を含めたイノチは里木の卵果から得る。麒麟《きりん》は天意を帯して王を選び忠誠を尽くす。王が治世に倦《う》めば妖魔が跋扈《ばっこ》する。下級官吏でも仙籍をもてば不老不死となる。およそ読者をとりまく現実と違った、徹底したフィクションの世界がこの十二国だ。

読み進んで驚くのは、すべてが想像力の産物だというのに、細部にわたって彫琢《ちょうたく》されたリアリティである。巨大な嘘《うそ》を現実化するために、作者はどれほどの注意をはらって異世界を創造したのだろう。造化の神のなした業というべきか。一切読者との狎《な》れ合いがない。流布される小説の嘘臭さは、この物語ではあり得ないのだ。この程度に書いておけば、不足分は読者が自分の体験から切り貼《は》りしてくれるよね……そんな甘えを絶対にしていないのが『十二国記』シリーズだ。

小説とは本来そういうものだ、とぼくは思う。

「愛」と印刷された文字を見つめて、なるほどここに愛が転がっている。そんなことを考える読者はいないだろう。活字を羅列しただけで読者に「愛」を発見させようなんて、そもそも大嘘だ。アルファベットの表音文字はもとより、象形にはじまった表意文字にしても、つまるところは単なる記号だ。

記号をならべた末に生まれるなにものかを、読者の感性に訴求するのが小説ではあるまいか。美術でも音楽でもない、読書の楽しみとはそこにある。端的にいえば、「嘘から出たまこと」。優れたミステリ作家は大嘘つきであり、優れたSF作家は大法螺《おおぼら》吹きだと、これまでもぼくはあちこちに書いた。その伝でいうなら優れたファンタジー作家は、嘘と法螺を巧みにブレンドして吹きまくる。

だから『十二国記』とは、紛《まご》うことない小説のひとつの典型といっていい。

繊細なディティルの積み重ねは、短編集だからいっそう特性を発揮している。巻頭の『丕緒の鳥』では、射儀を司《つかさど》る羅氏の丕緒を中心に物語は回転する。政治や軍事から距離を置く射儀とは、祭祀《さいし》にあたって催される儀典であって、「鳥に見立てた陶製の的を投げ上げ、これを射る儀式」だそうな。ぼくが無知なのか寡聞《かぶん》にしてそんな式典が、中国や日本にあったことを知らない。まして標的になる陶鵲《とうしゃく》は「それ自体が鑑賞に堪え、さらには美しく複雑に飛び、射抜かれれば美しい音を立てて華やかに砕ける音を使って楽を奏でる」というのだから、幻想の限りを尽くした架空の催事かと推察する。この一節を読んだだけで、ぼくは作者の想像の翼のひろがりに陶然とした。

それさえも、この世界で人の営みを描くための道具立てにすぎない。丕緒の職人として透徹した目は、世の仕組みのからくりを射抜く。彼には木の実をついばむ鵲《かささぎ》が、民の姿に見えてくる。どこにでもいる普通の人々。無心に日常を積み重ねてゆく人々。だが彼らは砕け散る陶鵲ではないはずだ。「王の持つ権が民を射る。射られて民は砕け散る」

……そんなことがあってはならない。

異世界ファンタジーの多くは、疾走する英雄たちの威風に焦点を合わせ、その言行を歌い上げる。読者の胸はスカッとする。決して自分にできないことを、絵空事のヒーローたちがやってのけるからだ。

ところが『十二国記』は、断固として民の視点にこだわり抜く。『丕緒の鳥』では裏に回っているが、『月の影　影の海』このかた、蓬萊《ほうらい》（日本）から漂着した慶国の王、女子高校生陽子は、上からの目線で国政を執行することを拒否、民衆にまじって自分の立ち位置を確認する。

このシリーズが読者にもたらす興奮は、一過性のものではない。〝決して自分にできないこと〟ではなく、必ず〝自分にだってできること〟があると思い知る――自分を発見する喜びと表裏一体だから、読む者の心をいつまでも揺さぶりつづけるのだ。

『落照の獄』もやはり民衆の間に投じられた、痛切で根本的な問いかけの一石である。徒刑に「ちょうえき」、殺刑に「しけい」、里府に「やくしょ」、臥室に「しんしつ」……といった一連の振り仮名の工夫も目ざましいが、主題は死刑是か非か。ただし人心が乱れつつあるこの国を舞台に、死刑を復活させることの是非だ。「ここで殺刑を復活させることは、傾いた国に民の生殺与奪の権を与えることにほかならない」……法を司る瑛庚はいう（年老いたぼくは戦前の治安維持法が政府にどんな武器を与えたかを連想したが、そのあたりは後半の「私」に譲るとして）。

司法官たちの問答も読みごたえがあるがそれ以上に、冒頭で幼い少女が瑛庚に投げた

「父さまは人殺しになるの？」という言葉が、千鈞《せんきん》の重みで発せられ、司法官相手に哄《こう》笑《しょう》する囚虜《しゅうりょ》の声が、土壇場《どたんば》で読者を立ちすくませるだろう。

これ以降の二作は書き下ろしだが、『青条の蘭』に見る下級役人標仲の苦闘談は、誇張でなくぼくの襟を正させた。疫病《えきびょう》にとりつかれた山毛欅《ぶな》林を再生する唯一《ゆいいつ》の希望。青条と呼ばれる薬草を、枯死する前に新王に献じなくてはならない。王が年内に願ってくれれば、里木に実が生ずる。このあたりの設定の芸の細かさに舌を巻く。山毛欅が失われれば山は荒れるだろう。妖魔がはびこるに違いない。国を保つためには、命に替えても青条を王のもとへ。限界まで肉体を酷使して届けようとした標仲はついに倒れた。

その意志を継いだ民たちが、青条を秘めた筐《はこ》を次々と繋《つな》いで王宮に運ぼうとする。凡俗な小説にない破格さが、ここでは必然の構成となる。標仲は主人公だが、下級役人であり民衆の一部でしかない。彼の手を離れても民から民へ、青条が歩一歩と王のもとに近づいてゆく、その感動。

筐は民衆の祈りである。雲上の政治など知る由《よし》もない彼らが、青条の蘭にかすかな救いを求めて、知らぬ間に協力をかさねてゆく。そんな庶民に加わることもない猟木師が、それでも土地を見捨てられずに国境手前で踏みとどまる姿が、静かな結びの場面である。重厚な生命の旋律が流れるのを、読者は粛然として聴くに違いない。

『風信』の少女蓮花は悪政のため家族を失う。その直後に王は死に、彼女は泣き叫ぶのだ。こんな簡単に王が斃《たお》れるなら、両親や妹はなんのために死んだというのか。そんな彼女はいま槐園《かいえん》で暮らしている。そこには浮世離れした人たちが住んでいた。暦を編んだり大気を観察したり。彼らは王が亡《な》くなったことさえ忘れていた。

あまりな太平楽ぶりにいったん蓮花は園外の混乱を忘れそうになったが、空行師——空飛ぶ獣に騎乗して地上を攻撃する軍隊——の急襲をうけ、率然として現実を思い出す。「家族を殺されて全部失《な》くした。これが現実なの！」叫ぶ蓮花に対して、無力な学者は答える。「私たちにはほかにできることはないんです。……けれど、暦は必要です。……誰かが作らないといけない。だからそれしかできない私たちがやるんです」

巣に燕《つばめ》が帰り雛《ひな》を育てる。その数が去年より多いことから、人々は信ずる。新王が登極し天の気が整い、したがって鳥も多くの雛を育てたのだ、と。

「じきにいい時代が来ますから」

暦作りの言葉に、蓮花が声をあげて泣く場面で『風信』は終わる。

『十二国記』は国と国が争う物語ではない。拙《つたな》い紹介から酌《く》んでいただきたいのは、これは民の物語であること。国あっての民ではなく、民を生かすために存在するのが国なのだ。国だの王だの政府だのという代物《しろもの》は、断じて民を管理し圧制する装置ではない。とかく逸脱しやすい権力をつなぎ止めるために憲法はあるのだが、『十二国記』の世界にいわゆる民主主義は存立していない。唐突に王となった陽子は、権力のあまりの大きさと重さに耐えかねて、悩み、迷い、苦しむのだが、そんな少女の真摯《しんし》な成長物語はこの四作では背後に伏せられているから、ぼくが解説にあたるのは僭越《せんえつ》だ。未読の方にはぜひ目を通してほしいと、おすすめするに止める。

蛇足ながら解説が、「私」の領域にはいることを了承していただこう。

この一冊でもおわかりになるように、描かれているのは平穏な時代ではない。偽王がたち内乱があり天変が起き、人々は飢え苦しんでいる。多くの読者はファンタジーの舞台として、血なまぐさい戦国図絵にエキサイトしているだろうが、現実の世界でも、たとえば中東の騒乱、大国内部のテロなど、連日のようにマスコミを賑《にぎ》わしている。

いや、ぼくの年代の日本人は戦乱の申し子であった。ぼくが生まれる前年に、満州事変が起き（いまの中国東北部を日本がもぎとった。中国残留孤児の悲劇の淵源《えんげん》である）、小学校入学の年に支那事変（当時の日本は戦争ではないと強弁していた）が起き、宣戦布告ぬきの戦争が拡大し、やがて太平洋戦争がはじまり戦局が悪化したころ中学にはいった。ただちに軍需工場で働き、翌年には学校ぐるみ工場化した。生まれ育った名古屋は最大５４０機の大編隊の空爆をうけた。『風信』の空行師さながら、アメリカ軍のP51に狙《ねら》い撃ちされた。

ぼくにとって『十二国記』の民衆の嘆きは人ごとではないが、そんなときの日本人の反応は少々違った。焼けるのも死ぬのも当たり前の日々、登校すると級長の点呼をうけた。「あんたんとこ、誰が死んだ？　全焼？　半焼？　あ、そう。次」泣く奴《やつ》なんていない。無感動無表情、それでも兵器だけは造っていた、御国のために黙々と。敗戦の年は二年生だったが、中二病どころか空腹で死にそうだった。

ずっとのち零戦《ゼロ》最高のパイロット坂井氏の実録を読んで一驚した。中国奥地ゴビの沙《さ》漠《ばく》に到《いた》るまで遠征した彼は、爆煙あがる街をよそに倦まず弛《たゆ》まず畑を耕す農夫を目撃したという。「われわれはとんでもない相手と戦っているのではないか」という名手の感懐。おなじ〝民〟という言葉でしめくくられても、国を頼らず自立する民と、国あっての民とは違うのだろうか。御国にぶら下がることしか考えないひ弱な民衆で組織されても、長いものに巻かれろ的な日本にしかなるまい。と、およそ自分に似つかわしくない思いさえ浮かんでくる。

ファンタジーは嘘と法螺だとぼくは書いた（小野さん、ごめんなさい）。にもかかわらずここには、強烈な現実世界へのアッピールがある。『十二国記』という架空世界に投影される古代中国のイメージにまして、細部にわたる創作が加えられ、中核をなす神仙思想も既成のそれとは異なって、読者を独自の世界観に陶酔させてくれるのだ。

蓬萊——日本国から漂着した古今の〝海客〟がドラマを推進させる舞台装置上では、個人の成長物語が展開するのに並行して、王や麒麟や官僚や民衆まで含む国の変貌《へんぼう》を扱うことができる。ぼくの勝手な観測だが、このシリーズはやがて異世界の盛衰までを描破する、質量ともに膨大な長編となって読者の目を見張らせるのではなかろうか。期待するや切。

（平成二十五年四月、作家）

本書は文庫オリジナル作品集です。

初出一覧

丕緒の鳥　「yom yom vol.6」二〇〇八年三月
落照の獄　「yom yom vol.12」二〇〇九年十月
青条の蘭　書き下ろし
風信　書き下ろし

小野不由美著
魔性の子
—十二国記—
孤立する少年の周りで相次ぐ事故は、何かの前ぶれなのか。更なる惨劇の果てに明かされるものとは——「十二国記」への戦慄の序章。

小野不由美著
月の影 影の海（上・下）
—十二国記—
平凡な女子高生の日々は、見知らぬ異界へと連れ去られ一変した。苦難の旅を経て「生」への信念が迸る、シリーズ本編の幕開け。

小野不由美著
風の海 迷宮の岸
—十二国記—
神獣の麒麟が王を選ぶ十二国。幼い戴国《たいこく》の麒麟は、正しい王を玉座に据えることができるのか——『魔性の子』の謎が解き明かされる！

小野不由美著
東の海神 西の滄海
—十二国記—
王とは、民に幸福を約束するもの。しかし雁国に謀反が勃発した——この男こそが「王」と信じた麒麟の決断は過ちだったのか!?

小野不由美著
風の万里 黎明の空（上・下）
—十二国記—
陽子は、慶国の玉座に就きながら役割を果たせず苦悩する。二人の少女もまた、泣いていた。いま、希望に向かい旅立つのだが——。

小野不由美著
屍鬼（一～五）
「村は死によって包囲されている」。一人、また一人、相次ぐ葬送。殺人か、疫病か、それとも……。超弩級の恐怖が音もなく忍び寄る。

宮部みゆき著

英雄の書（上・下）

中学生の兄が同級生を刺して失踪。妹の友理子は、〝英雄〟に取り憑かれ罪を犯した兄を救うため、勇気を奮って大冒険の旅へと出た。

宮部みゆき著

魔術はささやく

日本推理サスペンス大賞受賞

それぞれ無関係に見えた三つの死。さらに魔の手は四人めに伸びていた。しかし知らず知らず事件の真相に迫っていく少年がいた。

宮部みゆき著

レベル7《セブン》

レベル7まで行ったら戻れない。謎の言葉を残して失踪した少女を探すカウンセラーと記憶を失った男女の追跡行は……緊迫の四日間。

宮部みゆき著

火車

山本周五郎賞受賞

休職中の刑事、本間は遠縁の男性に頼まれ、失踪した婚約者の行方を捜すことに。だが女性の意外な正体が次第に明らかとなり……。

宮部みゆき著

理由

直木賞受賞

被害者だったはずの家族は、実は見ず知らずの他人同士だった……。斬新な手法で現代社会の悲劇を浮き彫りにした、新たなる古典！

宮部みゆき著

模倣犯

芸術選奨受賞（一～五）

邪悪な欲望のままに「女性狩り」を繰り返し、マスコミを愚弄して勝ち誇る怪物の正体は？著者の代表作にして現代ミステリの金字塔！

上橋菜穂子著

精霊の守り人

野間児童文芸新人賞受賞
産経児童出版文化賞受賞

精霊に卵を産み付けられた皇子チャグム。女用心棒バルサは、体を張って皇子を守る。数多くの受賞歴を誇る、痛快で新しい冒険物語。

上橋菜穂子著

闇の守り人

日本児童文学者協会賞・
路傍の石文学賞受賞

25年ぶりに生まれ故郷に戻った女用心棒バルサを、闇の底で迎えたものとは。壮大なスケールで語られる魂の物語。シリーズ第2弾。

上橋菜穂子著

夢の守り人

路傍の石文学賞・
巌谷小波文芸賞受賞

女用心棒バルサは、人鬼と化したタンダの魂を取り戻そうと命を懸ける。そして今明かされる、大呪術師トロガイの秘められた過去。

上橋菜穂子著

虚空の旅人

新王即位の儀に招かれ、隣国を訪れたチャグムたちを待つ陰謀。漂海民や国政を操る女たちが織り成す壮大なドラマ。シリーズ第4弾。

上橋菜穂子著

神の守り人

(上 来訪編・下 帰還編)
小学館児童出版文化賞受賞

バルサが市場で救った美少女は、〈畏ろしき神〉を招く力を持っていた。彼女は〈神の子〉か？ それとも〈災いの子〉なのか？

上橋菜穂子著

天と地の守り人

(第一部 ロタ王国編・第二部 カンバル王国編・第三部 新ヨゴ皇国編)

バルサとチャグムが、幾多の試練を乗り越え、それぞれに「還る場所」とは——十余年の時をかけて紡がれた大河物語、ついに完結！

畠中恵著

しゃばけ

日本ファンタジーノベル大賞優秀賞受賞

大店の若だんな一太郎は、めっぽう体が弱い。なのに猟奇事件に巻き込まれ、仲間の妖怪と解決に乗り出すことに。大江戸人情捕物帖。

畠中恵著

うそうそ

え、あの病弱な若だんなが旅に出た⁉ だが案の定、行く先々で不思議な災難に巻き込まれてしまい——。大人気シリーズ待望の長編。

畠中恵著

ちんぷんかん

長崎屋の火事で煙を吸った若だんな。気づけばそこは三途の川⁉ 兄・松之助の縁談や若き日の母の恋など、脇役も大活躍の全五編。

畠中恵著

ゆんでめて

屛風のぞきが失踪！ 佐助より強いおなごが登場⁉ 不思議な縁でもう一つの未来に迷い込んだ若だんなの運命は。シリーズ第9弾。

佐藤多佳子著

サマータイム

友情、って呼ぶにはためらいがある。だから、眩しくて大切な、あの夏。広一くんとぼくと佳奈。セカイを知り始める一瞬を映した四篇。

佐藤多佳子著

黄色い目の魚

奇跡のように、運命のように、俺たちは出会った。もどかしくて切ない十六歳という季節を生きてゆく悟とみのり。海辺の高校の物語。

恩田陸著

球形の季節

奇妙な噂が広まり、金平糖のおまじないが流行り、女子高生が消えた。いま確かに何かが大きく変わろうとしていた。学園モダンホラー。

恩田陸著

六番目の小夜子

ツムラサヨコ。奇妙なゲームが受け継がれる高校に、謎めいた生徒が転校してきた。青春のきらめきを放つ、伝説のモダン・ホラー。

恩田陸著

ライオンハート

17世紀のロンドン、19世紀のシェルブール、20世紀のパナマ、フロリダ……。時空を越えて邂逅する男と女。異色のラブストーリー。

恩田陸著

図書室の海

学校に代々伝わる〈サヨコ〉伝説。女子高生は伝説に関わる秘密の使命を託された——。恩田ワールドの魅力満載。全10話の短篇玉手箱。

恩田陸著

夜のピクニック

吉川英治文学新人賞・本屋大賞受賞

小さな賭けを胸に秘め、貴子は高校生活最後のイベント歩行祭にのぞむ。誰にも言えない秘密を清算するために。永遠普遍の青春小説。

恩田陸著

中庭の出来事

山本周五郎賞受賞

瀟洒なホテルの中庭で、気鋭の脚本家が謎の死を遂げた。容疑は三人の女優に掛かるが。芝居とミステリが見事に融合した著者の新境地。

梨木香歩著
裏庭
児童文学ファンタジー大賞受賞

荒れはてた洋館の、秘密の裏庭で声を聞いた——教えよう、君に。そして少女の孤独な魂は、冒険へと旅立った。自分に出会うために。

梨木香歩著
西の魔女が死んだ

学校に足が向かなくなった少女が、大好きな祖母から受けた魔女の手ほどき。何事も自分で決めるのが、魔女修行の肝心かなめで……。

梨木香歩著
からくりからくさ

祖母が暮らした古い家。糸を染め、機を織る、静かで、けれどもたしかな実感に満ちた日々。生命を支える新しい絆を心に深く伝える物語。

梨木香歩著
エンジェル エンジェル エンジェル

神様は天使になりきれない人間をゆるしてくださるのだろうか。コウコの嘆きがおばあちゃんの胸奥に眠る切ない記憶を呼び起こす。

梨木香歩著
家守綺譚

百年少し前、亡き友の古い家に住む作家の日常にこぼれ出る豊穣な気配……天地の精や植物と作家をめぐる、不思議に懐かしい29章。

梨木香歩著
ぐるりのこと

日常を丁寧に生きて、今いる場所から、一歩一歩確かめながら考えていく。世界《ぐるり》と心通わせて、物語へと向かう強い想いを綴る。

小川洋子著
薬指の標本
標本室で働くわたしが、彼にプレゼントされた靴はあまりにもぴったりで……。恋愛の痛みと恍惚を透明感漂う文章で描く珠玉の二篇。

小川洋子著
まぶた
15歳のわたしが男の部屋で感じる奇妙な視線の持ち主は？　現実と悪夢の間を揺れ動く不思議なリアリティで、読者の心をつかむ8編。

小川洋子著
博士の愛した数式
本屋大賞・読売文学賞受賞
80分しか記憶が続かない数学者と、家政婦とその息子——第1回本屋大賞に輝く、あまりに切なく暖かい奇跡の物語。待望の文庫化！

小川洋子著
海
「今は失われてしまった何か」への尽きない愛情を表す小川洋子の真髄。静謐で妖しく、ちょっと奇妙な七編。著者インタビュー併録。

小川洋子著
博士の本棚
『アンネの日記』に触発され作家を志した著者の、本への愛情がひしひしと伝わるエッセイ集。他に『博士の愛した数式』誕生秘話等。

小川洋子著
いつも彼らはどこかに
競走馬に帯同する馬、そっと撫でられるブロンズ製の犬。動物も人も、自分の役割を生きている。「彼ら」の温もりが包む8つの物語。

丕《ひ》緒《しよ》の鳥《とり》

十二国記

新潮文庫　お-37-58

平成二十五年七月一日発行
令和七年十月三十日二十三刷

著者　小《お》野《の》不《ふ》由《ゆ》美《み》

発行者　佐藤隆信
発行所　株式会社　新潮社
郵便番号　一六二―八七一一
東京都新宿区矢来町七一
電話　編集部(〇三)三二六六―五四四〇
　　　読者係(〇三)三二六六―五一一一
https://www.shinchosha.co.jp

価格はカバーに表示してあります。

乱丁・落丁本は、ご面倒ですが小社読者係宛ご送付ください。送料小社負担にてお取替えいたします。

印刷・錦明印刷株式会社　製本・株式会社植木製本所

ISBN978-4-10-124058-9 C0193